寻找张展

孙惠芬 著

北方联合出版传媒(集团)股份有限公司
春风文艺出版社
·沈 阳·

图书在版编目（CIP）数据

寻找张展 / 孙惠芬著. —沈阳：春风文艺出版社，2017.2（2019.3重印）
ISBN 978-7-5313-5006-4

Ⅰ. ①寻… Ⅱ. ①孙… Ⅲ. ①长篇小说—中国—当代 Ⅳ. ①I247.5

中国版本图书馆CIP数据核字（2016）第053856号

XÚNZHǍO ZHĀNGZHǍN
寻找张展

责任编辑 姚宏越
责任校对 潘晓春
装帧设计 夏无双
幅面尺寸 155mm×230mm
字　　数 203千字
印　　张 13.25
版　　次 2017年2月第1版
印　　次 2019年3月第3次

出版发行 北方联合出版传媒（集团）股份有限公司
　　　　 春风文艺出版社
地　　址 沈阳市和平区十一纬路25号
邮　　编 110003
网　　址 www.chinachunfeng.net
购书热线 024-23284402
印　　刷 辽宁新华印务有限公司

ISBN 978-7-5313-5006-4　　定价：29.00元

上部　寻找

1

寻找张展，是儿子提出来的。我和张展从未见过面，可当他在微信上提到这个名字，说妈妈，你还记得我的高中同学张展吗，我脑海里迅速就浮现出一个形象。这形象没有身高，没有五官，只有和飞机有关的一些连缀。他的名字有伸张和展翅的意思，容易让人联想到飞鸟和飞机，我记住他，正因为一次和飞机有关的事故。他的父亲死于2009年法航447空难，当时离高考只有不到一周时间。儿子在微信上提到他，很出我的意料。儿子在美国加州读生物信息学博士，因为学习上的一些事情我们发生争执，他一个多月不理我，并向我严正声明：今后，凡涉及学术上的事，绝不允许瞎掺和！不让我管学术上的事，他却突然在微信上说起张展，并让我帮他寻找张展，说这对他很重要，对他的科研尤其重要。一股气儿在胸口鼓胀，就差没骂出一句“混蛋”。

我其实并没管他，当时因为选课，他和学校生物系小秘发生争执。小秘是美国大学里对秘书的昵称，她是一个五十多岁的黑人女人，她建议他选修一门“生物信息学前沿”的课，他没选，选了别的，小秘就问他为什么不选。他反问小秘，选修课的概念就意味着学生有选择的自由，我为什么要选？小秘说有史以来，还没遇到一个我们建议选而不选的学生。儿子说那是你没遇到，不意味着就没有，不意味着你的选修课最后就成了必修课。儿子把这一切告诉我时，我能想到他操着一口流利的英语与对方辩论时理直气壮的样子。他的英语表达一向很好，他以为到了美国，就拥有了自由和平等，就可以像电影里看到的那样，无视年龄和身份差别，打着手势据理力争。虽然我也觉得他有道理，可我还是冲他发了火，“你这刺儿头为什么走到哪里都改不了！为什么所有人都听了小秘建议唯你不听!”我冲他发火，出自一个母亲的弱者思维，担心美国并非想象那样自由和平等，不希望他在遥远的国外受挫。儿子却反应激烈：“妈妈，我向你讲这些，是想让你了解我的思想，并不是让你管我，也不是想让你为我操心！在学术上，我知道该怎么做。我们这代人和你们不一样，我们有自己的行为准则!”

儿子提到“这代人”，我更加恼火，我说我最讨厌你动不动就你们这代人，还不是你们这代人出了药家鑫，出了“我爸是李刚”。关于药家鑫，我和儿子有过讨论，本不该在这时再提到他，可是一急还是把他们搬了出来，可见对付儿子，我是多么容易黔驴技穷。这句话还真的把儿子噎着了，他停顿了好长时间说不出话，但他没再和我争执，只压低声音说：“妈妈，我再重申一遍，在不了解事实真相的情况下，永远不要随便下结论。我们这代人，你究竟了解多少?！还有，学术上的事儿你不懂，不要瞎掺和!”

不让我掺和，又叫我帮忙，气真就不打一处来。因为有气，他后来的话我根本就没往心里去，比如他强调这几天找张展找得有多苦，能联系上的几个同学都不知道他去了哪里，在网上百度张展的名字，三十七个张展只有滨城大学的张展和他要找的张展入学时间吻合，他知道他考在滨城大学，可那个张展的信息终止在2009年9月，之后便不知去向。

没往心里去，可张展这个学生还是不由分说在记忆深处浮出，连同与空难有关的一些信息。一架从巴西里约热内卢飞往巴黎的航班，神秘消失在大西洋四千米高空，五天后发现漂出水面的飞机碎片，一个月后打捞出飞机残骸，两年之后找到黑匣子，2011年夏天打捞出一百零四具遗体，出事原因仅仅是驾驶员操作失误……这世界上的重大灾难没人能够忘记，泰坦尼克号遭遇冰山、唐山大地震、印尼海啸、汶川地震……可许多灾难，你记下了，和你的生活并无直接联系。447空难发生后，我生活中发生了一件蹊跷的事儿：2009年1月，我的中篇小说《致无尽关系》发表后被几家选刊选载，半年后我在网上点击作品题目，想搜索一下读者反响，却看到一个网名为“洪洞山人”写的博客，他在博客上说，他的一个朋友就在法航447飞机上，朋友出差前，曾向他推荐一篇叫《致无尽关系》的小说，写一个春节回家过年的小两口儿如何掉进无尽关系，非常感人。他于是买到《小说月报》一口气读完，为了悼念朋友，他还不惜花费笔墨在博客上耐心讲述了小说里剪不断、理还乱的亲情故事……

一个空难去世的人在临行之前读过我的小说，我的小说跟一个已经不在了的人发生关系，震动之余，我有一种无法言说的感受，仿佛从某个已故人身上翻出与我有关的遗物，仿佛从消逝在天际的苍茫之处闪现一道电光，一瞬间照亮了我们彼此……

当然，它照亮的，不只是我们彼此，还有张展。因为在这之前，我就知道儿子有一个同学的父亲在空难中去世，那同学的父亲在太原某区当区委书记，他把儿子和女儿一起送到大连读高中。当把两件事联系到一起，当得知张展的父亲就是生前读过我《致无尽关系》的那个人，我和张展，顿时就有了诉说不清的关系。

所谓诉说不清，不过是从此记住了张展这个名字，并开始关心起他的信息：是否参加了高考，是否影响了成绩，去了哪所学校，仅此而已。然而尽管如此，从儿子嘴里得到的信息足以让我悲伤：父亲遇难，看不出他有任何反应。为了高考，他没和母亲一起参加去往法国的空难家属团，可他高考考了很低的分数，最后去了大连一所二本学校。对我来说，这些信息都不算什么，最最叫我悲伤的，是他高中期间就跟家庭决裂，跟父母决裂，第一年春节，父母为他订好机票，他坚决不回，从此父母再也没让他回去。这意味着，他在父亲遭遇空难的三年前，就与父亲永别了……

法航447空难发生在2009年6月1日，我在网上读到“洪洞山人”博客是2009年7月17日，虽然得知这些信息离飞机失事已经一个多月，可当时，我还是希望通过儿子见见张展，因为《致无尽关系》，我和这个孩子似乎有了微妙关系，我想帮帮他，不管他如何跟父亲决裂，父亲去世，对他都是重大灾难……可儿子绝不配合我，他的理由非常简单：他不会见你！当时高考结束，他很有可能回到山西老家，不在大连。可儿子不说他不在大连，只说他不会见我，仿佛我是什么虎狼怪兽。事后用心想想，这看似简单的理由倒也并不粗暴：不管他在哪儿，总要尊重受难者，总得让他安静。

后来，儿子断断续续向我描述了张展。他向我描述，不是为了让我了解，而是他高考结束，在经历和同学的告别，某些往事让他不能释怀。儿子没有遗传我喜新厌旧的基因，他是一个深度怀旧的病人——怀旧是一种病，这是我的定义，因为它会让生活变得无比沉重——他的房间里堆满了他用过玩过的所有东西，电子宠物，四驱车模，电子火车，以及他穿旧了的校服，甚至从小学一年级到高中三年级的所有试卷，给我收拾卫生带来巨大麻烦不说，没事儿时，他从那里翻找旧有的时光，一边叹气一边摇头，活脱脱一个八十岁老人。我十分清楚，儿子描述张展，不过是为了打开一段属于他的过去，如同从校服和试卷中翻找旧有的时光，而我，不过是一个意外的分享者，或者只有我的分享，才使他的怀旧更有质感，反正，关于张展的描述只是他的自言自语：

“这个张展，是我见到的骨子里最倔强、最我行我素的人，你知道他爱上的那个发廊女有多大，比他大八岁。

“这家伙真是个怪人，从不主动跟人交往，可身边总有人围着他。他从不用心学习，就爱画画，有时上课也画，可学校全年级三百名学生，他考试从来没掉下前八十。他会做饭，会做山西的土豆宴，还会收拾家，他爸妈给他在西安路租了个房子，那家里收拾得比咱家还干净。

“我最佩服的，是他爸妈为了他和他妹妹来大连上高中，给找了个交换妈妈，一个区下面的局长，每到年节，她都来请他们到大饭店吃饭，他不但坚决不去，也不让妹妹去。有一回他过生日，把我们请回家吃土豆饼，交换妈妈送来生日蛋糕，他坚决不让打开，后来交换妈妈发现，气得都把蛋糕摔到我们身上了。这小子的个性我太崇拜了。”

可说到这里，儿子的情绪突然低落下来，像一个在荒野上奔跑的小马驹突然被同伴遗弃，神情惶恐而迷乱，并求救似的看着我说：“妈妈，我，我伤害了张展，他父亲去世后，他姥姥也突然去世了，可你知道我给他发了条什么内容的短信吗，我说不要悲伤，上帝是在造就你，是在爱你，你一定会取得巨大成功。妈妈我绝不是想让张展拿亲人的死亡和成功交换，你能理解我不是那个意思，可他，从此再也没和我联系。”

我当然能理解，但把不幸看成财富需要时间，人在遭遇不幸时说这样的话，不但达不到安慰的效果，还有一种看光景不怕乱子大的幸灾乐祸。

是那个时候，我知道儿子武断地回应我，并不是张展不见，而是他确实找不到张展。

是那个时候，我知道儿子成天念叨张展，不仅仅是怀旧，而是陷入想解释自己又打不通对方电话的焦虑和无奈中。

也是那个时候，我知道了儿子一到节假日就出去玩一天是去了哪里，知道了一个区下面的小局长本事究竟有多大。更重要的是，知道了这世界上还有交换妈妈这一角色：本地孩子在外地上学，外地孩子在本地上学，为了不脱离有权有势大人的庇护，相互把孩子移植到对方家庭。让我不能想象的是，太原市某区里的官，和大连市某区的官，远在两省两地，他们怎么就相互认识就接上了头儿……

很显然，儿子的描述，不但没有打消我想见见张展的念头，反而更加强烈。只是这强烈的念头里，已经不单纯是为了安慰张展，还有替儿子做些解释的成分——我并不担心儿子失去友情，那时我并不知道他们有多深的友情，我只是不希望因为对儿子的误解，使张展本已不幸的人生累加更多的痛苦。记得当时，我曾跟儿子说，如果见不到张展，能见到他的交换妈妈也行，张展再不喜欢，她也是他生命中帮助过他的人，他拒绝她的物质，但不一定拒绝她的精神安慰和帮助。

可我，终是没有见到张展，也没有见到他的交换妈妈——当儿子听我说还要见张展的交换妈妈，他的阻止非常粗暴：你不要自取其辱了，妈妈，她那样的人，绝不会理睬你一个文人！

我的念头一点点消退下去，不是相信了儿子的直觉，而是从记忆深处打捞出了这个女人。在一次又一次家长会上，我似乎见到过她，大高个儿，长瓜脸，无论冬夏，都穿一身职业装，印象最深的是她那头贴在瘦脸上的短发，它让她挺着腰板走进教室时，显得趾高气扬，目空一切，没有丝毫家长的紧张和谦卑。她不是张展家长，她当然不紧张也不谦卑，可当这个女人黑亮的短发浮现眼前，我仿佛已经看到，她是这样一种女人，她无视权力之外的任何存在。当然，这不是我没有见到她的重要原因，重要的是时间和空间在发生改变，没有多久，大学开学，儿子那茬学生，打散的小鸟似的各奔东西，当儿子和儿子的事情不再每天都环绕身边，当我的生活里不再有月考、中考、高考、家长会，突然变得空荡荡一片真干净，与儿子有关的过去便也像被风刮走的浮云，在时光的背影里渐行渐远……

儿子抛下一句找张展对他有用的话，忙自己的事儿去了，却怎么都不会想到，这句话，像吹动浮云的一缕轻风，把一个孩子从时光的背影里吹了回来。到后来，那已经不是一缕轻风，而是一场风暴，因为我一连好几个晚上都睡不着觉，只要闭上眼睛，就有飞机在眼前坠落，之后是混乱的乌烟瘴气的场面，是在机场候机口抱头痛哭的空难者家属，是一双双寂灭的犹如灰烬一样的眼神，而当这些眼神消失，张展冷漠而飘忽的目光如期而至——不知为什么，每每闭上眼睛，用不了多久，张展的目光就来到眼前，它没有寂灭如灰烬，而是冷漠、飘忽、游移……他似乎离你很近，近在咫尺，可只要你用心打量，他又突然走远，好像并不存在。然后猛一个激灵睁开双眼，你发现，他已经占据了你的整个神经，因为你会一遍又一遍地问：他在哪里？他如今在干什么？父亲那场空难，对他意味着什么？他为什么要和父亲决裂？他是否还在生儿子的气？

那时我才知道，有关张展的一切，我了解得太少太少。他曾是儿子的同学，他曾是儿子比一般同学更近的一个朋友……他们是朋友，只为一句话就中断了联系，是不是张展出了什么不好的状况，身体的，精神的，或者家里其他人的？还有，儿子为什么要找张展，是对张展的歉疚一直都没放下，还是怀旧的病复发，还是真像他说的那样，对他有用？儿子的终极理想，是由科学入哲学，他现在正在课余时间攻读心理学和哲学，读弗洛伊德和海德格尔，有关张展的成长，难道真的对他的科研有用？

事实证明，中国独生子女的妈妈，子女任何一个小小的要求，在她们心里都是一场风暴。只是在寻找张展的风暴里，还席卷了一丝渴望，那种用事实来证明张展过得很好，从而消除一切愧疚、不安与疑虑的渴望。

2

为了将信息弄得相对准确，我也上网百度了一下张展，三十七个同名的张展，年龄大都在三十岁以下，可见张展这个名字的时代性，似乎只有开放，才放开了人们对于“张开”和“展翅”的想象。在滨城大学张展的词条下面，唯一的一句话是这样写的：张展，滨城大学2009级学生。按说，找到大学，也就知道了张展的去向，可滨城大学在离市区四十多公里之外的郊区，又要经过交通拥堵的开发区，往返路程加到一起，少说也得三个小时。多年的宅居，四肢越来越懒惰的同时，对距离有着神经质的惧怕，尤其我不会开车。然而，惰于行动的人往往敏于思考，稍作思考，我就为自己制订了便捷的计划：先去第W高中找他的班主任，那里离我家就五站地，打车十几分钟就到，如果班主任知道他的消息，就省去我太多的时间。

第W高中在大连市政府后身，它的前边是日伪时期修建的有轨电车道，后边是通往码头的公交车道，东西两侧则是繁华热闹的商业街。高中是这样一个所在，不管它置身多么繁华和热闹之中，不管它四周有多少生意兴隆的饭馆商店，只要你迈进围墙大门，与世隔绝的囚禁感顿时扑面而来。压抑，紧张，越束越紧的希望，担心功亏一篑的恐惧，像空气一样无处不在，哪怕你正赶上下课，操场上满是踢球跑步的学生，哪怕初冬的阳光在他们白生生的脸蛋儿上热情洋溢地跳跃闪烁……

说起来，我的运气真是不错，早就删掉了班主任的电话号码，无法提前约定，懵懵懂懂闯入，居然正赶上下课，居然远远地就识别出那张娃娃脸，她正在教学楼门口静静地站着，任学生在她旁边撞来撞去。

那天，在人流湍急的教学楼门口，大声喊她吴老师，她根本就没认出我是谁。她愣生生看我的样子，好像我是天外来客，直到说出我儿子的名字，一丝熟悉的暖意才慢慢从她额头溢出。我相信，不会有任何毕业五年了的学生家长会回头找老师，学校是学生的人生驿站，却不是家长的，顶多，只能算家长在人生路上误车的地方，因为几乎没有哪个家长能在这三年里安稳睡觉。终于逃出泥淖，居然有人莫名其妙地回头，熟悉的暖意溢出来，肤浅而恍惚，仿佛我大有可能走错地方。当然，这倒没有什么不好，它至少淡化了某种东西，某种当年因儿子上课讲话，她把儿子罚出自习课，我不得不贿赂她一条围巾时留下的屈辱——我的屈辱不在于她接受围巾时给我冷脸，而在于感到她的冷脸是因为我的礼物过轻，或者，她瞧不起我一个作家还做这种勾当。为了不至于把尴尬时间拖长，我直奔主题，我说："吴老师，我儿子想让我帮助联系上张展，你有没有他的联系方式？"

她看着我，摇摇头，她好像对我的问题十分意外。恰在这时，上课的铃声响了，学生们顿时像吸进闸门里的水似的从她身边流过。听到上课铃声，她的表情更加恍惚，虽然没像学生那样马上转身拥回教室，可目光里的焦急显而易见。

她恍惚地看着我，歉意地冲我笑笑，横在额头上的深纹弯曲了再弯曲。当我们的身边迅速寂静下来，她半转着身子对我说："我从不和毕业的学生联系，都是学生放假到学校来……张展，从来也没回过学校。"

"他是工作了，还是在读研？"我不得不见缝插针。

"不知道。"她目光里的焦急已经飞上额头。

"那，他在大连滨城大学什么专业？"

"不知道。"

"你是否记得他有个交换妈妈，她在哪个区当局长？"她的焦急提醒了我。

她愣住了，彻底愣住了，好像不明白什么是交换妈妈，额头上的皱纹在阳光下更加凸显。

见她发愣，我赶紧换了一个说法："不不，就是在大连代替他爸妈来开家长会的家长。"

想了一会儿后，她再次摇头，一边摇，一边说："忘了，忘了她姓什么了，当时好像在东岗区。"

"对对，他还有一个妹妹，她现在是否还在大连上学？"我突然想起这一出。

"不知道，好像没在。"

虽然有些失望，虽然她很快就转身回了教室，可我对她的表现无可挑剔。我儿子和张展这茬学生之后，她又接手了两茬学生，如果不一茬茬删除学生信息，如何保证新的信息存入！关键是，当我走出第W高中校园，打上出租车，我已经对寻找张展彻底没了兴致——砰的一声关出租车门的声音让我重温了这样的事实：这么多年过去，我仍然在做儿子的奴隶，只要他那边有什么风吹草动，我这边立即草木皆兵，我为什么要这样?!

那段时间，为了把自己从儿子的愿望中择出来，我绝不待在家里读书——寂静往往容易放大信息，尤其是儿子的信息。我主动走出去，约朋友聊天儿，看电影，逛街。聊天儿和看电影，都在闫姐家里，我好久没看见她了，她家有茶室、咖啡屋，还有家庭影院；逛街，只去温州城，那里有一家我喜欢的布衣店。

闫姐是我在大连最最另类的朋友，她从来不怕把生活搞砸，不是砸了嘛，那就继续砸，看还能砸到哪里去！像我这样遇一点儿小事儿就惊慌失措的人，见她就像照镜子，总能从对比中发现自己的生活原来完好无损。闫姐夫妇都是建筑工程师，有钱，却没有时间管儿子，于是他们的儿子就成了一个无拘无束的自由主义者。他叫鲍远，比我儿子大七岁。十二年前，鲍远高中毕业，坚决要求到瑞士去学酒店管理，他们于是托朋友把儿子送到瑞士。三个月后，鲍远自动回来了，说瑞士不好，酒店业不好，他要去俄罗斯学服装，他们又托朋友把他送到俄罗斯。半年后，他花完他们给他拿走的所有卢布，又从俄罗斯回来了，说他不喜欢服装，要去美国学电影导演。在他以很低的分数拿下GRE和托福成绩后，他们又把他送到美国，结局可想而知，就像他们这些年所经历的，建起了一幢又一幢新楼，却要推倒一幢又一幢旧楼。后来，当闫姐夫妇双双退休，无力兴建高楼，他们的儿子就躺在旧楼的废墟上，一连多年躲在家里的家庭影院看电影，他已经看了上千部电影。每次去她家，透过门缝儿，都能看到在黑暗中蓬头垢面、面容憔悴的鲍远——电影里的悲欢人生明显在消耗他，使他看上去像个中年人。闫姐却从不上火，“看吧，看他把老子的钱花完了再怎么办。乞讨？打砸抢？我才不管，反正我俩养老的钱不会给他！”

不怕把事情搞砸，是你怕也没用，你摊上了这样的儿子，怕也没用。可绝不是谁都能有闫姐夫妇那样的心态。后来发现，只要你不怕，不但天大的事儿都不是事儿，还真有可能就没有什么事儿。我是说，几年来，只要稍稍一想闫姐的儿子我都睡不着觉，可有一天，她在电话里兴致勃勃地告诉我，不用打砸抢啦，能赚零花钱啦。我懵懵懂懂，闫姐说，人家给电影杂志写影评，赚好几笔稿费啦。洒脱的人自有洒脱的命运，可你绝不要以为有了这面镜子你就可以成为她！当我为了忘却儿子的要求，去听她讲鲍远那些有关昆汀·塔伦蒂诺电影《无耻混蛋》和《低俗小说》的影评文章，并为了理解他的文章，最后和她一起坐在家庭影院看电影，看着看着心底就闹腾起来。电影中枪击、复仇、凶杀的情节，不过是一把探索人性各种可能的钥匙，可在我眼里，却是驱之不去的一个又一个暗示，因为在那里，在极端的情况下，混蛋会变成英雄，弱女子会制造阴谋，受到保护的人最后成了一个只露了一面就被射杀的无名之辈，一个杀手最后又成了拯救者。在鲍远眼里，从不进入简单的道德评判。在极端复杂的背景中揭示人性平庸的光辉，正是昆汀电影的高妙之处，可我根本进入不了这样的审美境界。我像一个毫无艺术感觉的家庭妇女，混乱和复杂让我头昏脑涨，复仇和凶杀让我越发生出对现实的恐惧：儿子会不会因为选课受挫，开始对小秘实施报复？儿子会不会因为没找到张展，科研受到影响，开始密谋退学？

偷鸡不成，反蚀一把米。在我想用闫姐不怕把事情搞砸的洒脱医治自己，却反而勾起了对儿子的牵挂时，我只有将自己置身于人来人往的商场。那时温州城布衣坊进了好多东南亚中式布衣，有一件草绿色泰国风格长款布衣让你一眼望去就看到了春天——这是我忘却恐惧和烦恼的最有效方式。我喜欢逛服装店，却从不买应季服装，我的跨季节购物浪费了太多的钱，因为当那个季节真正来临，曾经选好的衣服不是颜色不对，就是款式落后，总是不合时宜。在总是买衣服又总是没有衣服穿的时候，我从来都不知道，自己这么做，仅仅是想通过跨季服装的色彩区别，去感受再艰难的日子也总会过去。我不知道，我把衣服买回家，天天试穿，直到把新衣服试成旧衣服，仅仅是渴望眼下的季节赶紧过去，远方的春天或者冬天赶紧来临。一天晚上，正把草绿色衣服穿到身上，走到丈夫面前，手机短信响起，是敲门声。我不怕咚咚咚敲门，只怕小鸟一样的呼叫，儿子和我联系的方式是微信呼叫。不是微信而是短信，动作顿时从容而镇定，然而当打开短信，我看到了这样的内容：

孙老师，原谅我那天怠慢，都因为准备月考太忙。我帮你打听过张展，可除了知道他在滨城大学读书，没有人知道他分配到哪里工作。他确实有个妹妹在大连上过学，但父亲出事后就回了老家。他那个大连家长姓耿，叫耿丽华，现在正央区环保局当局长。电话是：13591××××××。吴玉秋

实际上我就是我，我成不了闫姐，当儿子和张展重返我的生活，当几天来的有意封闭被意外打开，就像打开窗户让阳光照进封闭多日的屋子，我感受到了无限暖意。儿子的班主任还保留了我的电话，或许念在我儿子算是毕业生中有出息的孩子，或许她知道我是一个作家，或许什么都不是，只是像儿子一样，她怀旧，她保留了所有与她联系过的家长的电话。反正，当吴玉秋这个落款进入我的眼帘，她额头上的暖意已经直抵我的心坎，并且，随着感谢短信的回复，我的心已经上路。

3

与耿丽华的相见，在她已经被间壁成十几平方米的办公室里。我没有提前预约，儿子曾经的警惕让我心有余悸。她确实就是我记忆中那个短发瘦脸的女人，只是她的瘦脸比以前更瘦，两腮处近于干瘪。她见我愣了一下，似乎觉得熟悉又不知道是谁。我没告诉她我是谁，只说是2009届第W高中学生家长，想找她来随便聊聊。

她没有马上接话，上下认真打量了一下我，仿佛一个学生家长找她随便聊聊有些不可思议。然而在她目光再次回到我脸上时，她的眼角突然涌出明媚的笑容，“我知道你是谁了。”

我也笑了，我说是，我儿子和张展是一个班的，我们一起去开过家长会。

“不不，你是那个作家，我记起来了，你是那个写关系的作家，我在网上见过你的照片。”

看来儿子的警惕毫无道理，她不但尊重文人，还读小说。我陷入尴尬，为对她没有道理的误解而尴尬。

她并没觉察，一边打电话叫来工作人员为我沏茶，一边从她的办公桌前走过来，坐到对面的沙发上。她的办公室不大，也就十几平方米，除了棕色办公桌和对面一排黑色硬皮沙发，没有一个盆景和一株花草植物。我官场朋友不多，但印象里他们的办公空间巨大，在巨大的空间里，养着各种名贵花草植物。她是一个敏感的女人，迅速捕捉到我的感受，立即说起她的办公环境，“哈，你看这办公室，才间壁的，太小了，各级干部的办公室都按级别重新规划了，你可能也知道了，一开始根本想不通，好端端的屋子给间壁了，省出那一半干什么都用不上，纯是浪费！可细一想，觉得不是那么回事儿，党中央还是英明，这不是浪费，这是一场触及灵魂的革命。你想想，你的空间小了，你的权力欲自然就开始收缩了。”

虽然对她引入这个话题有些突兀，但我对她充满感激，因为这不但让我找到恭维的话，还让我看到她的另一面，泼辣的一面——她说话阔音大嗓。她虽然在努力压低声音，努力使手势做得优雅，但她抑扬顿挫的语音缝隙里，还是泄露了她卑微的出身，这一下子拉近了我们之间的距离。那种从底层奋斗出来的干部的最大特点，是身上还会残存着纯朴的东西。她不但纯朴，还有些直率，当我告诉她，我第一次听到触及灵魂这一说法，很深刻，她瘦瘦的脸颊上溢出红光，单眼皮下的眼仁闪闪发亮。

那天，因为耿丽华的表现和我想象的判若两人，我彻底丧失了警惕，比如她为什么对我热情，她尊重我这个文人出于什么目的。因为没有警惕，后来事情的发生，我有些手足无措。事实上她的纯朴诱惑了我，她毫不设防地夸夸其谈，让我误以为，在接下来的时光里，当我从她感兴趣的话题引向我的话题，我们会有一场关于张展的深入交谈，而不仅仅只是打听张展的下落。打听下落，那只是见面之前的想法，见面之后，发生了变化。所以在她谈到一座城市每天要排放多少二氧化碳，一个人每天要排放多少垃圾和污水，身为大连一个中心区的环保局局长，她每天要接触多少市民投诉案件时，我直视她的眼睛，努力让她感到我在用心倾听。雾霾治理，地下排污，地上绿化，她是环保局局长，这一切她太轻车熟路了，她掌握许多数据。可由于一直直视她的眼睛，由于她话语频率太快，我后来有些眩晕，有些恶心。你也许会有类似感受，当你长时间一个姿势盯着一个人，你会头晕恶心，对方的脸会在你眼前旋转起来。后来，当耿丽华那张瘦削的长脸在我眼里旋转起来，我不得不打断她，我说："耿局长，你太忙，不想占用你太多时间，我来，是想向你打听一个人。"

"谁?"她还没有从刚才的兴奋中走出来，眼睛闪闪发亮。

"一个叫张展的孩子，听说他是你的亲戚。"我没用交换妈妈这个说法，如今反腐形势严峻，这说法容易触及灵魂，他们当年两地交换，一定借用了彼此的权力。

谁知，听说我来找她是为一个人，这个人又是张展，她眼仁里的光顿时收缩，脸上的笑容就像初冬早上的霜花，一丝丝凝结，"你找他?张展?"

"是张展。我想知道他现在在哪儿，我想跟他联系。"

这时，只见她眉毛扭动，结霜的脸上有一种被重器砸开的裂纹。"作家，你可千万别说是张展叫你来找我的，我不认识他！我不是他任何亲戚，我和他没有任何关系，过去没有，现在更没有!"

我一时怔住。我设想过耿丽华听到张展之后的种种反应：因为他父亲已经去世，人走茶凉，她不愿意承认曾经的相识，这符合儿子对她的评价；或者她亲历了张展的早恋和无情，但因为看到命运对他的不公，她宽容了他，这符合母性的正常思维；或者，她与张展有过激烈冲突，她宁愿将他忘掉，就像一个赶路者有意放下肩头的包袱，这符合人性趋利避害的特点。但无论因为哪一种，她的反应都应该是平淡的，淡到让她不愿意说，即使顾及我面子，不得不说，也完全是公事公办的语气。在我的底线里，她只是公事公办地打发了我，简略说了几句对张展的印象，然后告诉我他妈妈的电话，或者他的电话……

其实，当她兴致勃勃的谈话让我眩晕时，我早已打消跟她长谈一场的念头。

却怎么也想不到，会是这种反应。

我尴尬地看着她，看着她从沙发上站起来，回到她的办公桌前。她否定认识张展，就意味已经逐客。我只有支吾着，“哦，不认识，原来你们不认识……”

她并不在乎我的尴尬，接着说：“以为你来找我，是关注我们城市的空气和环保，你一个作家，应该多关注人跟环境的关系，而不仅仅是人与人的关系。”

预料的事情已经发生，我在自取其辱。我缓慢地站起来，歉意地冲她笑笑，我之所以还能沉住气，不是怕有失身份说出不恰当的话，比如“我知道该做什么你没资格指导”，这是我当时心里唯一的声音，而是因为受辱，我心里萌生了一个恶毒的念头：她如此决然否定和张展的关系，是不是真的和张展的父亲有什么不正当关系，就像美剧《纸牌屋》中女主人公克莱尔与一个摄影师的关系。

想到美剧《纸牌屋》，是当时我正在看它，她语气冰冷、面无表情的样子和《纸牌屋》里的克莱尔别无二致——在妩媚和冰冷之间，没有任何过渡。这个念头如何救了我只有天知道，我不但脸上一直挂着微笑，起身告别时，还主动走到她跟前，伸出我的手。

不知是我的礼貌刺激了她，让她觉出自己的失态，还是她怕埋下什么不友好的种子——如今在网络上进行人身攻击实在容易，或者，她认识到，为一个张展，她没必要这么激动。反正，当我转身往外走时，她来了一个一百八十度大转弯，语气和蔼地说：“不是我不认他，是我后悔认识他，他是一个没有道德感的孩子。要不是看他父母的面子，我根本不可能和他揉搓三年。”

虽然显露出一丝就张展谈下去的可能，但我还是果断地迈开脚步，原因很简单，我不喜欢她盛气凌人。

4

几近成圆，反而成方，本以为先见张展老师和他的交换妈妈，是找到联系张展的捷径，不承想反而绕了远。这或许就是上苍冥冥之中的安排：我和张展，和与张展有关的事物之间，有着宿命般的关系。见耿丽华一无所获之后，我不但没有直接去滨城大学，还岔开另一条道，并且越走越远。

其实刚刚离开环保局，我就觉出自己那个恶念的罪恶之处。首先，耿丽华后来没有回避她和张展父亲的关系，她承认自己是看他父母的面子；其次，即使她和张展父亲真有什么关系，我也不该对一个命断太平洋的灵魂心存调查，哪怕我的调查完全出于对张展的善意。我走上岔道，是因为她对张展那句“没有道德感”的评判，她让我想起儿子说过张展和一个大他八岁女子的恋爱。作为孩子的交换妈妈，无论她保守与否，都不会容忍这样的事，这意味着她的失职——儿子觉得我们不是一类人，根源也许就在这里：他小学五年级就开始恋爱，我却从未阻止过。可不一样的是，儿子恋的是同班同学，又仅限于精神，张展恋了一个大他八岁的社会女子，他们一定有了肉体关系。

想起儿子的早恋，自然就想起儿子房间里那一堆记忆的垃圾，有一回打扫卫生，突然从写字台与墙的夹缝里掉出一个本子，打开来，居然是他小学五年级时写的日记。他在日记中称他初恋女孩“叶子老婆”。“昨天，叶子老婆给我一张字条，看完后把它放在座位上，没想到，我刚上厕所，就被同学打开在全班朗读，我进教室，所有同学都盯着我，屋里鸦雀无声。我一下子就知道发生了什么，心想完了，老婆再也不会理我了，可是今天一早走进教室，她又冲我笑了。”

十来岁的年纪就把女孩叫成老婆，是我们这代人怎么都不能想象的，会觉得是一桩道德事件。我在十七岁那年得到一本《妇女卫生手册》，还为有人把自己当成妇女不是女孩而暗自羞愧、恼火。我成长在

“样板戏”里男人都是孤胆英雄女人都是孤寡英杰的特殊时代；儿子不同，他的童年，随便打开电视机，就能看到男女接吻和拥抱的镜头，在过早觉醒的性意识里过早地融入了对成人关系的想象，实属正常。可理解是一回事儿，真正能够熟视无睹是又一回事儿，因为你终归不知道他到底是不是只停留在精神上。那些年，我仿佛一个向死而生的病人，一边生活在对就要到来的明天的恐惧中，一边用渴望时光的快速流转来克服恐惧——喜欢跨季节买衣服，也许就是从那个时候开始的。后来发现儿子的早恋确实只停留在精神上，不再为之伤神，却又有了升学和高考的难题。

生活总有解决不完的难题，我现在的难题是，要从儿子堆了一屋子的垃圾中，找出他的高中日记，在那里，没准会保存着张展“不道德”行为的一些证据。比如那个发廊女的名字，那家发廊的地址，或者，那个发廊女的电话，儿子高三的大部分周末时光都在张展家度过，张展会做吃的，发廊女难道就没去过？

找这些东西，跟儿子找张展的初衷没有任何关系，可事情就是这样，我被张展的交换妈妈引上了岔道，我希望有证据能证明张展并非像她说的那样不道德，从而在心里彻底否定这个女人，就像几年前想见张展，是希望看到张展过得好，从而让自己从疑虑、不安和恐惧中走出一样。

在那一堆垃圾里，我第一次如此深切地体会到怀旧的价值，儿子给我留下一部成长的历史。典籍里的历史，都由记忆的碎片构成，可儿子保留他的成长碎片，绝不是为了有一天成就一部典籍，不过是怀旧而已。我不怀旧，但并不比怀旧的人缺少历史感。当我满怀侵犯儿子隐私的不安，从他写字台底下的书架里找到他的高中日记，当我趴在他的床上，从泛黄的纸页缝隙溜进他的隐私，读到他在高中时，因为同时爱上两个女生而痛苦不堪，使我不设防地回到过去，我对我这个自认为一直在做儿子奴隶却从没有走进儿子心灵的母亲多么不能饶恕……

儿子的历史让我陷入痛苦的现实，那是儿子的现实，他当时常常辗转反侧，痛哭流涕，在陪一个叫蒋子蔓的女生看电影时思念着另一个叫孟欣的女生，孟欣对他脚踩两只船大加谴责时他备感罪恶又觉无辜。儿子在高中时和蒋子蔓恋爱我是知道的，可我从不知道他恋她，是为了医治初中女友的突然移情，从不知道当他得知他的初中女友从未移情，只是误会，他和蒋子蔓已经陷得很深。于是，他不得不在两个女生之间周旋，不得不在一个晚上把孟欣约到张展家中……

怀旧是艺术的、审美的，在那里，你复活了种种现场，你进入了现场种种情境，如同读一本书和看一部电影，大脑屏幕上会映现生动鲜活的艺术形象。只不过，儿子在日记里的形象一点儿都不高大，甚至有些卑微、卑鄙。在张展家，他期盼和孟欣灵肉合一，终因为蒋子蔓打进一个电话，引起孟欣的疑心而幻想破灭。那个周三下午，儿子独自在张展的屋子里号啕大哭，觉得整个世界都在塌陷，因为孟欣临离开时，说了句让他最不能忍受的话："你是个流氓——"

在那里，在那篇写于2008年5月28日的日记里，我切身感受到了歌德笔下少年维特的烦恼。他自认为自己的感情是圣洁的，他说孟欣是他真正的初恋，遇到她，他才明白在此之前的所谓恋爱不过是一种渴望成长的想象，只在思想里。而她不同，她打通了他的身体，他跟她一个眼神的碰撞，都能感受身体的战栗，他因此开始了勇敢的追求。他写信告诉她，他不光喜欢她的眼睛，他喜欢她身体释放出来的所有气息，那气息缭绕在白天，也缭绕在夜里……

儿子的追求无疑成功了，因为才十六岁的他在日记提到了身体。所谓男人不坏女人不爱，是说有真性情的女人喜欢由身体到心灵，而不是相反。这也是为什么即使在精神禁锢的"文革"年代，也常能听到某个既聪明又漂亮的女子最后成了哪个粗俗莽撞之人手下猎物的真正原因。可是可悲的是，儿子提到身体，并不是天然懂得人性的秘诀，故意下夹子捕获猎物，而只是真诚地诉说一种感受而已。当孟欣渴望他说时迟那时快地解决她，他却开始玩味起他们之间的关系，就像一个猎犬玩味就要到口的猎物。我理解儿子，他是那样一种人，希望赋予任何形而下的事物一种形而上的色彩，拖延时间，是他想通过某种感受来确定事物的神圣的精神性，可他不知道，爱和性有时很难分开，在爱着的时候，性本身就是精神，神圣的精神。儿子的做法，容易让人觉得他是个伪君子。对待这样的人，孟欣有着高超的技巧，故意用和其他男生接近、向他们抛媚眼儿来点燃他的嫉妒之火，可终归儿子不是个勇士豪杰，发现自己忍受不了妒火中烧，立马从战场上撤离。结果，他的撤离，不但造成孟欣考试失利，使本来有可能考进本市最好高中的她落到他考取的二流高中，还开始了他们长达三年的相互折磨……

本是为了寻找与张展有关的线索，我却走进儿子的历史。在那些密密麻麻东倒西歪的汉字里——他从小学一年级就开始练字，却从没把汉字写好过，相反英语却出类拔萃，这也是我常常纠结的地方，在所有孩子到课外补英语的20世纪90年代，没有家长不为孩子英语好而自豪，可汉字是中国人的脸面，他的卷子常让我没有脸面。在日记里，我不但重拾了儿子没有脸面的岁月，还在这岁月里，看到了这样的现实：人是多么孤独，人性的局限多么可怕，两个灵魂本因为相互吸引才渴望冲出躯壳，可最终还是被一种说不清的东西囚禁。最叫我悲哀的是，儿子在情感和欲望的囚禁中，选择了令我纵使有一千个脑袋也想不到的策略：这之后，他居然把蒋子蔓招呼到张展家里，向她坦白他不爱她，他一直就没爱过她，她不过是他用来医治创伤的工具。

感情也许无须策略，可问题是，他为此付出了惨重代价。当两个女孩一起离他而去，他突然发现，他对蒋子蔓并非完全没有感情，他在想她。高中三年，他们每周都要交换各自的日记。她是那种有理想、少女时期就显露出某种母性倾向的女孩，不但每周都写一些名人名言激励他，还在日记里督促他不许熬夜不许玩手机不许喝啤酒——她认为他能成为大人物，她又知道他爱熬夜爱喝啤酒。实际上，当她的欣赏和关心被当成医治工具，精神上，他已经离不开她了。假使他不说出那样的话，或者当时以报复的方式占有了蒋子蔓，很快他将明白，男人极有可能同时爱上两个女人，因此，他将轻装上阵，彻底地全心全意地投入到和蒋子蔓的恋爱中去，而不是孤身一人舔舐伤口……

那个发廊女，就是在儿子后悔不迭的时候出现的。那是2009年3月17日的日记，儿子在日记上这样写道："下午，最后一堂课结束，我下意识来到教室过道拐弯处，今天是星期二，是我和蒋子蔓每周一次交换日记的时间，曾经的时间，曾经的地点，却没有出现曾经的人物。我明知道蒋子蔓不会再来，我把一个女孩的自尊彻底打翻在地，可是当我站到老地方，一个幻觉死死包围了我，觉得每一个女生的身影都是她。当上课的铃声响起，确定她真的不会出现，我没再走进教室，我离开讨厌透顶的自习课，去了石葵路斯琴发廊。斯琴比我和张展大八岁，她会知道蒋子蔓会不会再回到我的生活中。可斯琴听了我的故事，直摇头，她说蒋子蔓也许还爱着你，但她不会再信任你。她说她稍微冷静就会发现，她爱着的是爱情，而不是你！你和一个女孩爱了三年，没有身体要求，不正常。她说你其实也并不了解自己，你对她身体没要求，证明你也是爱着爱情，而不是她。你们俩都被一种东西欺骗了。我说，什么东西？她说，爱情！爱情就是爱情，怎么能说被爱情欺骗？我不懂。她说，不懂就是不懂，这不是教会的，你将来会懂，没有性欲不是爱情。斯琴太老到了，她揉着手指说出那些话，像个老巫婆。从她那儿出来，我心情坏透了，她不但断了我的后路，还让我嫉妒张展，我恨不能把张展从自习课上揪出来揍他一顿，他这么个唯唯诺诺的臭小子怎么就能把老巫婆搞定……"

石葵路、斯琴发廊、张展，他们从密密麻麻七扭八歪的汉字里闪烁出来，像从黑暗的洞穴里爬出了一条眼镜蛇，我捂着怦怦直跳的胸口，闭了好一会儿眼睛。在那一摞又一摞蓝塑料皮包裹的大本子里——那是闫姐给我从建筑公司要来的笔记本，如果有耐心继续翻下去，或许会找到更多与张展和发廊女有关的内容，但此刻，我再也不敢了，原因很简单，儿子嫉妒张展。我不知道儿子是否也在发廊这种场所逗留过，2009年3月底，学校搞了一次摸底考试，他考了有史以来最低分数。担心掉进儿子黑暗的历史，便也像眼镜蛇一样从日记的洞穴里爬出来，瞪着一双亮晶晶的眼睛，来到石葵路街道。

一直以来，儿子都说张展家在西安路，却想不到在石葵路。石葵路离我家，只有一山之隔，每次去游泳馆游泳，都从解放路和石葵路交叉的路口路过，虽然很少走近那条街道，可当日记里的“石葵路”和牌匾上经常见到的石葵路重叠，就像从隐蔽处突然走出一位老朋友，你恨不能赶紧冲出家门与老朋友相见。

那是一个日落西山华灯初上的晚上，也只有在大连这样的山城你会看到日落西山。冬日日落往往才四点多钟，不等丈夫下班我就提前出门。我是一个说不了谎的人，我无法对着丈夫询问的目光不说真话，而他一旦知道我偷看过儿子日记，会大发其火，有一次偷看儿子手机，就被他训斥过，他把儿子的隐私看成是所有男人的隐私。在渐渐明亮起来的灯光里穿过石葵隧道，夜的眼睛顿时星光一样缀满路的两侧。这里是个老城区，它两面依山，街狭长而逼仄，因为是通往中南路老虎滩方向的交通要道，当你下车回头望，街道从隧道延伸出来，像从未知世界拉开一道闸门，车辆的洪涛浩荡涌入，簇拥两旁的加油站洗车厂饭店服装店之类便像被洪涛冲积出的河滩，杂草丛生，繁花似锦。在繁花似锦的街道边瞪大眼睛，我异常不安，灯光中每个牌匾撞入眼帘，心都在那里怦怦直跳。我渴望看到儿子笔下那个老巫婆的样子，却又有些害怕——当从日记里走出，走到冬天的夜晚，不知为什么，隐隐的，我希望儿子曾经的伤痛只是他的虚构，它并不存在——在儿子远渡重洋看得见却摸不着的现在，持久的想念，使我不想有任何物证来证明我这个妈妈竟然没有在他在身边时分担过他的痛苦。所以，当我终究瞪着亮晶晶的眼睛也没有在街两边紧密簇拥的店铺里找到斯琴发廊，失落的同时，又长长地吐出一口气。意外的事情，就是在这口气的悠长余韵里发生的。

石葵街道有两家发廊，大千世界美发、小雨点美发，一大一小，证明了发廊主人不同的心态。一个希望自己无限的大，一个希望自己无限的小，恰恰在小里边，你能看到它的大，因为不怕把自己说小就是一种大。然而不管大小，都不是我要找的发廊，注视它们，我根本没有去想，发廊的名字是可以随意改变的，随便哪家发廊都有可能是斯琴发廊的变种。我只在心里简单地推断，要么，这里曾经有个斯琴发廊，因为经营不善黄铺了，这里两侧山岗上的居民并不多，而前方不远处就是宽阔的解放路，那里大小店铺鳞次栉比；要么，斯琴发廊压根儿就不在石葵路，儿子是担心有一天有人偷看日记，故意声东击西——就像他高中三年，一直都说张展家在西安路。

因为陷入目标的迷失中，我在小雨点发廊门口呆呆地站着，努力从大脑搜寻走出家门的初衷，这时只听身后传来一声细细的骂孩子的声音，“小鬼头死犟死犟跟奶奶多好哇——”我回过头，发现从发廊里走出一个脸蛋儿红润的孩子妈妈。判断她是孩子妈妈，不是因为她怀里抱着孩子，而是孩子的吊吊眼——那双长在高颧骨上的吊吊眼和她的眼睛一模一样。不知为什么，第一眼看上去，就认定她是斯琴。颧骨高耸、风情万种的目光里潜藏着不易察觉的忧伤，这是我对蒙古族女子先入为主的印象。斯琴两个字容易给人蒙古族的联想，可因为如今汉族人起少数民族名字是一种时尚，就像大街上随处可见的迪欧咖啡戴安娜服装之类，临来之前我并没想那么多。大连街上汇聚了全国各地生意人，新疆青海安徽江苏广西江西，他们见缝插针无处不在。然而当真正在一个夹缝里看见一个有鲜明蒙古族特征的女子站在面前，我还是有一种特殊的感觉，就像我每次去新疆人开的拉面馆吃面都要偷偷注视他们一样——近在咫尺的遥远总是让人更加着迷。

斯琴肤色黝黑，一米六八左右的个子，虽是冬天，却衣着单薄，镶着蕾丝花边的上衣领口，被一对乳房高高撑起，在她抱怨孩子太倔强时，她用力晃动上身，枕在她胸前的孩子也和她的胸脯一起上下颤动。其实细看你才会发现，做了母亲的斯琴算不上精致，胸脯向前突出，臀部向后隆起，大腿小腿肉墩墩充满曲线，身体轮廓因为过于饱胀而略显臃肿。可就因为这种蓬勃的饱胀感，让你一下子就感受到她旺盛的性欲。当斯琴把“小鬼头”推到身边一辆开着门的东风车里，回到她的发廊，就连我这个五十多岁的老女人都被她吸引，情不自禁地跟了进去。

被她吸引，当然不是她的性欲，而是她对性欲的看法——她认为没有性欲不是爱情。

见我进来，她像对待所有客人一样，说了声“您好请坐”，之后把转椅推到我的旁边。

显而易见，为了我的初衷，我的刚剪完一周的头发必须做出英勇牺牲。

事实上，当她拿起药水，问我是染发还是烫发，我的初衷早已不知去向。我支吾着，无辜地对着镜子里的自己。我从不烫发，自从结婚那次烫发，发现鬈发配在我这张长脸上多么俗不可耐，就一直退而求其次地捍卫着老气横秋的直发，而即使染发，也只用一种牌子的染发水在家里染，见必在两者中间选其一种才能在这儿继续坐下去，我只有支支吾吾说：“染，染发，用你最好的染发水。”

找回初衷，是在把自己全副武装起来之后。那时我发现发廊里有一个男理发师，他个子高鼻梁高颧骨也高，有这几高的男人本该英俊帅气，可他不但不帅，还很丑陋，因为他的脸太短太小，被几高瓜分之后，显出怪相。斯琴曾经自己开店，这个男人极有可能是她聘来的，可某个时刻，她嫌电脑里正在播放的音乐不好听，支使他换个乐曲时，叫他老公。

“老公，换艾米纳姆，别一天到晚哼哼唧唧的。”

斯琴做了母亲，一定有老公，可不知为什么，当听她叫怪相男人老公，我异常惊讶，就像听一个发廊女说出“艾米纳姆”一样惊讶。他太老了，看上去比斯琴大十岁都不止，问题是斯琴曾和小她八岁的张展好过！尽管斯琴给了我性欲旺盛的印象，可我还是不愿相信她曾经在两个男人之间周旋过。二十年的年龄差，铺展开来，应该是一片一望无际的时光草原，我无法想象她的身心如何在这片草原上驰骋。当然，我更不愿相信斯琴是那样一种女人：不拒老少有钱就赚。关键是，如果是那种关系，我儿子也不可能说他们是恋爱……

在回荡着我听不懂的具有说唱风格的异域音乐里想入非非，我有了这样的推理：五年前，她跟张展分手才嫁给了怪相男人，她哄腻了小男人，想换换口味，而这大一点儿的男人早她十几年创业，有房有车，房子多大不知道，车刚才看到了，东风，档次不高，但足够打发日常生活。男人提供了这一切，斯琴发廊自然就不能再叫斯琴发廊，叫什么，正好他们有了小不点，就叫了小雨点。推理到这里，我不禁起了一身鸡皮疙瘩：小雨点发廊，是不是斯琴用来纪念张展才起的呢？她曾经爱上一个小不点？

那个晚上，坐在小雨点发廊，我像平素进入小说创作那样才思泉涌天马行空，我在想斯琴当年和张展怀了孩子并没堕胎，她把自己嫁个怪相男人，也并非看好他有车有房，是因为怀孕急于把自己嫁出去，恰好怪相男人年龄大，急于结婚。这是所有劣质电视剧都会有的情节，我的想象没有任何高超之处，我的高超在于，我认为怀了孩子的斯琴从未告诉张展，也不想告诉张展，因为她从没想跟一个高中生结婚，她留下孩子，是恰好在怀孕时得知张展父亲遭遇空难，她莫名其妙地觉得为他留下这个后代是她的责任——有一种人，天生有着对某种神圣责任的领悟。当然也不排除另一种可能，张展知道斯琴在父亲空难时怀孕，感受到上苍冥冥之中的安排，求她留下。反正，在那个鼻腔里充斥着药水味的晚上，我居然铁定了小雨点就是斯琴跟张展生的孩子这一想法，铁定了小雨点发廊是斯琴用了孩子名字这一想法，并因这个想法，我对怪相男人充满同情——极有可能，斯琴和张展一直保持联系，张展甚至会经常来发廊，以理发的名义看望他的儿子。可是要知道，越这么想，我越把自己置于一无所获的境地，因为害怕暴露包裹在不到五十平方米屋子里的巨大隐私，我根本不敢提张展两个字。结果是，我不得不顶着一头重染的头发遗憾地离开发廊。

遗憾，更有沮丧。我沮丧，是说当你认为张展还在高中时期就有了私生子，不管多么合乎情理，都无法接受，因为这意味着他需要承受太多的痛苦和压力，而身为一个有着和张展同龄儿子的母亲，我的心情已经被这痛苦和压力深深覆盖。站在发廊门口堵出租车时，我觉得闪烁在对面山坡楼群里的所有灯光，都是张展痛苦的眼睛。他曾经的租房不过是灯光中的一个，可我觉得所有窗口里都站着一个他，在永无休止烦不胜烦地忙碌着作业试卷的夜晚遥望石葵路，他的目光划破距离，飞蛾扑火一样一次又一次扑向斯琴发廊……

5

虽然回家后我的沮丧大有所减，并渐渐清楚没有任何东西向我证明我认知的正确，可第二天，儿子跟我微信联系，向我讲述NBA球星的故事时，我不但忘了我对“帮他寻找张展对他科研有用”这一说法的排斥，愚蠢地告诉他，我在找张展，他很有意思，还差一点儿说出来我看到了张展和斯琴的孩子。

我没说出来，是听我在找张展，儿子兴奋异常，电话那边嗷嗷直叫：“是吗？妈妈，张展究竟在哪里，要到他的电话没有？他怎么样？他是不是搞了个画展？”我大脑突然一片空白，完全不知道该说什么，因为我发现再多说一句，都会暴露偷窥日记的劣迹。

倒是听我支支吾吾，儿子知道我并没找到，没再纠缠，一如既往讲他的故事去了。

他从小喜欢篮球，喜欢NBA球星，这些年，只要有闲暇，我就被他揪住听他讲NBA故事。初中、高中以至到大学一年级，他只讲一个人——科比。他讲他的每一场比赛——他曾要挟我和他爸爸，若要让他考好，唯一的条件是不能落下科比的球赛，我们在向他妥协的同时也就被迫承担了听他每场科比球赛看后的品头论足。在他眼里，科比是NBA历史上最伟大的球星，他的缺点和优点一样多，可他最爱他的缺点，崇拜他毒蛇一样的攻击性，崇拜他的霸气、杀气、个人英雄主义。然而大学二年级，一场意外事故改变了他。这并不是说他背叛了科比，而是他的故事里出现了与科比个性完全不同的邓肯。那场事故，是他在做上海世博会志愿者时，感冒发烧也不请假，连续多天昼夜劳顿，感染上肺病，后来经历长达半年多的治疗，半年多不让打球。即使我这做母亲的，也不可能确切了解他在不能打球的半年多时光里是什么感受，但有一个事实是确切的，科比隐到了邓肯身后，或者说邓肯从科比背后浮现出来。他开始讲邓肯石佛一样的冷静、沉稳、低调、不计个人得失；讲他如何基本功扎实，多年如一日，一直保持核心球员状态；讲他的球衣是21号，他在联盟打第二十一年的时候，人们如何称他为二十一年新秀……很显然，看上去儿子讲的是NBA故事，记录的却是他个人的心灵轨迹。可那天，把他微信上的数十条语音打开听，却很难从中判断他目前的心灵轨迹，因为他讲了一个飘逸的温情的故事，如推开门缝时流进的一缕轻风。

“妈妈，有一个叫加内特的球员，他在家乡球队打了好长时间球以后，换了另一支球队，可临退役时他又换回了家乡。灵魂人物又回来了，家乡球队给了他热烈的欢迎。在NBA比赛中，每场比赛都有一个惯例，就是电视镜头扫向观众席上观看比赛的球迷，扫到谁谁都要站起来扭跳一番。2003年，加内特有个铁杆球迷在现场被扫到，由于他身体太胖了，扭跳时又过于热辣，把衣服都撕了，结果叫警察现场抓走。事隔十几年，加内特回归，比赛时镜头继续在观众席上扫，可镜头扫到这个铁杆球迷，他安坐不动。镜头不得不离开他，可离开后又扫回他，他仍然安坐不动，当镜头第三次扫回来，这个球迷终于站起来，脱掉衣服，结果，人们发现，他里边衣服上竟写着‘欢迎归来KG’。事隔这么多年，这个球迷居然依然如此忠诚，以另一种方式来欢迎球星回归，加内特现场看到，感动得热泪盈眶……”

这个轻飘而温馨的故事，也许表达了这样的意思，儿子在平息了和小秘之间因选课引起的风波之后，他开始憧憬未来，想象自己有一天学业有成，也会像这个球员一样衣锦还乡——他出国一年多从未说过将来留在美国，或者，他为自己没有像那个球迷那样成为科比的铁杆粉丝而自责——科比伤愈复出后，他看过他的比赛，但每每都让他叹气。可在当时，在我内心装满了张展时，我看不到任何有可能接近儿子心灵真相的真相，我因为看不到，还愚蠢地冒出句：“你知道艾米纳姆吗？”

儿子突然愣住，“你怎么知道艾米纳姆？”

我于是窃贼似的慌不择路：“没事，我只是随便问问。”

…………

那天，在微信里倾听儿子的故事，差一点儿再次暴露自己，直到上了祝简的车，还心有余悸。

和祝简成为朋友已经二十多年了，知道祝简在滨城大学文学院工作也已经二十多年了，可是儿子告诉我张展考上的是滨城大学，我从来就没想到，只要搭上祝简的车，轻而易举就能找到张展的踪迹。甚至不用亲自去，让祝简帮我查查档案，就能知道他去了哪里。也许你也有过此种经历，当你感觉自己深陷困境，四通八达的道路反而不是道路，是迷局。走出迷局，都因为从石葵路回来那个晚上祝简打来电话，说一冬天没见了，能不能见一面。我俩平均一两个月总要见一面，她开车来到我家闲聊。我们聊文学聊翡翠聊孩子，早先聊文学和翡翠，后来聊孩子。她是小说迷又是翡翠迷，那时她没有孩子，小说一本一本地读，翡翠饰件一个一个地买，每次谈完读了哪本书，她都打开皮包，拿出最近淘来的新货，之后在日光下灯光下鉴赏玩味。她是一个玩家，喜欢玩味物质，谈小说也是谈小说家笔下那些被细致描摹的物质部分。比如《红楼梦》里某个花瓶的图案，《海上花列传》里某个屋檐的形状，巴尔扎克笔下某条大街上教堂的彩绘。那时，我因为每天写作之余，为孩子的学习成绩神经兮兮，她玩味艺术玩味物质的忘我之境让我羡慕又嫉妒。后来她的孩子上小学，套上了望子成龙的夹板，我们聊的大都是跟孩子有关的一次又一次考试，我俩颠倒了过来，她开始羡慕和嫉妒我了。

“亲爱的你多好，你儿子都初中了，你儿子一年级时也厌学吗？

“我今天打他了，可打完又心疼，你儿子小学时你打过吗？我现在怎么那么羡慕你。”

眼看着一个玩味生活和艺术的祝简如我一样深陷现实的泥淖，感到同病相怜的同时，很有一种幸灾乐祸的窃喜。那种窃喜的直接反应是比从前格外愿意和她见面。我超拔在泥淖之外，不但可以扮演上帝的角色："都一样，我儿子小时候也厌学，长大就好了。"还好了伤疤忘了疼，大肆向祝简兜售儿子的中考和高考，"我可从来没打过孩子，我儿子中考考了初中以来的最好成绩，高考考了高中以来的最好成绩，都是夸奖的结果。好孩子是夸出来的。"

可自从她儿子升了初中，我俩再也没有约见。

很显然，是想见一面，才让我想到祝简有车，是觉得祝简有车，才让我想到完全可以让她拉我去一趟滨城大学，也是在这时，像灵光一现，我突然意识到她本就是那所学校的教授。当然，也是想见一面，才让我忽视了不必去学校就能找到张展踪迹的可能。反正，当祝简如同一条自愿上钩的大鱼跃出水面，我在电话里一惊一乍，"太好啦太好啦，怎么就没想到有你！"

当我兴奋够了，告诉懵懂在电话那边的祝简，我要找一个滨城大学的学生。她嗷叫着的样子确实让我想到摇头摆尾的鱼，"好哇好哇，我给你当司机，我拉你去。"

滨城大学在开发区北边一个山坳里，开车从我家出发最快也得一个小时。就像接到祝简电话才发现祝简是帮助我寻找张展最有利的线索一样，是在去往滨城大学的途中，我才发现我与滨城大学、与张展有着不解之缘。20世纪70年代恢复高考，我因为热爱绘画报考美院，志愿里填过两所学校，一所是沈阳的鲁迅美术学院，一所就是滨城大学美术专业。如果当初考上滨城大学，我和张展就是校友。我没考上，开始了写作，可就因为写作，才使张展以这种方式出现在我生活中——

事实证明，如果我不写《致无尽关系》，张展与我儿子再有关系，也不会走进我的关系。然而，当我为了强调我和张展之间冥冥之中的缘分，一路向祝简讲述我和一个空难遇难者的关系时，祝简感慨又兴奋。感慨的，是张展的命运遭际；兴奋的，是她以为我找张展，是想写他，她因此看到了自己和张展的关系。"我读了这么多年小说，可从来没成为小说人物，要是你把寻找张展的过程写出来，里边有我，这可太有意思了。”

她这么说，我们一点儿都不知道，这有意思的意思到底意味着什么。

首先有意思的是，车开进校园，祝简根本不知该带我上哪儿去，去哪里才能找到一个学生的档案。祝简在这所大学工作，却不知道学生档案到底存放在系里，还是在行政总部。她领我去文学院问学生辅导员，一个烫着鬈发的辅导员一边摇头一边思索，“可能在行政总部。”下楼，转弯，上车，绕过校区图书馆、理工学院、建筑学院，终于到了行政中心，上到七楼总部办公室，一个头发花白的年轻主任说，学生档案不在这里，在档案馆。问他档案馆在什么地方，他皱皱眉，说了一些标志性建筑的左侧右侧，祝简被说晕了，说：“主任，您最好给我画个图。”带着未老先衰的年轻主任画的图纸，在校园里左转右转，我的懊恼就像一截难以点燃的木炭遇到风，一程程燃出火星。我懊恼自己多么粗心和愚蠢，张展的交换妈妈一定知道他考了什么专业，我居然就忘了问问。好，就算我愚蠢，可大学教授不该愚蠢，祝简是大学教授，她不但不知道学生档案放在哪里，还不知道档案馆在哪里。问题是，当我们顺着坐落在大学中央的图书馆后身人行道往左转，再顺着两栋宿舍楼中间的人行道往右转，好不容易走到一个寂静的区域，看到一个白色小楼门前“滨城大学档案馆”的牌匾，穿着蓝色工作服的门卫却说现在是午饭时间，午后一点才能开馆。被高跟靴累得气喘吁吁的祝简不得不沮丧地看着我说：“没办法，我们先去吃饭吧。”

后来知道，作为一个大学教授，不知道学生档案在哪里，不知道档案馆在哪里十分正常，他们不需要了解学生的过去，他们甚至都不需要了解学生的现在。就在和祝简往学生食堂走的路上，有一个胖墩墩的男生过来向她打招呼，跟她说了几句有关考研的事，我问：“他是哪里人？”

祝简想了想说：“好像是南边的。”

我说：“他不是你的学生？”

祝简说："是呀，他成绩还不错呢，正准备考研，想去北师大。"

"你的学生你不知道他的来历?"我十分不解。

祝简噘着嘴，向我瞟来奇怪的眼神，"知道哇，我不说他是南边的嘛，好像湖南湖北那一带。"

湖南和湖北，这差别可是太大了。在我的想象里，一个大学教授，不但要了解学生来自哪里，家境如何，还要了解学生的生活习性、兴趣爱好、思想基础。教授教授，不了解这些你怎么教，怎么授，如果仅仅像往陶罐里灌水一样往学生的脑子里灌知识，那不成了教书机器!

祝简极其敏感，从我的沉默中感受到我的想法，在一个拐弯等待一辆车错身而过时，她转过头来，郑重其事地说："亲爱的，你是不是把大学想成初、高中了，那根本不是一回事儿，完全不一样！大学老师只管上课，上完大课走人。一个老师教好几百学生，管不起。你考上大学，只是享受了大学的学术资源、思想资源，学生学习怎么样全靠自己。"

有关大学的教学模式，我不是不知道，儿子曾向我抱怨过，他喜欢哪个教授的课，想跟对方建立联系，顶多下课堵在门口说几句话，从别指望深入交流。所谓思想资源，只能停留在课堂上。

"妈妈，那个老师说话口吃，可他的课上得太好了，是数学课，他却讲了许多数学之外的故事，像古埃及金字塔塔高的两倍除以塔底的面积正好与圆周率数字相同的不可思议，像北大西洋百慕大群岛屡屡发生的海难、空难事件的不可思议，他的课不仅有科学、哲学，还有宗教信仰，还有神学、神秘学，我越来越怀疑我的唯物主义。"

听有老师能够在思想上影响儿子，我在这边十分兴奋，说还不赶紧给老师发邮件约老师聊聊？儿子说发了，可老师回复时只问你有什么问题。

我理解儿子的感受，他没有什么科研指标下的具体问题，他只想和老师聊聊，希望让思绪遨游在老师向他打开的那片天空。他曾经是一个唯物主义者，喜欢物质层面的逻辑思维，常常以理工男严谨的态度抨击我的唯心，比如逼他戴雕有“天官赐福”字样的玉坠，比如在他考试的早上逼他吃饺子，他都会朝我瞪大眼睛，气呼呼道：“别愚蠢了妈妈，只要你有信仰，根本不必借助外力。”

我并不是不知道，当你心里有了宗教性，根本不必用宗教仪式来约束自己，可我比他更知道，许多时候，生活的残酷性会考验你的宗教性，当你无助，你濒临绝境，你内心的力量并不足够支持你。然而高考改变了他，就像一场疾病改变了他对科比的崇拜一样。高考前一天，为了让他放松，我说要带他去一趟家附近的南山寺。他什么都没说，悄悄随了我，并和我一起虔诚地上香拜佛，还把僧人送他的佛珠自动戴上手腕。在走出寺院大门时，他站下来，仰望寺庙上空寂静的蓝天，长嘘了一口气。他说妈妈，我此刻非常放松非常平静，明天肯定没有问题。可第二天上午第一门语文考试，因为想在一道选择大题上拿个满分花了太长时间，到写作文时只剩十五分钟。发现60分的作文分有可能全部丢掉，他彻底绝望。在绝望情绪下倒是写完了最后一个字，可他那笔破字一着急更像天书，涨到了卷子外边，连他自己都看不懂。中午回家，他把佛珠从手上撸下来摔到床上大呼小叫：“我谁都不信啦，我只信自己——”首战不利，接下来的考试不管发挥正常还是失常，他都再也不跟我们说，我们也都不敢问了，估分时他告诉我们，599，不会超过600分。他一向估分准确，前后从未差过3分，于是在了断清华梦的沮丧心情中，冒蒙在第一志愿上填报了前一年一本线618分的TJ大学。可就在出分那个晚上，奇迹发生了，他考了633分。当报分员说出后边两个3，儿子眼里怀疑的光像一束点燃的花炮，蹿得老高。不信，又听一遍，还不信，又听一遍，当怀疑转换成迷茫又一点点转换成不可思议，他像一个被花炮击中的孩子，两眼发直：“怎么可能！我作文那个字自己都看不懂，就是批卷教师给我40分，才610分，怎么可能！”就是可能，不但可能，那一年的TJ大学一本线630分，他只超3分被录取。从那以后，儿子不再是铁杆的唯物主义者，就像他后来不再是科比的铁杆球迷。他并不确定就是佛祖保佑了他，但他确定在人的命运中一定深藏着某种神奇的事物。也是从那时起，他的NBA故事里，加进了跟神迹有关的人物，比如林书豪。他在疯狂爆发之前，被火箭队裁掉了根本没人要，在换到纽约尼克斯队之后又辗转了好几支球队，曾经睡在队友的沙发上，并且被称为“林疯狂”那场比赛，如果没打好，也要被那支球队裁掉。结果，就那场比赛，他一个人得到23分5个篮板5次助攻，从此他一发不可收拾，连续七八场比赛全面爆发，掀起了全球瞩目的林疯狂，一夜之间成为尽人皆知的人气偶像。没有任何人能想到这一点，儿子自己也没有想到……当他认识到人生不再像科研那样精确精密，当他意识到生命中会有无法解释的事物出现，他便喜欢上那些弥漫在科研之外混沌的、柔软的，跟人性有关，跟人的思想、情感有关，跟神秘的自然有关的人文的东西。

儿子真正的奋进是由对大学的失望开始的，或者说正因为失望了，才开始了自觉，才在本科毕业后直接申请读博士。然而，你不置身校园内部，不切入某个跟学校有关的血管神经，你根本无法体会校园对于学生究竟意味着什么——

那一天，由祝简这根通着学校机制的神经切入，我设身处地感受了校园的坚硬和冷漠，因为当那个不知是湖南还是湖北的胖学生一转身消失在前边人群中，我忍不住又问祝简：“他家条件好吗？是富二代还是穷学生？”祝简回答：“我哪知道他家穷富，我又不想刮油水又不想发救济。”我觉得祝简跟他之间不过就是擦肩而过的路人，就像我和他们的擦肩而过。

擦肩，在这里不是形容词，是真实的表达，因为很快，祝简就把我领进一个学生食堂。严格说来，那不是食堂，是一个偌大的商场，一个凹进去的半圆形高楼门楣上，镶嵌着“滨城大学商务中心”八个大字，一楼入口处，急于就餐的学生像急于进商场抢购的顾客，挤在挎着双肩包的学生中间，一股冷生生的怪异气味扑鼻而来。

那气味究竟是什么很难说清，既不是单纯的青春气味，也不是单纯的食堂美食气味，它是门外的风被学生们带入到煎饼果子、肉夹馍、酸菜鱼等店铺上空形成的一种特殊气味。它们在那里旋转、冲击、碰撞，又裹挟了嘈杂的音流。后来才知道，那是一种商业贸易的混乱气息。因为你发现，学生们终于挤进去，挤到一个个小吃摊前，他们又长时间左右端详站着不动，好像并不知道要吃什么。屋外拥挤，屋内凝滞不动，人流的嘈杂纷乱顿时就有了某个菜市场鱼市街或者商贸市场的气象。

所有大学都有美食一条街，商品时代的大学早已不再是过去，在儿子读本科的TJ大学，学校食堂之外也有这样的美食广场，有冷饮店面包坊星巴克咖啡，专供那些家境不错的学生消费。与TJ大学不同的是，滨城大学美食街的美食偏中国化，气象上更像城乡接合部，关键在于，与美食街相挨紧密的，是一个巨大的超市，我那底层印象，正来自于一些吃罢饭的学生汗津津地拎着香蕉橘子卫生巾之类。

在一个位子上等待祝简打饭，我静静地观察着坐在旁边座位的学生，那是三个小个儿男生，一边围吃一个砂锅，一边讨论假期到哪里做志愿者。都是南方口音，用祝简的话说是南面的，但绝不是湖南湖北，像两广或福建一带，因为他们的口音里有着陡峭的下滑音。滨城大学有这么多外地学生，跟大连是海滨城市有关，却不知它隐在离海滨一个小时车程的山坳里。不远万里来到孤寂的校园，同乡人便成了惺惺相惜的小环境。一眼望去，他们都面色焦黄，鼻翼和眼窝深处有着驱之不去的倦意。学习、准备论文答辩、上网、谈恋爱，这是我能想到的所有与学生、青春有关的熬夜理由，儿子在TJ的室友还有整夜整夜玩手机的。但这几个孩子好像不至于，因为他们在探讨一个如何去乡村支教的话题，一个筷子伸在砂锅边一直不动的学生说："我不回家，就在大连乡村找，省路费。"

另一个一直低头吃个不停的学生瞟他一眼，"你当然行，你姨夫在这儿当局长，有关系，我只有回家才能找到关系。"

另一个吃到半酣一直在擦汗的学生说："我哪儿都没有关系，我想回临桂老家最穷的地方试试，为了读马列的研，就得豁出去。"

当志愿者还要找关系，这让我意外，当然更让我意外的，是有人喜欢读马列研究生，他们支教，原来是一次人生策划，是为了读上政治系的研究生。就像在任何一个店铺看到异族人都让你为近在咫尺的遥远着迷一样，那一刻，我着实为这么近地挨着三个喜欢政治的大学生着迷，他们和我热爱理科的儿子太不一样了，那个必修的“马哲”课曾让儿子痛不欲生。

就在我目不转睛地看着他们黄焦焦的小脸儿时，祝简挤过座位中间狭窄的过道，和饭菜一起热气腾腾地来了。

“亲爱的，你是不是看到每一个学生都像你的张展？”放下餐盘后，她小声对我说。

经祝简提醒，我蓦地转过头，“你不说这会儿我都忘了，可也别说，五年前，张展说不定就坐在我们的座位上。”

祝简引出张展，却并没就此说下去。一边吸着鼻子吃着她向我推荐的羊肉盖饭，一边更小声向我感慨：“亲爱的，你说我能不为儿子的学习担忧吗，像这些大学生，一天天浑浑噩噩的，怎么办？”

“你的意思……是大学生不好，而不是大学不好。”

“当然都有关系，好大学有好的资源，但好的学生考进好大学，也是学校的资源。”

“你是教授，你给学生提供了什么样的资源？”我脱口而出。

“晚上熬夜，白天睡大觉，考试挂科无所谓，男女到外面开房无所谓，你肝肠寸断地讲，他们无心搭肠地听，你还有什么心情提供资源？看他们心不堵就不错了。”

祝简的意思，是有了好学生才有了好老师，这显然大错特错。但我没有反驳，因为我知道，她教现当代文学，纯属找个饭碗能够天天上班穿漂亮衣服、挂不同款式的翡翠，她志不在此。你混饭吃，怎么能上好课？你上不好课，学生怎么能愿意听？

“祝简，你可能从来也不研究学生。你是不是只看了事物表面，比方这几个学生，他们要在假期去乡村支教，他们是学政治的，咱不管政治好不好，他们有自己的理想。”为了不伤害祝简，我只有避谈上课，在嘈杂的声音中贴近她的脸。

“亲爱的，你才是看事物表面，那不是理想，是投机！你知道吗，现在只有考‘马哲’研究生才有可能留校。这一代孩子，太现实了，他们根本没有理想。”

分明是老师没有理想，非说原因在孩子。祝简的话语透过我俩之间嘈杂的音流传过来，我瞠目结舌。无言以对的同时，感到说不出的悲哀。我的悲哀在于，和祝简朋友这么多年，我们私下为孩子痛苦了这么多年，居然就不知道自己就是责任的一部分。在她忘我地玩文学玩翡翠的时候，我不但没问过她的事业心和责任感，还欣赏她事不关己玩味人生的态度。就像我们人人都骂贪官，可某一次请客，有人拿公款替你埋单，你却要暗自高兴一样。我们分明都既是参与者，又是受害者，却把自己当成了局外人。

“不是所有孩子都像你儿子那么有理想，太不是了亲爱的。你知道这一代学生为什么没有理想？”

“为什么？”

“他们出生，正赶上改革开放，很多人向金钱和利益看齐，向物质看齐，时代被物欲裹挟，他们便是坏掉的一代。”

我不吱声，静静端详着祝简那张永远看不出内心波澜的职业教授的脸，我否定过80后、90后，但不是这种冠冕堂皇的说法，这说法符合大学教授身份，既宏大又有概括性。我儿子对这种话的反应一定是这样的：你对他们究竟了解多少？

现在，面对祝简，我差一点儿说出我儿子的话，因为她连她带的学生来自哪里都不知道，怎么能有资格评价？！

我当然没有说出来，有一种友情，建立在相互对缺点的保护上，而不是批评。我只有下意识将眼神落在祝简胸前的吊坠上，沉默不语。

可发现我的视线落在她胸前的翡翠吊坠上，祝简突然绽开笑脸：“对了你还没看见呢，你看值多少钱？我最近才从国际珠宝展上淘来的。”

那一刻，我哭笑不得。因为我知道这润泽的玻璃种吊坠正兴起在一切“向物质看齐”的时代。

6

来到档案室刚刚下午一点十分，管理档案的工作人员是一个接近退休年龄的圆脸女人，一双渴望打搅的目光把我们迎进寂静的空间。她训练有素，只问我要找的学生姓名和入学时间，就走进光线暗淡的狭长通道，直奔十几排档案架后边的一个角落。这是一个极其现代化的档案馆，档案架是那种银色板材，大概就是当下所有城市都抵抗的PPC化工企业生产的材料，坚固、超薄、耐腐蚀。在圆脸女人自信满满往角落里去时，我有一种因兴奋而起的紧张，仿佛张展会从狭长的通道里走出来。走出来的自然不是张展，而是女人，她从角落里拿出一本厚厚的卷宗，一边放到桌子上一边说：“五年换了两任校长，网上档案一拖再拖，差不多再有半年，这些信息就可在网上查到。”

是换校长拖延了网上档案整理，难怪网上查不到。在没有规则的地方，权力往往覆盖一切。

张展两个字，封存在卷宗的第298页，翻开那一页，圆脸女人把写有信息的页面推给我：

张展，滨城大学美术学院美术学专业2009级学生。

2013年毕业。

美术学89分、毛邓三63分、西方美术史80分……

这一页写满了张展的各科考试分数，但我没有看全，那上边的字太小，我没戴花镜，看了两行就开始头痛，主要是美术学三个字让我意外。儿子曾经说过他爱画画，可大连第W高中是重点高中，虽然属于二流重点，但除了听说一个女孩获得《星光大道》月冠军最后去了中央戏剧学院，从未听说有谁考进艺术院校或艺术系。关键是，在我的印象里，考艺术专业的学生必须参加艺术考试，儿子和他是朋友，他从没向我传达过这样的信息，当年我确实也从没关注过他们之间的关系，可儿子的日记里也没有这样的表述……

“祝简，他是美术学院美术学系。”

我知道美术学院有版画系油画系装帧设计系，还是第一次知道有美术学系。

“啊？到我们学校来学美术？”

祝简的话里带着明显的对自己学校的不信任，可话刚刚出口，又觉不妥，立即改口道：“我以为他是你儿子的同学就是理工男，那咱走吧，我领你去美术学院。”

告别渴望打扰的圆脸女人，走回图书馆后身两楼之间长长的道路，我有一种说不出的伤感。我对我儿子背后的生活，究竟了解多少？他的同学爱画画，他常去张展的家里，他为什么从不跟我多说一点儿？他当时不说，一定是害怕我怀疑他跟一个艺术生在一起不利于高考，可高考结束，我知道张展父亲出事经常打听张展的消息，他为什么只说考了二本学校，而对张展考到滨城大学美术专业只字不提？我这么说，绝不是认为从那时起，儿子就蓄意埋下了什么秘密的种子，而是发现，不管我多年来如何关心儿子，自认为都成为他的奴隶，我们的心路，都相距太远了，它们似乎只在逼仄处交会，一旦空间开阔，便相背而行。这当然没有什么不好，儿子是小鸟，他需要飞翔，可此刻，我感受的不是飞翔之后的距离，而是母与子之间可怕的封闭，就像眼前宏伟坚实的图书馆大楼和对面教学楼之间的封闭。

封闭的不仅仅是我和儿子之间，还有我和祝简之间。从档案馆出来，她变了卦，叽叽喳喳坚决不让我再找张展了，“亲爱的我认为他不值得你找，真的，他要是学数学或物理，证明考试没考好掉到我们这儿，这样的孩子往往有后劲，本科出来都有可能考进名校研究生，成为那种高大上的学生。他考了美术，意味他文化课压根儿就不怎么样，你猜我们学校美术学院都是什么样的学生，全是那些家里有钱挖窟窿盗洞花钱跑关系来的，他们根本不热爱美术，念四年混个文凭，再靠关系找个工作，没准张展父亲活着时就把关系弄好了，这种学生怎么值得你写！你儿子让你找他，没准是想为你找到一个反面教材，来证明他多么优秀！你就相信你儿子好啦，不必再浪费时间了。”

在图书馆后边的人行道上穿行，我再一次瞠目结舌。我隐瞒了寻找张展的动机，造成祝简在她的想象里越滑越远，这没什么，可是作为她，即使真认为我找张展是在找一个写作原型，也不该把这个原型想成一个高大上的人，她是小说迷，又教现当代文学，她应该懂得文学形象的真正魅力在哪里。

当悲哀像一只躲在阴影里的兔子再次跳出来，我不得不向我们之间脆弱的友情发起进攻，“祝简……”我想说如果说我们的孩子是坏掉的一代，那么你就是坏掉的教授，可是我的话刚到嘴边，她把手搭在我的肩头，抢着说：“我知道你想说什么，你想说我太肤浅了，不是。你要写青年这一代，绝不能写那些边边角角的烂形象，你不光是作家，你还是母亲，你要为千千万万个母亲负责。作为读者，我欣赏《麦田里的守望者》里边的霍尔顿，但作为母亲，我不希望儿子成为他，相信你也不会！人都是这样，别人的孩子，希望他越奇葩越好，轮到自己就不一样了。”

祝简说的，或许有一些道理，可此刻，某种说不出的情绪使然，我排斥她的道理。首先，我不是为了写张展才找他，其次，我从没希望张展是奇葩，我只是希望看到他好好地活着，只是……考虑到时间，我没有与她争辩，没有说出都涌到嗓子眼儿的恶毒的话，但我的态度已经变得坚硬，“祝简，你今天为我服务，就服务到底，我就是想去美术学院看看，你带我。”

“没问题，你坚持想去我当然服从你，我只不过想告诉你得有心理准备。”

…………

美术学院在校园最南边，不知因为它是边缘学科，还是因为艺术跟自然关系更紧密，大楼坐落在一片野生树林边，从车上下来，看着眼前深厚的落叶在冬日午后阳光下寂静地沉睡，看着桦树松树银杏树光秃秃的树干在微风中摇曳，心情立即舒展了许多，对祝简的感激之情也油然而生，因为高跟靴子已经让她走路一拐一拐。

美术学系在美术学院的六楼，走出电梯随祝简拐一个角再拐一个角，封闭的感觉扑面而来。当然这封闭的不是人与人之间，而是屋子与屋子之间，屋子与走廊之间，走廊与墙之间，因为走廊是寂静的，门是关着的，墙壁是一片又一片大块木板贴上去的。问祝简墙壁为什么要贴大块木板，给人沉重的压抑感，她不无讽刺地说追求艺术效果呗，要不怎么叫美术学系。

倒是推开天光工作室的门，走进去，压抑感才得到了短暂的释放。在光线暗淡的走廊左侧，并排挨着五个天光工作室，祝简推一和二的门，推不开，到第三个，门是敞着的，里边有两个正在画画的学生。顾名思义，天光工作室，天棚上开着偌大的天窗，外面的光从天窗笔直地照进来，仿佛是屋子向外张开嘴巴大口喘息。寻找张展，让我长了见识，那些人体和静物写生的画，原来就是在这样的屋子里画出来的，原来那些人体模特，就是在天光自然的光线下向绘画者裸露并敞开的。如果不是画室四周全是学生们写生的作品——身上缀着一圈圈肥肉的胖女人，乳峰很小、乳峰间距很宽的骨感少女，一群在废弃的小巷里玩老鹰捉小鸡游戏的小孩——站在洞开的天窗之下，你想到的一定是囚笼和监狱。但即使四周的画作呈现出一种艺术的氛围，我对当年没考上美院也万分庆幸了：我的身体有先天缺陷，不能长久待在视线受阻的屋子里。

然而，站在没有平视窗户的天光工作室，我却久久不动，我把蹲在左边画画那个男生想象成张展了。他瘦小，头发枯黄，他衣角触地的灰色棉外套上沾满油彩。他在画野外风景，大地占画面四分之一不到，四分之三多都是天空，那天空阴暗模糊，乱云飞渡。他父亲不在，母亲远在故乡，大连有他不能接近的斯琴和小不点，他的天空自然要乱云飞渡……他自然不是张展，他有一个特别宏大的名字——方宇鸿，有点儿像“大千世界美发”，他来自湖南湘西麻阳县乡村，与沈从文、黄永玉故乡毗邻。在祝简去找辅导员时，我轻而易举就否定了祝简“考到滨城大学美术学院的学生根本不爱美术，都是有钱人托关系送来”这一论调，因为另外一个叫李娜的女生也是乡村的，家住福建永定县大山深处，那里拥有三百多年历史的土楼。他们都酷爱美术，李娜毕业后想去深圳开画廊，方宇鸿的理想是考到中央美院研究生。否定了祝简，我却并不高兴，我似乎不希望这样的事情发生：张展在二本学校发奋四年，最后考进了央美或者浙美、哪怕是鲁美的研究生，为什么，我也不知道。

很快，祝简就找来美术学系辅导员，她四十岁左右，如祝简一样时尚，韩式风格长款毛衣外面搭一条巨长围巾，只是她脖子戴的不是翡翠而是紫金项链。我们握手后她把我引到走廊南边一个有平视窗户的办公室。那里空空荡荡，办公桌上没有一本书，却阳光灿烂。可能祝简已经跟她说了，刚坐下不待我问，她就告诉我：“张展去开发区特教学校了，他走后留过一个手机电话，你可以打打试试。”随之，去翻一个看上去有些破旧的长格笔记本。

就像一直匀速行驶的车突然来了个急刹车，就像一个以为还有遥远路途的旅行者猛然发现目的地已到，这么快就得到张展的确切信息，我一时有些不适应，痴呆呆看着辅导员尖细的脸，支吾道：“什么，什么是特教学校?”

“就是早年的聋哑学校。”

听说张展去了聋哑学校，祝简兴高采烈，“我说嘛，这就对了，你连电话都不用打了。”

我心里咯噔了一下，像被什么东西不期然击中。击中我的，自然不是祝简的错误领会，而是这信息本身。张展去了聋哑学校，为什么？我呆呆地看着辅导员，支吾着接过她递过来的号码，当我一点点平息了心底因疑虑带来的不快，试图问她张展为什么去了那里，他在学校表现如何，辅导员认真地想了好一会儿，才搜肚刮肠说："不太了解。他从来不参加学生会活动，一个乌啦巴涂的孩子，不迟到不早退，也很少旷课，爱戴毛线帽，我们之间只发短信，他从没和我说过话。"

"他的画画得好吗？"

"不太知道，专业老师会知道。"

"他父亲空难去世，他日常情绪是不是很抑郁？"我亡羊补牢似的穷追不舍。

"他父亲空难？"辅导员有些惊讶。

"你不知道？"我对她的惊讶表示惊讶。

她摇着头，一副茫然错愕的表情，"看不出来，没发现有什么特别，乌啦巴涂的，爱戴毛线帽。"

学生的辅导员不了解学生，我大惑不解，当她说了两遍"爱戴毛线帽"和"乌啦巴涂"，我已经忍无可忍了，从座位上站起来，强露笑容向她伸出手，"谢谢你。再见。"

7

往回走的路上我和祝简一路无话，大学是冷的，这个印象像一团冰冻住了我的思维。可奇怪的是思维被冻住了，一种说不清的情绪却在体内急剧循环，当它们一点点积郁在胸，我不得不让祝简打开车窗，在冬日的寒气里以毒攻毒似的大口大口喘着气。

实际上不是车外的冷空气接纳了我呼出的气息，而是我呼出的气息被打着旋儿卷回到车厢，在我心里的寒冷和身外的寒冷融为一体时，我又让祝简把车窗关上。看到我烦躁不安，祝简终于说话："亲爱的，我知道你很失望，我也很失望，还指望能成为你笔下一个人物呢，这回没戏了。没戏了咱就换个频道，我领你去看珠宝展，星海会展中心国际珠宝展还没结束。"

虽然我们的失望完全不是一回事，虽然这心与心的隔膜再一次掀动了积聚胸腔的情绪，但我还是什么也没说，只淡淡地回应道："不去，回家。"

情绪是一种奇怪的物体，有时候它上下蹿动让你无法自控急于爆发，有时候它又莫名其妙地控制了你的爆发，使你处于麻木的平静状态。与祝简告别，上楼，进门，做晚饭，听丈夫谈论他最近的纪录片拍摄，我任凭那股说不清的情绪拥堵在胸，一直表现正常。在丈夫谈到临终关怀病房今天请来了一个音乐治疗师时，我还细心打听了音乐治疗师是什么人，来自哪里。可是当丈夫告诉我那是一个刚刚从沈阳音乐学院音乐心理系毕业的大学生，在这个城市开了一个音乐治疗诊所，我心底那股情绪突然从麻木状态复苏。学院、心理，它在体内复苏的最直接方式是把我的目光引向墙上的时钟，发现时钟指针指向夜里十一点十分，换算一下，已经是美国加州时间上午七点十分，立即给儿子发去两条微信：

狗儿子，我今天去滨城大学了，我对现在的大学印象太坏了，辅导员居然连张展父亲空难都不知道。他们根本不管大学生心路历程，你说过不过分！

我还看到了三个对政治感兴趣的学生，祝简阿姨说他们想捞取留校的资本才选了政治。如果真是那样，你们这代孩子可太现实了。

"狗儿子"是我对儿子的昵称，他小时总把自己当小狗。

其实，在我了解到张展具体联系方式后，与狗儿子微信的内容不该是这个，而应该告诉他，他要的信息搞到了，张展被聘在开发区特教学校，也已经要到他的电话；或者批评他，既然知道张展考到滨城大学美术学专业，为什么不老早说，让我这么漫无边际地找。可是，在一股莫名情绪支配下，我不但顾不得说这些，还再一次愚蠢地暴露了行踪，打破了他不让我管我就坚决不管的内心承诺。

儿子丝毫不为所动，迅速回复了四条微信。

妈妈你又在鄙薄我们这代人，你怎么就知道人家在捞取留校资本？不知道真相你不能乱说。

对于大学，你也少见多怪了，不是国内，除了那种私人办的贵族学校，所有大学都一样，你要让学校了解你，你得主动向学校敞开自己。

没有人关心你经历了什么，更没有人关心你在想什么，你想什么是你自己的事，大学只提供你科研资源和学术资源，怎么利用这些资源，是你自己的事。

我为什么不选那门“生物信息前沿”课，是因为我直博，没读硕士，又经历过疾病，不想把最难啃的课放到第一学期，想由浅入深循序渐进，可人家小秘不管，你要想让她了解你，你就得敞开自己把想法告诉她，我把想法告诉她，她真就同意我不选了。这就是大学，沟通的主动权不在学校，而在学生。

愚蠢也许有愚蠢的好处，儿子到底是否选了小秘建议的课，我一直牵肚挂肠不敢多问，他却在此刻不经意地说了出来。也许，他并非不经意，而是一直就想告诉我却没有机会，现在，我给了他机会。

但不管怎样，那天晚上，我都该把张展的电话告诉他，只要告诉了他，我再找不找，找到找不到，都跟他无关了。如果想找，那也是我自己的事儿。可是阴差阳错，他不问，我也没说。他不问，是他太忙，在那四条微信后边，他还跟了一条：“正在准备实验室里的课题报告，我们再聊。”我没说，是我沉浸在意料之外的快乐中，一个多月来，这几乎成了我一块心病，常常一个激灵就从睡梦中醒来。可后来我知道，没在微信里告诉儿子张展电话，绝不仅仅因为这个，还是那股拥堵在胸口里的情绪作祟。当得知大学的冷漠是国际通行的惯例，我对张展生出更深的牵挂，他如何在失去父爱又远离母爱时超拔了自己？在辅导员眼里，他乌啦巴涂，他爱戴毛线帽，他为什么爱戴毛线帽？那难道是斯琴的作品，他承受了那么大的压力，还能做到消失在芸芸众生当中，默默无闻，是不是斯琴在一直给他力量？

事实证明，自从在儿子的日记里发现斯琴，又在斯琴发廊看到小不点，我的寻找张展就已经跟儿子没有任何关系了。我寻找他，也绝不是想寻找一个塞林格笔下霍尔顿的形象，或者祝简希望的那种高大上的形象。我的寻找，与形象无关，与爱情有关，我希望从一个陷入沼泽的青春里发掘出一段鲜为人知的爱情，从而让人们，不，让我自己看到，所谓不是在灾难中崛起就是在灾难中消亡并非颠扑不破的真理，生活也许还有第三种状态，那就是在一份情感支持下，他可以默默地“乌啦巴涂”地活下去。

乌啦巴涂，让我想到这样一群人，他们不求吃得太好穿得太好，挣一点儿小钱只够吃饱穿暖就万事大吉。因为不为钱忙不为利忙，茶余饭后就有了闲散时间，就可以坐在门口打打牌聊聊天儿，晒晒太阳。在我家小区外面的马路边，就常年坐着这样一群人，穿着粗质的衣裳，夏天连上衣都不穿，抢上座位的就在中心打牌，没抢上座位的就在四周观战。他们并非都是退休的老人，也有三四十岁的中年人。他们也许有自己的职业，出租车司机、公交车司机、造船厂工人之类，粗糙的手指证明了他们的工种，可他们绝不在职业之外忙碌赚钱。儿子在初、高中时，一直都鄙薄他们，认为他们没有理想碌碌无为，走路绕开他们从不靠前。可上大学，病了一场，重新审视生命的意义，假期再回来，他开始羡慕他们欣赏他们，每每饭后散步，都要挤进观战的人群。而站个半小时四十分钟之后走出来，他脸腮放红眼睛发亮，大发感慨：“妈妈，这种生活，太有意思啦！”虽然儿子最终不会做他们，还要为理想奋斗，但他承认了一种生活，那种乌啦巴涂的生活！记得当时我说：“他们也不都是茶余饭后的乐趣，哪一种生活都有痛苦，他们也有生老病死，也要承担、承受。”可儿子说：“不对妈妈，他们甘于接受碌碌无为，这是一种境界，我喜欢这种境界。”

就像一个孩子玩味盼望已久终于到手的玩具，得知张展下落，握着他的电话，我一连好几天都岿然不动。也是几天来太累太乏了，多年的专业作家生活大大弱化了我的社交能力，虽然不是大面积地应酬和接待，可一次又一次走出家门，面对变幻莫测的外部世界，神经还是绷得太紧了。终于可以歇一会儿，可以关起门来泡一杯茶独自品味，疲倦像悄然旋起的旋风，一下子就袭击了整个身体。躺在沙发上，翻着诺奖新宠莫迪亚诺的《暗店街》，思绪常常从字里行间跳开，进入混混沌沌迷迷糊糊的暗夜，几睡几醒之后，睁开眼睛，偶尔的，戴着毛线帽、乌啦巴涂的张展就出现在眼前。他小矮个儿，长瓜脸儿——我认识的太原人大都小矮个儿长瓜脸儿，他站在特教学校课堂上，朝学生们打着手势——我想象的特教学校，多数都是聋哑孩子，因为会说话的他却不能说话，脸憋得通红，嘴的张合之间，长瓜脸儿有些变形……他为什么去了特教学校？是他的专业和学历不好找工作，只有特教学校才可以勉强接受？还是别有原因，比如他叛逆父亲，父亲却突然离去，他永远失去了跟父亲对话的机会，从此再也不想张嘴说话？或者，只有这个地方对他和斯琴最合适，既可以保持距离，又没有多远的距离……

当对张展的想象电光一样闪烁在暗夜，我的身体终于蓄满能量，2014年12月1日晚上，我做出一个决定，第二天一早就坐轻轨去开发区。之所以记住这个日子，是丈夫一个做生意的朋友那天从监狱里刑满释放，他去接他出狱迟迟没有回来。在等待丈夫的时间里，我找好了第二天要穿的羽绒服、平底靴子以及一个很小的不怎么显眼的小本子，我觉得我有可能成就一次采访。如果告诉张展我对斯琴的印象，对小不点的印象，对他和斯琴关系的猜测，他有可能张开封闭已久的嘴巴——我相信无论是他的妈妈，还是他的交换妈妈，都不会有我这种超然的欣赏的态度——祝简说得没错，当你面对的是别人的孩子，你希望他越奇葩越好，而我，也确实在多日的寻找中，一点点走出了只想证明什么的初衷，对他萌生了跟写作有关的好奇和冲动。

然而，我没有在等来丈夫之后安然睡觉。这跟两个电话有关，一个，是我打出去的，当我决定第二天去见张展，我终于把他的电话找出来并打了出去，可怎么都想不到，接电话的是个女声。得知张展已经换了电话，担心去学校有可能扑空，我彻底没有了睡意，然而恰在这时，另一个电话打了进来。那是十点一刻，电话响起，我吓了一跳，以为是张展。当把电话打开，放到耳边接听，我的心一下子就冲出暗夜。“孙老师，这么晚了没有打扰你吧，我是耿丽华，我想约你出来谈谈。明天后天市里都有会，就今晚有时间，不知您那儿方不方便。我会派车去接你。”

虽然不是张展，但她是张展的交换妈妈，即使有一万个不方便，我也不愿放弃这次机会。答应对方，告诉对方家庭住址，穿衣，下楼，上车，到达目的地才不到二十分钟。我们约会在五一广场旁边的宝格丽咖啡，那是大连少有的二十四小时营业的咖啡厅。刚刚进门，耿丽华就从左侧的沙发上走过来，她依然瘦削——可能我们这个时代胖人太多了，瘦总能在第一时间刺激你的眼神。她脸上虽略有倦意，但目光里蓄着少有的温存。她温存地和我握手，温存地将我引到二楼房间，当我俩在近在咫尺的座位上面对了面，比温存更进一步的信赖溢出她的眼角。

她问我喝什么咖啡，我说夜里不喝，于是她点了盘瓜子拼盘。

当服务员离去，她开始说话：“作家，这几天我想了很多，觉得还是想跟你谈谈。”

我点着头，用目光还她对我信赖的感激。

“那天，我失控也失礼了，过后心里很不安，如果不是张展，任何人都不能叫我那样，很对不起。”愧意在瘦脸上荡开，淹没了她的强势，显得很无助。

“没关系耿局长，我不知道张展伤害了你，是儿子要找他，他们曾经是朋友，可是后来他们断了联系。”我说。

“他和谁都断了联系。你猜我为什么恼火，他给我惹了一堆麻烦，从来不向我解释。不解释就不解释，你是个杂碎我不和你一样。可他父亲去世，他妈求我，叫我帮他弄进大连工业大学学财务，我找了人，他坚决不干，非去学美术。你说学美术能有什么出息？你学美术何必到大连上学?！拉不回来，去学了，可四年毕业，我动用关系帮他安排到市城建局下属的建筑设计院，电话里跟他说，他把电话关了。我上滨城大学找他，把他拽到车上，你猜他怎么说，他说我不需要你为我动用任何关系。建筑设计院用的都是博士生，你一个二本的学生，给你创造这样的机会，多难得！要不是看他父母面子，要不是看他父亲遭遇不幸，你说我会管吗……所以那天你一当我提起他，气就不打一处来，以为他终于混不下去，要来求我……”

提起张展，像蓄满水的水库裂开一道口子，耿丽华的话浩浩荡荡奔涌而下，根本由不得我插嘴。“要是知道他是这么个孩子，当初说什么我都不能和他家认亲，你猜我怎么认识他家？咳，这还真得从头说起。我找你来，一是想向你道歉，另外，我还想跟你说说我和他爸妈的关系，你是作家，我怕你想三想四。”说到这儿，她直视着我的眼睛。

女人的敏感非常可怕，她居然对我曾经的心思洞察秋毫。

“我和他妈认识在北京的一个干部培训班。”她说，一边说一边剥一粒瓜子填到嘴里，“他妈那时候是太原一个县的党校校长，我是大连一个区的党校校长，那时我儿子高考没考好，报家乡的学校怕丢面子，我们就给报了太原师范学院。我们这些人都有点儿虚荣，你别笑话，当时想，反正他学成后回大连就业，在哪儿学不重要。可我儿子读书早，比正常考大学的孩子小一岁，孩子太小送那么远不放心，就想在太原那边找个熟人帮着照顾照顾。正好有机会在北京学习，就有意接近太原干部，就认识了他妈。太原人的特点，是看上去厚道，骨子里精明，我说出了想法，他妈马上答应了，但接下来，就跟我讨价还价，问我可不可以把她儿子弄到大连上学，她说太原没海，儿子就喜欢大海。他妈没说真话，其实是她儿子叛逆，一天到晚不正经学习就想画画，他们管不了了。往大连办一个高中生，要说难也真难，要说容易也容易，看你能不能找到关键的人。我在区里工作，和教委干部都熟，我们就这么成了相互的交换妈妈。那时候我不知道她身后还有一个当官的丈夫，后来他儿子我管不了，叫她来大连领走，她说不能领，才说漏了嘴，说他爸是县长，马上要去太原市一个区当区委书记，回去不好办。说他爸爸的意思，他们宁愿花钱。”说到这里，她敏感地停了下来，朝门口的方向看了看，小声补充道：“作家，我今天可是对你有一说一实话实说，在当初，你就是有钱，也不一定能办成事，我对他们，真是仁至义尽，后来为了管住张展，又帮她把张展的妹妹办进大连，真是太难了。”

说出这些，足见她的真诚，也足见她对我的信赖，只是我不知道这一切来自哪里。我只有更进一步地回应她感激的目光。

“到大连送孩子时只妈妈来，爸爸没来。我其实一直没见到他爸。你知道跟那孩子见第一面什么感觉吗，你觉得豆腐掉进灰里了。你就想不到她妈精明成那样，怎么会生出这么个孩子，你跟他说话，他只看你一眼，再连眼皮都不抬。”

说到这里，她连连摇着头，仿佛天下再也没有比那孩子问题更大的孩子了。这倒真是提起了我的兴趣，情不自禁跟出句：“是吗，怎么他大学老师说他乌啦巴涂的？”

“咳，你可别看他乌啦巴涂的，一肚子熊水儿，他做出来的事儿你都不能想象。”为了强调事情的严重，她向我瞪大了眼睛。

我能想象，他和大他八岁的发廊女恋爱，可能还搞出了孩子。

“他小学二年级就离家出走，和一个甘肃流浪女孩好上了。你能想象吗？在大连作大了，我管不了，抱怨他妈这样的孩子为什么送出来，他妈才跟我说了真话。说把他送出来，就是想让他离开原来的环境，都上初中了，那个流浪女还去找他，他都把她领回家里了。”

这是有些离谱，我直瞪瞪看着耿丽华兴致勃勃的脸。

“作家，说起来你都不信，你根本管不了他，给他租个屋子，他天天往家领人喝啤酒，后来还和一个发廊女鬼混到一块儿了。你去训他，他什么都不跟你说，只梗着脖颈跟你较劲，你说说这不是秀才遇到兵！

这孩子根儿上不好，他现在坏成什么样与咱没有关系，咱也不上火，关键是咱儿子在太原，人家半月一次去学校请他吃西餐，动不动就去送高级水果，咱总得有些表示呀。可你猜怎么样？我领他上饭店吃饭，他从来不去，他不去，你从饭店打包送来，他从来不吃，都给了保姆，你说这个杂碎！我管不好人家，有钱又花不出去，怎么对得起他爸妈！那三年，简直太懊糟了！长这么大，从来不觉得有什么事儿能难倒的我，就叫他给难倒了，你不知道那几年……”

我能想象她的懊糟，一个要强的女人没要来强，却是败在一个孩子面前。但说心里话，我一点儿也不为她沮丧，原因在于，他们凭着权势，对孩子干预得太多了，他们过多地介入了孩子的生活。这些年来，也有人批评我不该为孩子神经兮兮，但我也就是神经兮兮而已，并没搬动儿子前行道路上的一砖一瓦。

见我不吱声，或者见我刚才锃亮的目光有所减弱，耿丽华叹了口气，之后放慢语速，郑重其事地说：“作家，刚才讲这些都不算，就讲一个事，你想想这是什么性质。他父亲遭遇空难，正赶上高考，没让他去法国，他也没要求去，他妈和他舅去了，可你知道那几天他在家干什么吗？他和发廊女朝铺夜盖，住到一块儿啦！你说这不是杂碎是什么？杂碎都不是，是畜生！高考那天早上我怕他起晚了，敲开他的屋门，是那女的给我开的门，睡衣里的肚子有三个月那么大。我气得话都说不出来了，你猜那女的怎么说？‘请你自重，请你不要再伤害张展。’你说气不气死个人！”

本来刚刚还是一段慢板音乐，说到这里，突然急切起来，嘈噪噪的，“我恨不能转回身去扇她耳光。高考之后，我去理发店找她，想跟她谈一谈，让她离开张展，她说这是我自己的事，跟你没有关系，你说这是不是一对狗男女？”

虽然终于证明那孩子确是张展的，可我没有义愤，这并不是像祝简说的，希望别人家的孩子都是奇葩，也不是我把张展看成霍尔顿那样的艺术形象，他越丰富我越高兴。而是此时此刻，当耿丽华翻动着薄薄的嘴角，用一种鄙视、厌恶的音调骂张展和发廊女，我内心生出一种难以言说的抵触和抗拒，我想象我如果是张展，来到这么一个女人身边，会如何面对。

但我努力做出平静的表情，尽量不让她感觉到我的抵触，不但如此，还故意积极跟进她的话题，“那发廊是不是叫斯琴发廊?”

“在早是，现在改什么了不知道，从那次我再没去过，有回开车路过石葵路，发现发廊没有了。她祸祸了张展，又不知道祸祸谁去了。张展父亲出事，肯定跟她有关，女人是祸水。”

平静的表情坚持到这里，我已经无法继续，因为当耿丽华露出彻底的俗不可耐，我已经开始同情张展了。

“当然也不能都怪她，可张展是学生，他小，你大。再说张展，你这么小，你怎么能……你这不就是社会渣滓?！你就是社会渣滓，在你父亲去世后转变过来也不晚哪！他要是听大人话，进到机关，当他爸妈那么大的官不可能，但好好折腾，有我帮他，当个小处长什么的一点儿问题都没有。他当了小处长，我对他九泉之下的爸爸是不是也是一个交代?！”

我没说是，也没说不是，只木滋滋地看着她。

那天晚上，如果只说到这里，她再世俗，我也许还保留着对她的好感，毕竟，张展的父亲不在了，她还在想着为张展负责。可是后来，发现我对她的话语没有反应，她居然再一次压低嗓音，郑重其事地说：“作家，我今天找你谈这些，一是想发发牢骚，把我这几年来的痛苦说出去，你那天在我办公室提到张展，把我的痛苦翻了出来；再就是我想求你一件事，这事儿跟张展没有关系，我想请你写写大连这个城市，上边对我们的环保很不满意，你身居大连，用你的笔写写我们大连的天空、空气，发在《人民日报》上，领导一定非常高兴。这阵儿，市领导上老火了。”

我直盯盯看着她，看着她的已经由义愤转回到温存的目光，少许的无助之后，那里荡溢出某种强烈的希望和期盼，似乎市领导感激我，就没有不答应的理由。不由得想起儿子曾经叮嘱的话：你不要自取其辱，她这样的人不会对你一个文人感兴趣。她对我感兴趣，原来动力在此。一种难以抑制的厌恶涌到胸口，我再也忍不住，果断而坚决地说："耿局长，实在对不起，我做不到，我真的做不到。"

说罢，迅速站起来。

很显然我的反应她很意外，因为我站起来穿衣服、背包，从房间往外走，她一直坐在那里没动，她保持住了一个局长最后的尊严。

8

开发区特教学校在靠近海边的一个小区边上，丈夫一路送我走了很多错路，他一直相信他车上的GPS导航，可它常常出错，一出错它就没声了，当你按自己的想法左转右转，它又告诉你重新规划路线，弄得我对丈夫十分恼火。因为如果不是他强烈要求送我，坐轻轨来非常简单。而丈夫之所以积极，是他这几天"临终关怀"的纪录片拍到一些好镜头，他想开车出来放松一下。结果，他不但没放松，反而因为我的抱怨把心情搞坏，终于来到学校门口，把我放下，他仿佛一只急于逃离险境的飞鸟，一打方向盘，迅速溜掉。

站在校园门口，我好长时间没有动步。我不动步，不是担心没能提前预约扑了个空，而是马上有可能见到张展这一现实让我开始审视自己的初衷：我找他干什么？我怎么向他介绍自己？如果他像耿丽华说的那样，无论在什么情况下都不说话，我该怎么办？说到底还是受了耿丽华影响，尽管讨厌她的世俗，但她说出来的话还是让我想到在闫姐家看到的那部电影。在耿丽华嘴里，张展是个真正无耻的混蛋，并非电影里的无耻混蛋最后都变成了国家英雄。因为这一印象，我在穿过校园操场时，做了最坏打算，他根本就不见我。或者见了，当我跟他说起斯琴，他说那是我自己的事，跟你没有关系。结果，我一无所获。

然而，当你有了底线，当你知道最坏的结果不过是一无所获，心情也就放松了，脚步也就轻盈了，胸脯也就一点点挺起来了。

那天，走在特教学校教室门口，我腰杆挺直脚步轻盈，像一个奉命前来采访的记者。面对学校管理严格的机制，我确实不得不把自己当成记者，这并不是说我想欺骗校方，而是学校警卫问我是哪儿的，找谁，我说我是省作家协会的，来找张展，警卫眼都没眨一下，立即放行，并自言自语：“是记者。”

从后楼一楼往三楼办公区走，我看到了许多奇怪的门牌，什么“可视音乐训练室”“多感观综合训练室”“认知评估训练室”“感觉统合训练室”，可视、多感、认知、感觉，这是正常人体必有的功能，这些功能还要训练，足见特殊教育学校的特殊性。敲开教导处房间屋门，接待我的是一个脸上有着严重烧伤的女人，她态度和蔼，因左太阳穴边的皮肤被强行拉紧，她的上眼角显得有些歪斜，看你时有些错位，但那里边盈满亮晶晶的真诚。听说我是作家协会的，她快步走过来，一边示意我坐下，一边说：“你是不是想采访张展？这几天来了好几拨记者了，可张展个性太强，他不接受采访。”

我愣住，我说“是是”，心里却在咚咚打鼓，这几天来了好几拨记者，为什么？

“你是说记者都想采访他？”我问，语气很轻，努力不让她看出来我蒙在鼓里。从她的眼神里，我能感到，有什么事情我还蒙在鼓里。

“对呀，你不也是为这事来的吗？现在的微信太可怕了，张展一夜之间火了，成了红人儿。”

张展变成了红人儿，这下我真的蒙了。我蒙了，并不是不相信，这年头，什么事情都有可能发生，我找张展，也正希望看到这样的结果。可是为什么会这么巧，就在我找他的时候他火了，或者为什么是他刚刚火了，我就来找他？

“对，是，现在的微信确实可怕。不过，张展为什么一夜之间火了？”因为心急，我不得不把我的疑虑说出来。

见我疑虑，眼前的女人更加疑虑，“怎么，你不知道？张展搞了一个‘父亲画展’你不知道?”

“‘父亲画展’?你是说那是他画的,他画了他空难去世的父亲?”

“对呀,他画了一百幅父亲肖像放在学校仓库里,他没想公布出去,可是他的学生通过微信发出去了。结果爆棚了。”

我不禁目瞪口呆,这条微信我是看到了的,就在十天前,一个记者朋友发在朋友圈里,可那上边写的不是张展名字,也没说“父亲空难去世”这一情节,只有《儿子眼中的父亲》这一标题。

“微信我看到了,但没写张展名字呀……”

“是没写,他用笔名,叫无名氏。可是那上边留有微信发布者的电话。你知道点击率是多少吗,一夜之间,已经二十多万!专家对他的画儿评价可高了,说很像米开朗琪罗早期作品,耐心而深刻地追问现实。”

米开朗琪罗……我激动得有些战栗。

“那你为什么来了?”烧伤的女人有些不解。

为什么?我支吾着,一层层从记忆深处往外翻,当翻出儿子那句话:妈妈,你帮我找一个人,对我科研有用。我脱口而出:“儿子叫我找,他在美国读博,也就十天前。”

话刚刚出口,对面女人真诚的目光里就有了一丝诡异划过,“微信太厉害了,竟然去了美国,那肯定是你儿子看到了这条微信,想让你确认是不是张展。”

是的是的,一定是这样。

可是停顿一会儿,我又觉得奇怪,如果是,他为什么不直接把微信转给我?他向我和他爸爸转了好多他认为有价值的微信了。因为莫名其妙,我一刻都没停就打开手机,找到viber免费通话软件,把电话打过去。

“狗儿子,你是不是想确认那个画父亲的是不是张展?”

儿子在那边把电话摁死了,是在上课,或是在实验室。

没能马上与儿子对话,我伫立在那里,眼睛与烧伤女人对视着。不难看出,她在按捺着某种兴奋,那种揭开什么秘密之前的兴奋,那种因我的激动而刺激出的兴奋，因为她左侧有些歪斜的眼角一抖一抖，真诚的目光像被稀释的湖水，一程程被不易察觉的希冀取代。其实我也一样，虽然对儿子的做法怀有不满，但在心底深处，明显感到了某种东西在激荡：张展不是无耻的混蛋，他也并不无情，他虽然多年叛逆，可父亲去世，他画了一百幅父亲肖像，关键是，他在艺术上有很高的造诣。

不到两分钟，儿子就把电话打了过来，“妈妈，我在实验室，现在我出来了，你是说那个画父亲的真是张展？”

“真是。”

“我就觉得应该是他，果然不出所料。”激动使儿子的声音有些颤抖。

“就为确认，你为什么不把微信发给我？”

“我想发给你，可是不知怎么叫我删掉了。”

“那你也应该跟我说一声，我早就看到那条微信了，你如果告诉我，何苦我跑这么些天？”

“那天你说你在找张展，我不是问过他是不是搞了画展吗，你根本没反应。行啊妈妈，你这个天天坐在家里的作家，也该出来走走啦。我想知道你看到张展了吗，看到他画的画了吗？”

“没有。还没看到。”我说，有些气哼哼的。

“那你继续吧妈妈，等你看完了咱再联系。拜拜！”

我一时愣在那里，回忆他什么时候跟我提过画展的事，然而愣怔一会儿，没想起什么，气还是一点点消了：从走进特教学校开始，我的寻找张展就不再是为了儿子了，为什么还要计较他！我甚至应该感谢他，如果不是他弄丢了微信，斯琴发廊、小不点、怪相男人，还有他和张展的班主任、张展的交换妈妈、张展的大学、大学辅导员，张展背后的所有东西我都不会知道，虽然那东西所呈现的张展和搞“父亲画展”的张展反差太大，可正因为如此，对我才更有意义，才是我最想看到的。

放下电话，我求救似的看着烧伤女人，一边思考一边说：“我想见见张展，我不是记者，不是采访，我只是他同学的妈妈，他同学想让我见见他。”我没说看画展，和见张展相比，我觉得这应该不是个问题。

烧伤女人与我对视一下，之后把目光转向坐在窗口电脑前的另一个长发女人，“王主任，她不是记者，你说张展能不能见?”

那女人其实一直就在旁边看着我们，听烧伤女人问，她捋了一下耳丫上的长发，谦和地笑了一下：“这时候，谁找他，他都会认为是记者。不过，我听到了，你真是他同学的妈妈，我，我去给你试试吧。”

“对呀，让主任给你试试。”烧伤女人推波助澜，仿佛这正是她想看到的。

我感激地看着眼前两个女人，连声说着谢谢。和我去过的中学、大学、环保局相比，她们很不一样。这并不是说她们亲切、热情，把你当成客人，而是她们给了你沟通的便捷感。也许几天来张展引来一拨又一拨记者，打破学校的一潭死水，让她们兴奋，但你能感到她们信手拈来的尊重绝不是客套，而是一种习惯。王主任往外走时做了个小动作，轻轻地碰了一下我的手，“你别跟我去，我把他叫到教研室等你。”而烧伤女人从她的办公桌前拽来椅子，让我坐下，自己也拽了把椅子，坐到我的对面。

或许长期待在特教学校，她们对生命有不一样的认识，觉得能够正常沟通有多么重要；或许长期与聋哑智障学生打交道，没有机会说话，她们特别希望能够正常地滔滔不绝地说话。在等待张展的时光里，烧伤女人一直主动寻找话题。张展同学的妈妈，大老远来找张展，她搜寻的话题就只跟张展有关。讲张展是个多么用心的教师，刚来时不会与聋哑人打手势，他自己下载软件天天在教室练习；不会与智障学生沟通，他的绘画课常常是把学生带到野外，针对实物来让学生认识色彩感觉线条；讲他的宿舍小屋，有一个装满了书的书架，那上面有美术书文学书，还有名人传记，课后除了带学生到野外写生，就是教学生读书；讲他日常生活多么节俭，在校园操场边上挖了个土豆窖子，一筐筐土豆买来，既做主食又做副食……讲到张展会做土豆饭菜，烧伤女人难以掩饰心底的喜悦，“这张展太巧了，你不知道他的土豆丸、土豆饼、土豆南瓜饭做得有多好吃，我们都去吃过，那些画画的孩子动不动就去他宿舍候着。”

我不禁联想起儿子的话，见缝插针道：“我儿子也崇拜他。”

“他到校半年多了我们才知道他父亲空难去世。去年端午节刚下来新土豆，他叫我们去他那里尝土豆饼，问他跟父亲学的还是跟母亲学的，我们听说西部男人都会做吃的，他眼圈突然红了……后来我们发现他屋里的墙根儿上全摆放着男人画像，问他是谁，他说是父亲。王主任受到感动，找校长商量，说学校礼堂宽敞，让他把画像挂到礼堂墙上，开家长会时，对学生和家长都是个教育。校长同意了，张展坚决不同意，说这是他个人的事情，他不希望公布出去。”

说到这里，烧伤女人停了一下，目光里飞进一丝痛楚，仿佛切身体会了一个失去父亲的孩子的痛楚。不过，她并不想那痛楚被放大，稍许的停顿之后，赶紧接着说：“后来，王主任为他开了小灶，把学校一个长期不用的仓库打开，她有那里的钥匙。王主任说你不能让父亲委屈在你的小屋，你得让父亲舒展，这回张展听了。但就是没想到，有一天，他会主动找王主任，说要办个画展，仅限于学校。”

在我能掌握的有关张展的材料里，除了有个性、动手能力强是前后统一的，其余，是完全不同的两个人。一个，叛逆、无情、滥情、不学无术，因为不善于表达而显得乌啦巴涂，甚至有些冷漠；一个，体贴、温情、通情达理、有高超的绘画技艺，虽不善用语言表达，但他一直在寻求表达情感更宽敞的通道——学习教聋哑智障学生，请老师学生品尝他的厨艺，画他印象中的父亲。这个在耿丽华眼里无耻的混蛋，在烧伤女人嘴里，却是一个善良、正直、处处有亮点的正面形象。两者之间，横亘着一道难以逾越的巨大鸿沟，这道鸿沟我想我是知道的，只是不知道它到底有多陡峭、多深邃、通向哪里。但这鸿沟烧伤女人不知道，她因为不知道，在滔滔不绝的讲述中，不时地插一句：“他是可以上报纸上电视的那种典型，他的画儿画得多好咱不懂，但咱了解他这人。你知道吗，他并不比学生大多少，可在学生们眼里，就像一个父亲。他知道每个学生的生日，生日这天，有父亲的孩子，他把他们全家请来，没父亲的孩子，他把孩子和母亲请来，为他们做土豆宴，为他们画像，为他们搞生日庆典……可他，就是太犟了，说死不让采访。”

我因为知道，听着她的话，心底的激荡在一点点扩散，就像水花在湖面上扩散，某个瞬间，当烧伤女人说到没有父亲的张展在学生眼中像个父亲，我甚至喉口发紧，眼窝发热，觉得寻找张展是上苍冥冥之中的安排，是某种神迹。因为我和儿子不光可以彻底放下不安和疑虑，我还看到了一个和想象完全不同的张展……因此，在走廊尽头有了脚步声，知道是找张展的王主任回来了，我的心像揣了兔子，怦怦直跳。

王主任推门、进屋，却是一个人，她的后边没有张展。略感失望时，突然想起她说过要把张展找到教研室，于是我站起来，做了跟她出去的准备。可是，王主任没有带我走的意思，她进来了，脸上布满歉意，像出门时那样，手轻轻触了一下我的手，“对不起我忘了，今天上午张展没有课，他去市内了，每周三上午他都去市内。”

“他好像市内有心思，有什么亲戚需要他照顾，每个周三上午和周五下午他都跑市内。”烧伤女人补充道。

虽然有些失望，但心底的水花变成了波浪，原因很简单：我自以为我洞彻这信息里的秘密，他去了斯琴发廊，不，是小雨点发廊，他去看斯琴和小不点去了。

“他下午有课吗?”我问。

“有。”王主任和烧伤女人异口同声。

我坐下来，用求助的眼光看着眼前两个女人，“我已经来了，我想在这里等他，我可不可以先去看看张展的画?”

我不认为看画展是个多难的事，但是打扰她们一上午，有些不安。我其实更想和她们往深处谈谈张展。可是烧伤女人看了看王主任，王主任坐到她的位子上，面呈难色。略加思考后，她说：“来的记者可都没让看，张展的学生把这事捅出去，他很上火。你不是记者，是张展同学的母亲，可你把东西发给你儿子，你儿子会不会往外捅也不好说。”

“我向你保证不拍照。”我语气坚定地说。

王主任捋一下耳丫上的头发，谦和地笑了笑，之后说：“那好吧，我现在就领你去。”

9

特教学校校园不大，也不封闭，前后两栋楼，前边的两层，后边的四层，楼与楼之间的操场四周，围着栅栏，透过栅栏，能看到左右两侧密集的居民小区，能看到小区右前方一片海湾，行人和车辆在两旁的道路上穿行，没出航的渔船在海湾静静地停泊，不但让校园有一种开放气象，还让你觉得校园本身就是停泊在海湾的船只，随时都可以起航。

感受特教学校校园的开放而不是封闭，也许缘于我对接待我的两个女老师的好感。她们一个是教导处主任，一个是校辅导员，她们不但了解她们的老师，她们还设身处地保护、尊重她们的老师。在跟王主任从后楼往前楼走时，她抿着耳丫上的头发一再向我强调，作为特教学校张展的领导，她们太想把张展画展这件事宣传出去了，太想让来访记者都看到张展的画了，可是张展是她们的教师，她们必须尊重他。当我问你们为什么对张展这么好，她却沉默不语。

看得出，王主任也是一个有个性的人，她的发丝证明了这一点。虽然是那种闹洋洋的自来卷，但她发丝钢硬，每一根和每一根之间不彼此依赖，当她步伐快捷地行走在你前边，你觉得那是一团滚动在她肩头的细钢丝。

放有张展父亲肖像的画室在校园前楼二楼，一楼是一个个教室，从窗玻璃上能够看到屋内正在上课的学生，但一路跟着王主任进门、上楼，楼道根本听不到课堂上的声音，十分安静。这也许就是特教学校的特点，智障孩子和聋哑孩子的教育和教学，需要的不是声音，而是动作，是肢体语言，但这安静让我在接近画室时，有种莫名的肃穆感，仿佛来到了一个神圣、圣洁的地方。

仓库打开，一股冷生生的气息扑面而来，迎着冷生生的气息向屋里挪动脚步，肃穆感长驱直入。当它从皮肤表层传遍全身，我已经被周围生动、传神、栩栩如生的画像包围。粗粗环顾四周，会看到那是一个从青年到壮年到中年一直到老年的系列肖像。之所以能看到年龄差别，区别是头发、眼袋和脸腮。头发越来越少，眼袋越来越大，脸腮越来越下垂。关键是细细看来，你觉得那不是一个人而是无数个人，这和变化无关，而和眼睛的大小有关，他们的眼睛有大有小，有长有短，有宽有窄。他们的眼神每一双都有不同，可神奇的是这无数双不同的眼睛镶嵌在一张张相同的脸上，你又觉得他们就是一个人。肖像起始于门右边那堵墙，因为是半侧着脸，那父亲年轻时显得很帅气，虽然颧骨不高，下颏也不宽，但他茂密的头发，紧致的脸腮，细长的眉眼之间，有一种掩不住的清爽和俊秀，目光也格外清洁明亮；到了壮年，他脸腮开始肿胀，下颏略略下坠的肌肉开始隆起，虚浮、浮躁之气也开始笼罩，眉眼间线条倒是清晰的，但那清晰里头呈现出强悍、骄横、不可一世；到了中年，他的脸腮下陷，肌肉明显松弛，眼睑下方有了下弯的曲线，额头开始光秃，眼神里的强悍没了，骄横没了，多了一缕缕混浊、游移，与他面对，你甚至能感到他在怀疑……张展的父亲死于五十多岁，他没有老年，但大约有三十幅，是他的老年肖像。他虽然老了，但脸上的肿胀气消失，面目越发清癯，眼里的怀疑消失，眼神越发平和。尤其最后几幅，他简直就是一副仙风道骨模样，与他面对，你觉得天空一片开阔，世界一片湛蓝。有一张画，特别夸张，眼睛大得伸到脸部外边，与其说那是眼睛，不如说那是一汪湖泊，因为在那深不可测的神情里，你甚至能够看到畅游在那里的小草、小鱼、昆虫。我能感受到张展对老年父亲的想象，在他寄予的哀思里，他希望父亲的老年平和、清澈、宽容。可我不明白，他为什么要在老年父亲的眼仁里，画上小草小鱼和蚂蚁之类的昆虫，尤其不明白，为什么他们既像一个人，又不是一个人。

不由得就打开手机，在百度上搜索“父亲画展”几个字，在一连串红色标题下，确有许多评语，不但有“无名氏的‘父亲画像’具有米开朗琪罗早期作品耐心而深刻地追问现实的品质”这一说法，还有“无名氏的‘父亲画像’具有米开朗琪罗雕塑的厚重感”这样的评价……

我虽在小时候热爱绘画，但因后天知识的欠缺，根本没法从作品中看到这一点，可伫立在最后几幅画像前，我忆起了张展的叛逆，他与爸妈长期的断裂，他……一场意外，唤醒了他对父亲的感情，那是怎样一种唤醒？他在大脑中想象不同时期的父亲时，经历了怎样的暗夜？他为曾经的断裂后悔吗？他希望父亲听到他的悔过吗？耿丽华说他在得知父亲遇难时还和发廊女在一起，他听到父亲原谅他的声音了吗？

展厅空旷、寂静、肃穆，某个瞬间，一种来自旷远世界的声音从寂静和肃穆中渗出，虽小草吐芽般轻微，小鱼搅动水花般幽冥，蚂蚁搬动树叶般窸窣，可它清晰可辨；它清晰可辨，可当你寻着声音四下探望，它们又缥缈着隐到画像深处，隐到墙上所有父亲的目光里，嘴巴里；它分明就在画像的目光里，嘴巴里，可到最后，你却听见，那仅仅是你自己的一声叹息……

在读我的小说《致无尽关系》时，他在思考他和儿子的关系吗？

他们为什么会是那样一种关系？

自始至终，我和王主任都没有交流。她也不跟我说话，仿佛愿意让我进入自己的思绪。然而，在我们站了很长时间必须离开时，她还是走过来，手触了一下我的手——那种亲昵的软软的感觉真好，她凄楚地笑了一下，不无伤感地说：“我从没问过张展为什么笔下的父亲不一样，但我相信，他有自己的想法，他有自己的天空和世界……”

我看着她，还她一个凄楚的笑，但没有接她的话，我不知道自己是否能够真的体会张展的天空和世界，但她这句充满体贴的话还是让我感动。烧伤女人说，第一次在张展房间看见张展画父亲，她找学校领导商量放到礼堂。在这冷漠的世界里，张展怎么就遇到这样的好人？

从挂满父亲肖像的仓库里走出，看着眼前并不晴朗的冬日天空，我有一种彻头彻尾的虚幻感、不真实感，仿佛做了一场梦，王主任是梦中的天使，她帮助张展从时间的织锦上撕开一道口子，偷出一块独属于某个人的时空，她又咔嚓一声关掉那个时空，把我带回到另一个现实世界……

随王主任走出楼道来到操场，正是下课时光，操场上晃动着穿天蓝色校服的男女学生。

这是一个快活的港湾而不是海洋，因为整个操场也就不到二百人，显得很稀疏。关键是特教学校是个特殊群体，操场上并不生龙活虎。篮球架下有一拨男生在缓慢地追着被抛出场外的一只球，足球场上有一群男生跟着一个带球的学生缓慢地走动，单双杠下有几个女生在打着手势慢慢地说话，前楼的后墙根儿边，有几个嘴角歪斜的学生在相互逗弄，你扯我衣角拽一下我扯你衣角拽一下，动作缓慢的样子好像他们的思维和动作是两节脱轨的车厢。从一个小寸头男孩身边路过时，王主任告诉我，这是个智障孩子，十来岁时发烧得了脑炎后遗症。孩子得病，爸爸非要妈妈再生一个，妈妈担心再生一个对智障孩子不公，坚决不干，结果爸爸和妈妈离婚又找了一个。现在，妈妈自己带他，才四十几岁的妈妈已经满头白发。

与这个孩子错身而过，我停下来，认真端详他那张歪斜的脸，感慨他不幸命运的同时，去想象那个母亲的心境。因为母亲是天下所有不幸的致命承受者。

见我停下来，王主任拉住我的胳膊，指给我远方站在足球场后位的一个大个少年，“你看到他了吗？”

我看到了，一个头发贴在头皮上的孩子，他站在球门边，弓着腰在等待揽球。然而王主任让我认出他，没有下文，叫我一直盯着他看。大约两分钟不到，他脑袋突然歪了一下，随之嘴使劲张开，并且在张嘴时，脖子和肩膀狠狠一抖。这种病我熟悉，是多发性抽动症，我一个朋友的儿子六七岁时得过，吃了两年西药，后来到附属医院看一个从美国回来的老专家，老专家坚决阻止给孩子吃药，说这是一种“现代文明病”，只要让孩子少看电视，少喝碳酸饮料，长到十三四岁自然会好。十三四岁，果然好了。当我把经验告诉王主任，她深吸了一口气，“他今年都十六了。他爸妈开家具店，忙着赚钱，根本没时间管孩子，孩子刚来学校那阵子可重了，一两秒钟一叫，可自从跟了张展，他一天天见强不说，还画一手好画，夏天开发区青少年绘画比赛，他得了一等奖，张展的‘父亲画展’就是他通过微信传出去的。张展生气，又拿他没办法，好在他没用张展真名，用了个无名氏。”

我不由得往操场中心挪动脚步，似乎他是张展的学生，就和我有了某种关系。他个子很高，一米八零左右，长方脸形，眉骨很宽，鼻子上翘，上扬的嘴角有一种韩国男星裴勇俊的刚毅，只是当那体内的某种短促的声音来临，他的脸朝后一扭，嘴角突然歪斜，让人有一种撕心裂肺的疼痛。虽然他的病仍然有希望，不属于那种绝对的不幸，可我不能想象，他的爸妈何以如此狠心，他的母亲为什么没有承担？

王主任让我认识这个孩子，是想强调张展的好，是想告诉我把张展画展捅出去的是谁，可此时此刻，身为母亲，我已经被另一个信息深深命中。我因此不解地问：“他爸妈为什么？”

“他们也不是冷血，是不愿意面对现实。”

“可这是逃不过的现实呀。”

“我一个朋友出名孝顺，父亲得了食道癌，晚期水都吞不下去，她在家哇哇大哭，就是不敢靠前……就是有这样一种人，爱使他们恐惧。”

我的一个朋友也说过类似的话，他说他之所以不要孩子，是他太爱孩子。可身为特教学校的教导主任，能这么理解家长，我还是有些意外。这里边有某种对生命的慈悲。

我自然没有把我的意外说出去，因为这时已经走到办公室走廊门口，悬挂在墙壁上方石英钟的指针指在十一点四十分上，已经到了午饭时间，于是我说：“王主任，我想请你们吃个饭，就在学校外面，把那位女士也找来。”

王主任寻思了一下，之后爽快答应道：“好哇，还是我们请你吧，我招呼我们林辅导员。”

打了电话，林辅导员没来，说要准备下午开会材料。在学校西侧一个湖南人开的小馆里，当我们双双坐下，点了两菜一汤，我还是忍不住把对王主任的好感说了出来。只是我换了相对宽广的角度。“我得感谢张展，他让我认识了特教学校，这里的气氛很不一样。”

王主任笑着与我对视，钢丝一样的发丝静静地颤动着。

“张展能遇到你，遇到你们学校，是他的幸运！你们对他太好啦!”我逐步深入。

王主任仍然笑着，与我目光对视，那种真诚的对视，许久之后，她不好意思起来，脸上有一抹红晕飞出，“你看大姐，知道你不是记者，可都不知道该怎么称呼你。张展分到这里，从来没有人来看过他，你是张展同学的妈妈，可不知为什么，这一上午我有一种幻觉，觉得你好像就是他的妈妈……”

“你这么体贴张展，倒像你是妈妈。”我发自内心说。

这时，菜上来了，麻辣香菜，在示意我拿起筷子时，王主任平静地说：“天下只有经历过苦难的人才能真正理解苦难。”

我不免有些紧张，想起一次聚会，问一个十几年没见的朋友生了儿子还是女儿，她说算是女儿吧。我说什么叫算是女儿。过后才知道，她的儿子游泳时溺水身亡后，她又生了个女儿。莫非……

“我和张展同病相怜。”王主任依然平静地说。但她脸上那抹红晕迅速消逝，现出一丝明显的灰暗。与她咫尺对坐，才发现她白皙的皮肤下边有一层细密的纹理，像经了手艺精湛的雕刻家雕刻。

“我十二岁父亲就去世了，我和同学为一个发夹打架把父亲气死。”

我直视她，心里的某个部位颤抖了一下。

“那发夹是我在道边发现的，可同学硬是从我手上抢过去，说她早就发现了。我那时性格刚烈，愿意讲理，坚决不让呛，对方妈妈找到父亲，我还是不让。结果，父亲在生气时喝了凉水，心脏病猝死。父亲生前心脏不好，常常心绞痛……你知道，一连好多年，我都不能和有父亲的同学在一起，后悔、自责、自卑……”

虽没涉及她的子女，但她的父亲因她而死。为了收回直视的目光，我把筷头伸到香菜上挑了又挑。

“我性格里没有自卑的东西，可十二岁之后非常自卑，非常孤独，觉得自己可恨又可怜，直到中专毕业，这种痛苦都没有消除。选择特教学校，当时叫聋哑学校，是觉得自己需要一个避风港，你知道吗大姐，不幸的人是另一个不幸的人的避风港。有一个学生家长，儿子为什么聋哑，是她在生产时应该剖腹，但她害怕动刀，要求顺产，结果孩子在产道里挤压时间过长，造成不幸。我刚来时常和她在一起。”

与不幸的人同病相怜，心里有慰藉；能天天跟不幸的人在一起，为他们排忧解难，又加了一层慰藉。我努力跟进她的思维。

“后来发现，凡是自动要求来我们学校当老师的，多多少少都经历过不幸，都是被从幸福列车上拽下来的人。你看见咱那位林辅导员，她十八岁那年脸和身上大面积烧伤，好多年都走不出心理阴影……张展刚来，我就有这种直觉……当然也有找不到工作退而求其次选择这里的。可他不一样，他眼神里的东西很不一样，我一下子就能从人群里识别出来。”

仿佛刚找到地下矿泉的人不经意间发现了又一眼矿泉，我默默打量着这个自认为被从幸福列车上拽下来的女人。也许，确实有一种不幸，一旦发生，便终生都错过了正常的人生轨道——当你永无休止地陷在懊悔、自责当中，当你想方设法从懊悔和自责中往外挣扎，你也就走上了另一条路，就像她，终身和残疾人在一起……

“你是说，张展选择了特教学校，是为了用别人的不幸医治自己的不幸？”我终于回到张展的问题上。

“应该是，我记得他面试那天说了句话。”

“什么话？”我用目光问。

“我问他为什么选这所学校，他说‘我需要’。”

“那么，他画父亲肖像，只给学生看，而不愿意公布到外面，是不是他不认为正常人能真正懂得他，懂得他的不幸？”

“不是。”王主任静静地看着我，捋一下头发，否定道，“我倒没和张展交流，但我理解，他不是害怕正常人不理解不幸，而是害怕我们这个时代不正常的媒体利用了不幸，人们只关注发生了什么，从不去想发生了什么之后，那些不幸的人在经历什么。而不幸的人经历了常人所不知道的一切，是不是被理解，被同情，已经不重要了……”

“可是他为什么要在学校搞画展？”我问。

王主任陷入沉思，皮肤深层的纹理一动不动——那是被后悔、自责、自卑雕刻出来的纹理，神情间现出一丝迷蒙，就像蓬在头顶的发丝交错出的迷蒙。

这时，就在我眼睛在她发丝的迷蒙里游动时，眼神一闪之间，她像接受了某种信号，突然从沉思中清醒过来，凑近我，小声跟我说：“大姐，张展来了，这个问题千万不能问哈，你得记住你不是记者。”

我以为她这么说，只是想叮嘱我，可连连点头时，只见她一边欠动身子，一边冲门口的方向招手。

不管张展的故事多么立体，多么水火不容，他在我的想象里都只有一种形象：小矮个儿，尖下巴，长瓜脸儿，眉眼拘谨，说话温暾暾，表情乌啦巴涂，头上戴着毛线帽。这种“小瘪三”的形象或许有耿丽华的灌输，但我知道，更多则来自我对另类青年的想象——他们之所以另类，就因为他们相貌平庸，需要用另类举止来吸引世界目光。可事实与想象完全相反，他确实戴了毛线帽——这是我转身时一眼就能认出他的原因，个子也确实不高，但他脸盘很大下颏很宽，眉眼不但开阔，还有一个蒜头鼻子，鼻子下方厚厚的嘴唇向外翻翘，有一种原始的野性——那种暗藏着诚实、敦厚的野性。这或许得感谢他的体魄，他肩膀宽阔，粗粗壮壮，看上去健硕而结实，一点儿也不是想象中那种遭受磨难的孩子因胃肠长期不好而体质孱弱、清瘦。当然，最关键是他那眼神，他长了一双细长的小眼睛，从那里射出来的目光既不阴郁，也不狡猾，却有一种与他年龄不相符的深邃。当他站在我们面前，对着王主任憨憨地叫声主任，你觉得那深邃的目光，是燃烧正旺的两星炭火，里边释放着蓝幽幽的暖意。

“主任，林辅导员让我来找你。”

王主任站起来，我也站起来。我站起来，是王主任已经当着他把手指向我：“你高中同学的妈妈，她想见见你。”

张展显然毫无准备，他转向我。

“我儿子跟你失去联系，他让我来找你，他叫申一申。”我补充道。

听我说出“申一申”三个字，张展眼里的两星炭火迅速蹿出，脸上现出复杂的表情，惊讶、惊喜、不敢相信……但他又迅速调整了自己，收回复杂的目光，憨憨地说了声“阿姨好”，之后就不知所措地看向王主任。这时，王主任已经从座位上走出，“吃饭了吗，来，你坐这儿，我已经吃完了，你跟阿姨先聊，我回学校。”

其实我们谁也没有动筷，张展坐下时，桌子上的菜和汤都满满的，只是它们已经凉透了。

一直在找张展，可当真和他坐到对面，我竟然一时闷住，长时间找不到话题。我被某种与记者有关的身份弄乱了思绪。我在想，张展为什么自动来到小馆，是不是烧伤女人跟王主任的默契，她担心张展不见我，就让他主动找来；而烧伤女人之所以和王主任配合默契，是不是她心底一直有一个不经意把张展宣传出去的愿望，就像那个多动症男生把张展不经意宣传出去……

一两分钟之后，我才渐渐找回点儿感觉，笑了笑说：“我儿子一直在找你。”

他也冲我笑笑，但有些不自然，翻翘的嘴唇咧了咧，咧出一个扁形的括弧。你盯着他，以为会有话从那括弧里冲出来，他会说“他还好吗，我们好久没联系了”，可是等待的结果，是那括弧渐渐合拢。

“他看到了你的‘父亲画展’，他说就觉得应该是你。”

听我这么说，他头微微低下去，手在毛线帽上轻轻揪了一下。

这时，我不由得想起儿子曾经的歉疚，直言道：“一申当年发完那个短信很后悔，他想安慰你却不知该怎么安慰，你千万别往心里去。”

张展愣怔了一下，目光茫然，但少许时间过后，他似乎想起什么，轻轻地摇着头，仿佛那件事根本不值一提。

我一时语塞，不知该再说什么了。找张展，确实曾想到过为儿子释疑，可找到现在，这理由已经太小了，小到一旦露出马脚，你觉得你是庸人自扰小题大做。沉默良久，我终于找到新的话题。“从儿子那里知道一些你的故事，知道你是个有个性的孩子，但那个你和现在的你不一样，很不一样！”我想问为什么，但怕他敏感，把三个字吞了回去。

他直视我，表情沉稳，看不出内心有任何波动。某个瞬间，他还冲我淡淡一笑，仿佛在说这很正常。

“一申也不知道你分在特教学校，我去了你们的高中，你的滨城大学，还见了耿丽华，你的交换妈妈，还……”为了刺激他，让他向我敞开心扉，我努力搜寻着肚子里的信息，竟然差一点儿说出斯琴和小不点。

这时，只见他翻翘的嘴唇蹙动了一下，惊讶从眼角再次浮现。很显然，此时的惊讶和最初的惊讶大不相同，最初是因为见到申一申的妈妈，现在，是因为申一申的妈妈想了解他。微蓝的炭火轻轻跳跃时，脸一程程涨红，但他厚厚的嘴唇张了张，还是闭上了，仿佛那话被心底的什么东西拽住了尾巴。

“我看了你为父亲画的肖像……能体会你的感情，你一直在和父亲决裂……可……我更想知道你对母亲的感情，她是怎样一个母亲？”

在我为张展准备的问题里，有他为什么把每一幅肖像的眼睛都画得不一样，有他为什么在老年父亲的眼睛里画了小草小鱼和昆虫，有他为什么每周三上午去市内，斯琴和小不点对他意味着什么，可鬼使神差，我却把话扯到他母亲身上。

事实上，与张展坐在咫尺之间的对面，某种母性的东西还是触动了我，当毛茸茸的汗毛在他青春的腮上唇上翕张，我在想象如果他是我的儿子……

这时，他的汗不是渗出来，而是从额头滚滚而下，脸涨得更红，都有些紫了。你能感到，那脸腮的紫色里，淤积了太多的话语，就像皮肉被强烈碰撞之后的瘀青。可他，嘴唇反而闭得更紧了，不但如此，随着眼里刚刚还是微蓝的火苗一点点隐到瞳仁深处，他用沉郁的目光看着我，支吾道：“阿姨，对不起，我，我上课时间到了。”说着，他拽一下毛线帽，站了起来，为了不那么无礼，他故意放慢动作。

我的心揪紧了，一丝说不清的懊恼袭上心来，可我就像一条搞砸了有可能饱餐一顿宴席的狗，因为不甘失败，穷追不舍反扑道：“我是那个作家，你父亲读过我的《致无尽关系》，我觉得我们之间有关系，张展——”

我的话不过是一股气流，在小馆上空飘荡，可当飘到张展身边，它似乎变了，变成一颗石子，因为张展惊愣中猛地回过头来，定定地看了我一眼，但很快，就又转过身去，变成一个乌啦巴涂的背影。

10

返回特教学校的路上，我为提到他的母亲懊恼不迭，实际上，在王主任指给我看那个爸妈都不管的孩子时，我的脑中就闪过张展的母亲。十几天的寻找张展，从没想过他跟母亲的关系……当然，张展离开，也许跟我是否提到他的母亲没什么关系，是我向他袒露那些信息时，无意中有了记者口吻……

因为几乎和王主任前后脚回到学校教务处，我推开教务处的门，王主任一脸的歉意，仿佛搞砸的是她而不是我，“我就知道会是这样。这孩子就是敏感，没办法。”

“没关系，我也只是想看看他，看到了，也就可以向我儿子交差了。”我掩饰着心底的遗憾。

脸有烧伤的女人更加遗憾，那不是遗憾，而是一种说不出的失望。她摇着头，歪斜的眼角不住地颤抖，“他真的值得宣传，我们这样的学校，很少被社会关注。”

事实上，没有人会认为一个同学的母亲对另一个同学会如此感兴趣，她们还是把我当成了记者。因为在我准备离开时，王主任一边递给我她的名片，一边说："大姐，咱们交换个名片，张展有什么变化，我们再联系你。"

不过我一点儿都不反感，迅速掏出名片。她们和耿丽华的不同在于，她们是为了一群不幸的孩子，耿丽华是为了拍马溜须。更重要的区别还在于，她们尊重事实，耿丽华弄虚作假。然而，在我就要迈出办公室门槛时，某种不甘的念头突然阻止了我的脚步，我停下来，回过头，我说王主任，我想给张展留封信。

王主任看了看我，兴奋一下子跳上了她的眉梢，"好哇好哇，你就坐这儿写。"并随手拽来一把椅子。烧伤女人来不及驱散遗憾的表情，赶紧返回她的办公桌，送来笔和纸。她们反应的快捷、迅速，仿佛我这么做，正是受了她们启发，希望特教学校因为张展而受到关注。

我坐下来，拿起笔，想都没想，就把憋在心里一直想问的话问了出来。

张展，我最初找你，确实因为申一申，可我一路找下来，见了你的交换妈妈耿丽华，见了你的大学辅导员，见了你特教学校的老师，还有你的父亲肖像，我发现我越来越难以控制想更进一步了解你的愿望。你为什么要跟父亲决裂，你为什么很小就离家出走，你为什么要恋一个大你八岁的发廊女，你为什么在父亲空难事故当天还要跟发廊女在一起，你为什么学了美术专业，又为什么选择特教学校，你为什么每周三上午周五下午去市内，斯琴和小不点对你意味着什么，你为什么把每一幅肖像的眼睛都画得不一样，你为什么在老年父亲的眼睛里画了小草小鱼和昆虫……

想了解你，是在交换妈妈眼里，你几乎是个魔鬼，在特教学校老师眼里，你几乎就是天使，我特别想知道这究竟为什么。想知道什么才是事实真相。希望你能给我一次机会，我们好好谈谈。不管是约在大连，还是在特教学校，都没关系。我耐心等待！

把想问的话一股脑儿问出去，我都顾不上斟酌词句，顾不上那些“为什么”的排比逻辑。信交到王主任手里，我轻松极了，仿佛终于卸掉了一个沉重包袱，仿佛终于完成了一项重要任务，顺学校操场往外走，我脚步轻盈腰身挺直。可是，放飞了希望，就等于收获了不安，接下来的日子，我不但做不到耐心等待，反而几乎每天都给王主任发短信，问她张展有没有读到信，读信后有什么反应。当王主任回我“石沉大海”四个字，并总在后边加一句“好事多磨，相信你和特教学校的缘分”，我的不安里，又加入了另一种不安——那其实不是不安，而是你觉得你欠了一笔深重的债务！这债务不是对张展，是对整个特教学校！因为王主任的话会让你想起烧伤女人的话，“我们这样的学校，很少被社会关注”。

有欠债的压力，熬过等待的最初几天，我像一个被从洞穴里赶出来的老鼠，瞪着一双惊嘘嘘的眼睛东张西望——从来不看报纸的我每天都要到小区门口买一大堆报纸，细细研究那种宣传文章的行文风格、体例规范。报纸文化版的文章和文学作品完全不同，它篇幅短小，主题清晰，不允许随意虚构。那时我才知道，报纸上有关灾难的报道一版一版连篇累牍：一家四口遭灭门，只有小女儿在厕所活了下来；一辆车在高速路上遭车祸，一家三代人两死一伤，伤者是车上年龄最大的母亲；一小区瓦斯爆炸，七人身亡十一人受伤，受伤的十一人中有五人已经确定将终身残疾……却极少有文章写灾难发生后那些幸存的人如何生活，比如那个遭灭门的小女儿，遭车祸的老母亲，爆炸死亡者家属。倒也有那样的文章，二十岁患血癌男孩，直到最后一刻都在帮妈妈调火锅店的调料，至于他在最后一刻怎么想，想了什么，鲜有提及。然而我的问题是，关于特教学校这些特殊学生的特殊经历，我了解得也太少了，如果写文章歌颂他们，我根本无从下手……再则说，一篇两千字不到的小文章，难道真就能引起社会关注……

不难看到，从特教学校回来，我完全陷入了与张展无关的思绪中，就像一段时间被儿子的愿望牵制——不能看到别人的愿望，这是我性格里最大的弱点。如果不是这时撞到家里两个人，我不知要为此事纠缠多久。

那两个人，是我堂姐的女儿祥云和祥云的女儿朵朵。祥云是我送的名字，她不管任何时候出现在你面前，月牙一样弯弯的小眼睛永远都蔚蓝祥和，我和堂姐后来比亲姐妹还亲，和她的出生不无关系。堂姐大我十八岁，结婚早，祥云只小我六岁。因为堂姐嫁在本村，家族里大小活动总带着她，她那祥云一样在人群里飘动的小脸总让你忍不住想贴上去亲亲。在我盼望生个女儿却生了儿子之后，对这朵祥云的喜爱无以复加。虽然我们生活的领地相距越来越远，她长大后去营口做服装生意，和一个电工在鲅鱼圈安家，我又从老家来到大连，可我从未觉得这朵祥云离我远去。我们经常通话，每次通话，她都先娇憨地叫一声“大姨”，之后就没完没了笑起来，那笑声绵软，打着卷儿，一团一团，它们包围你时，你所有的烦恼都被驱散——我给她打电话，常常因为烦恼，想听听她的笑声。可这次却大不相同，她电话里不但没有笑声，还乌云翻滚，“大姨，出大事儿了，朵朵精神分裂了，我现在正在去大连的路上。”

生活中总有不测风雨，她遭受的风雨是这样的，她正读高中、再有半年就要高考的女儿，在网上和一个社会青年勾搭，那青年每天到学校里缠她，老师打电话来让妈妈把孩子领回家，她于是就慌了手脚。“勾搭”是妈妈的表述，在把女儿送到我儿子的房间让她休息时，她跟我来到厨房，悄悄跟我说：“咱朵朵肯定是丢丑了！她和人勾搭，上个月都没来例假，肯定是怀孕了。”

怀孕的确不是小事，尤其只剩一学期就要高考。可是我怎么都不会想到，那天晚上，当我背着祥云，和朵朵有了一次单独交谈，事情的真相却与妈妈了解的大相径庭。朵朵确实在网上认识了一个社会青年，是当地的富二代，可他们并没恋爱。他们见面后，她觉得他像哥哥，就一直把他当成哥哥依赖，并让他承诺他们只是兄妹关系。她的叔叔大爷都只生一个女孩，家族里没有男孩，她一直希望有个哥哥。因为是兄妹，她和他无话不谈，讲学校里哪个女生妒忌哪个女生，哪个男生欺负哪个女生，当她讲她帮那个被欺负的女生和男生打架时，这个哥哥挺身而出了，在学校下课时间，一轰开来十几辆豪车向那个男生示威。事情的轰动效应是可想而知的，一个女生把校外十多辆车招引到操场，学生、老师、校长，纷纷把目光投向朵朵。当时的朵朵完全蒙了，不知该如何应对，她既气愤哥哥的做法，又在心底里享受着这份不可多得的兄妹情谊。但矛盾中她还是跟哥哥摊牌：不让他插手她学校里的任何事。谁知哥哥这时也向她摊牌：他爱上了她，非她不娶。发现兄妹感情转化成爱情，朵朵非常恐惧，从此开始躲避他。可这男孩是家里独子，父母在当地有钱有势，从小到大就没有什么是办不到的，天天到学校围追堵截，用钱买通学校洗衣房管理人员、超市工作人员，甚至威胁老师和校长，如不让他进校，将如何如何。直到有一天她无法承受压力，觉得身边所有人都是那个男生，昏倒在学校食堂，老师才打来电话……

事情的真相让我十分意外，我并不意外她一个学生和社会青年“勾搭”，而意外她小小心脏，承受了如此大的压力却决不妥协——她跟我说，后来那男孩的妈妈也参与进来，跟他一起来学校求她，说只要放弃学习，嫁给她儿子，保她一生荣华富贵。十八岁的朵朵居然处理了一桩成人都不一定能处理好的大事件！她承受了如此压力，产生了幻觉，妈妈却认为她精神分裂！当然，最让我意外的是，当我问她为什么不跟妈妈说，她瞪大眼睛反问道：跟妈妈说？她不撕了你?！我说怎么会，妈妈是一朵祥云。这时朵朵扑到我的怀里号啕大哭，“大姨姥，妈妈全是假象，她把所有阳光都给了外面，回到家就是个疯子。你知道吗，从小到大，她除了管我打我骂我，就没说过一句温暖的话。我犯了错，她把我关在屋里一打就是两小时，爸爸在外面求她都不行……”

我心目中的祥云在孩子眼中是疯子，这太让我意外了！当我带着从孩子那里获得的信息来向祥云求证，她不但不否定，还理直气壮地说：“我冲外人笑，是外人跟我没有关系，她是我孩子，她爸是我丈夫，跟我有关系，我对他们好，当然不给他们好脸儿。”

和没关系的人在一起是一朵祥云，和有关系的人在一起就是疯子，这可笑的逻辑让我想到药家鑫的父亲药庆卫。一个律师在问他为什么对儿子那么严苛时，他说："我可能说话有点儿尖酸，我对别人不会这样，因为我想让我儿子好，一针见血地扎到要害。"那位律师在文章里写道：药家鑫后来上网，打游戏，逃学，父亲认为是网瘾，有段时间不工作，专门在家盯他，一个月，药家鑫被关在居民楼的地下室里，除了上课，吃住都在里面，那地下室没有窗户，在外面上锁。律师问父亲，把儿子关在地下室，儿子是什么感受，父亲说："他没有跟我交流，我也体会不了他的心理斗争过程。"

律师的文章，是当年跟儿子讨论时儿子让我看的，当时我把药家鑫当成儿子这代人的反面代表，儿子就说妈妈，你了解多少事实真相，你去看看律师的采访。

身为父亲和母亲，体会不到孩子的心理斗争过程，我无法理解也无法容忍……

那个晚上，我冷冷地看着祥云，和她月牙一样弯弯的小眼睛对视，说不出一句得体的话。因为当你再也找不到她目光中的祥云，你会惊异于她给你带来的陌生感和距离感。为了打破我们之间的陌生和距离，或者说为了迅速解决问题，我只有告诉她："确实出大事儿了，这事儿不是出在孩子身上，而在你，不是孩子分裂，是你分裂，你不爱孩子。"

我想我的话是很重的，像药家鑫父亲说的，一针见血！只不过我们的方向正好相反。他冲的是儿子，我冲的是母亲。然而这时，只见两弯月牙变成两把尖刀，祥云尖锐地看着我，仿佛我这个大姨在她眼里变成了疯子。"大姨，你，你怎么能这么说？我为她拼死拼活，我做生意那么不容易，却还为她买最好的衣裳，最好的鞋……"

陌生和距离不但没有消除，反而更加陌生更加遥远，我不得不继续一针见血："你爱的是你的女儿，而不是朵朵。"

她呆呆地看着我，尖锐的目光化成一丝迷茫……

"爱不是物质，是精神，是情感。你不疼她，你不知道被关在屋里两个小时挨打的感受，你不知道……你就知道她是你女儿你要管她……有一天，她真的分裂，杀的第一人有可能就是你!”

那天晚上，话说到这里，我再也说不下去了，因为当听我说杀的第一个人是她，她像一块化掉的巧克力，瘫软地偎在沙发上，泪水瀑布一样从两弯月牙往外涌。当眼睫毛变成两沱雨帘，她啜泣着说：“大姨，我委屈，我太委屈了……我嫁错了人，嫁给林长枫我很委屈。他是个自私透顶的人，我一看到他气就不打一处来，我把好端端的青春葬送，朵朵又不理解我……”

她对孩子的暴力是在发泄命运对她的不公。

这时，我突然发现，这么多年，我只在烦恼时打电话听她的笑声，就从没问过她过得怎么样，林长枫怎么样。没有任何人天生就是快乐的源泉，就像没有任何孩子天生就懂得打是亲骂是爱。

因为有了对祥云的歉疚，夜深人静，朵朵和丈夫分别睡着之后，我开始和她谈心。当然不是我谈，而是她谈，我只是一个耐心的听众。一朵祥云下面掩藏的痛苦是这样的，林长枫一直活在父亲在世的优越感里，要吃好喝好还什么都不想干，上桌有好吃的不让任何人一口气吃光，不好吃的就摔盘子摔碗。他死皮赖脸，软硬不吃，打骂都不好使，但他有软肋，他疼孩子，所以她气愤时，就拿孩子撒气……

孩子的问题有可能是婚姻的问题，婚姻的问题有可能将一个阳光灿烂的人变成疯子。第二天把她们送走，坐在空空的屋子里，我突然想到张展。我在想，他一小出生在官宦家庭，却小学二年级就离家出走，是不是父母感情不好，动不动就拿他出气让他无法忍受？他在出走时恋上一个甘肃流浪女，爸妈把他们生生分开后，他又恋上一个大他八岁的蒙古族女子，是不是他的父母早就离婚，他在两个家庭中流浪，心灵无所归依？那天在特教学校他不愿意我提到母亲，是不是导致父母情感不好的责任在母亲，母亲出轨，父亲以道德的优势得到监护权，可他同情母亲，有意以叛逆的方式捍卫母亲？或者相反，母亲是受害者，父亲出轨，他叛逆父亲，只为惩罚父亲……

就像一股气流冲击了另一股气流，当祥云的故事覆盖了张展的故事，我告别了来自特教学校的压力，纯粹地出于对张展的好奇又重新回到我的心里。只不过，在王主任继续回我“石沉大海”之后，我已经平静了许多。时间消磨了我的期待，淡化了不安和焦虑，当然也因为此时儿子主动找我，我们有了一场关于张展相对深入的交流，把我的注意力转移到了别处。

儿子找我，主要是想问我见了张展和张展的画，都有什么感受。我先描绘一番我对特教学校老师的好印象，谈了他们跟大学老师多么不同，这一点我感受太深了，无法忽略。之后描绘了我对张展的印象，他对我的拒绝，我留给他的信。这一点儿子特别想知道，再之后粗略讲述了对张展父亲肖像画的感受。儿子在网上读到很多帖子，知道跟米开朗琪罗有关的评价，可不知什么原因，他在手机上没有看到每一张父亲画像眼睛的不同，也没有看到父亲眼中的小鱼小草，对这一点，他十分震惊，好久不说话。最后我说：“儿子，张展从没跟你说过他为什么讨厌父亲吗?”

“没说，但我觉得他是不喜欢父亲用权力左右他，我就是崇拜他这一点，当年我们那些学生都羡慕他父亲当官，可他从来不以为然。”

“据我了解，他妈妈也是个官员，党校校长，你和他好那些年，从来没看见他的妈妈?”

“啊，连这你都知道哇?！见过，有一回张展不回家过年，她坐飞机来找，极其强势，比他那交换妈妈还强势。”

“听他学校领导说，他每周三上午和周五下午都去市内，你说他有可能去了哪里？记得当时你说过他恋了一个大他八岁的发廊女，他们是不是还有联系?”

我早就想问张展和发廊女之间的关系了，只因怕他发现我偷窥日记而一直闭嘴。

“你是说红格尔?”儿子惊愕的语气。

“什么红格尔？是斯琴。”

“红格尔斯琴，她是蒙古族人，姓红格尔。妈妈你怎么知道？我们一直为他保密。”

“他的交换妈妈说的，我见了她。”我故意栽赃，她确实说过，但，是我先提出来她才说的。

谁知这句话触怒了儿子：“这女人太讨厌了，我和张展一样讨厌她！你知道吗妈妈，要不是她，张展和斯琴绝不能走到一起，都是她逼的。”

“为什么？”我问。为了表示漫不经心，又在后边补充道：“红格尔斯琴，这个名字太好听了。”

儿子那边没有马上回答，停了足有五分钟之后，他所答非所问地说：“我不喜欢红格尔，我喜欢斯琴，斯琴有种苍凉感和怀旧感，红格尔太热烈了。”

任何时候都不忘怀旧，也难怪他的日记里没有提到“红格尔”。

“我也不喜欢那个姓耿的局长，但不能把什么事情都赖到别人身上，张展一定是真的爱斯琴，或者斯琴真的爱他，我总觉得那个孩子就是他们俩的，要不也不能这么多年过去，张展每周三上午和周五下午还去看她。”我说，继续激发儿子。

可儿子只说了句“在不确定是不是张展孩子的情况下你不能乱说”，就不再吱声，很显然他不愿意触及这个话题。但停顿了许久之后，他又莫名其妙感慨道：“妈妈，你知道前些天为什么跟你讲那个NBA球迷的故事吗？这么些年了，我有了种种经历，我觉得我的人生观价值观在不断改变，可到头来我发现，有一些东西，始终没变……我最不能忘记的，就是高中三年和张展在一起的时光，可以说，他向我打开了一扇窗户，一扇一眼望去就让你激动得浑身颤抖的窗户，像被拽进吸毒室……现在想来，多亏有过那样一段生活，多亏遇到张展。我不是说他丰富了我的人生，不是，我是说他让我看到了人性的两面——对某种自由自我既恐惧害怕又被强烈吸引的两面，他就是我身体的另一面……我其实一直都处于这种矛盾当中，做不到他那样坚定、果敢、心不被身役。那天看到‘儿子眼中的父亲’的微信，第一感觉是张展，我浑身汗毛都竖起来了，我不愿意相信是他！可某种直觉又告诉我就是他。之所以不愿相信，是觉得像他那样的人，不会追逐某种世俗意义上的成功，在这方面，我们曾经有过很深的交流，他后来不理我，也是觉得我明明了解他，却还要冒犯他，又是在他遭遇不幸的情况下……可这两天冷静想想，他也许本身就是个矛盾体……他自我、另类、不受任何人束缚和控制，也许并不是真实的他，是被迫成为的他，就像现在的我，也不是真实的我，而是被迫成为的我……妈妈，我也说不好，反正不管怎样，现在，我就是那个一晃二十年过去，仍然在家乡的球场上为球星跳舞的球迷，他太棒了！”

儿子的话让我似懂非懂。一方面，他希望张展还是以前那个自由、自我、另类的张展，那是他的另一面，他渴望成为的一面；一方面，当事实证明原来的张展已经被打碎、被冲破，他仍然是那个在家乡球场上为张展跳舞的球迷，仍然崇拜他，为什么？

我没有在这个问题上纠缠，原因很简单，他无形中向我泄露了秘密，就像我当初不小心向他泄露了秘密一样。我泄密，是我告诉他我已经在寻找张展；他泄密，是他告诉我，他让我寻找张展跟科研无关！他是为了让我了解他，了解他们这一代，故意欺骗我。他的目的达到了，可是我一点儿也没有因此恼火，因为他让我看到了他对自身的不断认识和追寻，他让我看到一个学生对另一个学生贮存多年的感情……

就因为这份感情，腊月初八这天午后，我把腊八饭焖到锅里，再一次来到石葵路街道小雨点发廊门口。选择这个日子，是因为这一天是周五，我希望在发廊门口堵到张展。堵到他干什么，还没有深想，似乎只想确认某种东西，某种让儿子这么些年过去依然崇拜的东西。

407路公交车非常拥挤，它连接了大连的西北和东北，又兼顾了东南，路线长的优势使每一站都有一大堆乘客上上下下，当我好不容易挤上去，吊坠一样被吊在人与人中间，下车就是一袋被强行甩掉的垃圾，因为你突然的双腿着地免不了要噗的一声。出行的心情，往往跟交通工具有关，你坐在乐曲悠扬的轿车上，心情再坏，也会一点点好转。你在口对口肩并肩气味异样的公交车上挤，心情再好，也会被一点点搞坏。如果你不小心在下车时刮了别人头发，那人向你投来厌恶的眼神，并恶狠狠骂出句“挤什么挤抢命啊——讨厌”，你不免真就觉得自己粗俗、粗鄙，令人讨厌。不想用丈夫的车，站在门口半小时等不来出租车，我就是那个让人讨厌的人。不过，把心情搞坏也不是没有好处，它很早就让我预知我今天将一无所获。我有一种迷信，打牌时头几张牌抓不好，就断定后边准不会有好牌。于是吞下那恶狠狠厌恶的眼神，平复着坏心情，穿过潮涌一样从隧道里涌出来又往隧道里涌去的车流，我没有焦急，没有期待，似乎我不过是无所事事路过这里。站在小雨点发廊门口，有很长一段时间，我都没怎么注意往这里来的行人。如果张展周五下午来，差不多就是这个时间，可我在不抱希望的情绪裹挟下，已经把这事给忘了，我在想是不是该打车回去——当发现因为打不上车才导致了坏心情，打上一辆空车似乎是我当时唯一想做的。空车确实不久就过来一辆，我确实向它招了招手，可是就在空车在我面前停下来时，目标突然出现。不是张展，而是斯琴，红格尔斯琴。她之所以能在我就要上车时吸引我的眼神，是她穿了一件大红袍子，领口上镶着白色的绒毛，她从你侧面一闪而过，你觉得她是一朵火红的云，云移动时，太阳从后边返射出红灿灿的光。她从一辆车上飘下来，一闪身飘到小雨点发廊，我目送她进屋，继而愣神，继而打发了出租车，下意识跟进发廊。可当我进了发廊，云已经飘散，一个理发师斯琴变魔术般伫立在眼前：“你好，要理发吗?”

四目相对，她认出了我，她一边往身上套工作服一边说：“噢，你头几天刚剪过。怎么……”

“啊不，我是，我是来等张展的……”虽然猝不及防，但我还是说出了我想说的，因为怪相男人不在屋里。

她愣住，眼睫毛蜻蜓似的在额头下方飞动，不难看出，她在搜寻这突如其来信息的来源，但很快，她做出反应，边系工作服后腰上的带子边带着坦荡的笑容说：“张展上大学了，他已经五年没来这里了。”

有一种人，即使说谎也无比坦荡，这是一种智慧，但不知为什么，我不觉得斯琴在说谎。这并不是说她没有智慧，而是在她说“张展五年没来这里”时，笑容里有一种喜悦，一个母亲向身边人传达儿子好消息时才有的喜悦。

被坦荡的喜悦包围，我顿时没了下文。

“哦……那，对不起……”我说。

11

张展你好！

我是申一申的妈妈，自从那天给你留下一封信，一直在等待与你的相见。可是你一直都没有回我。现在，我想重申一下，我不是记者，我找你，确实是我儿子让我找你，他看了那个有关“儿子眼中的父亲”的微信，觉得应该是你，让我来确认。现在，确认了这一切，儿子特别兴奋，他觉得这么多年过去，他仍然崇拜你。他的任务我完成了，可因为他，我掉进你的生活。现在，我特别想再见你一次，特别想跟你好好聊聊。我不是记者，也不是以作家身份，仅仅是一个母亲对一个孩子的好奇，我想知道我儿子为什么崇拜你，我想通过你了解儿子，了解你们这代人……

从石葵路回来之后，我打电话给王主任，要来张展邮箱，整整一下午都在电脑上给张展写信。明知话说得愚蠢，怎么说都不对头，可就是要写。解释我不是记者，是在等待中反思我上封信的草率，那样的追问口气容易让张展反感；告诉他儿子崇拜他，是觉得这容易打动他，年轻人之间很少有崇拜；说我对他好奇仅仅因为我是母亲，是在跟儿子有了交谈之后，我隐约感到，寻找张展，其实也是在寻找儿子，因为我确实不明白他究竟为什么崇拜张展。可是细细想来又觉不妥，不是记者，你为什么这么围追堵截？你儿子崇拜是儿子的事，与他有什么关系？如果你是母亲，为什么不能尊重一个孩子的沉默……翻来覆去，我像一个在黑板上练字的小孩，写了删删了写，到最后，电脑上光光净净，一个字都没有了。看着从王主任那里要来的张展邮箱，木呆呆愣神，我对再见张展已经完全不抱希望。

那是一些个混沌不堪的白天和晚上，虽然不像从前那样天天等待张展的电话和短信，可因为总觉得有事做又不知该做什么。我无法看书，无法写作，嫂子来电话汇报乡下老母亲身体的近况，我不但没想起又到了回去给母亲洗澡的时间，还大咧咧跟嫂子说我这里有点儿事，暂时回不去。我有什么事？什么事能够阻止我回家给母亲洗澡的脚步？事实上，那段时间，渴望再见张展这个念头，已经是我生活河道里汹涌而来的滚石，不把它搬掉，我便无法回到正常生活。

忘了是腊八之后的第三天还是第四天晚上，丈夫在家播放他几天来拍摄的纪录片素材让我看，我无心搭茬儿看了一会儿，可看着看着就坐不住了。一方面，他播放的镜头太悲惨，那些从瘦得仿佛骷髅似的眼睛里射出的求生眼神，让你扫一眼都心惊肉跳——某些时候，我也是王主任说的那种不愿意正视灾难的人。王主任把这样的人定义为“因为爱而生出恐惧”，这不过是一种慈悲的说法而已，实质上就是不愿面对受难者的受难，至于这里边包含了怎样的情感，这样的人是不是像王主任说的那样深怀慈悲，很难说清。但这不是主要的，主要是邻居又开始呜呜嗷嗷打孩子。隔壁邻居的儿子正念中学，因为早起晚归，一年只能碰到几回，偶尔几回在楼道里错身，挎着沉重双肩包的他都谦和地点头打招呼。可一些个晚上他反抗爸妈的声音传过来，你觉得那是一个浑不拎的恶魔，“我就不去怎么啦怎么啦，你们想把我打死呀！”爸妈真就扑通扑通打上去，他于是声音更高：“打吧，你们打死我算了——”你听着心焦，根本无法安然坐在屋里。有一回我去敲开屋门，说你们不能这么打孩子，邻居女主人狠狠地斜着我，厉声道：“我们管的是我们自己的孩子，你掺和什么？”从此我再也没管过，可从此他们一打孩子我就在屋子里来回走动。而这个晚上，因为心里装着张展，因为想到曾经的张展有可能就是这个孩子，在爸妈淫威威逼下不得不成为一个恶魔，我根本无法在屋子里待下去，只有穿上最厚的羽绒服，推门出去，在小区广场来回转着。

说来奇怪，自从在哥本哈根召开有关地球变暖的世界环保大会，暖冬就仿佛捉迷藏似的再也没有出现，风在小区广场肆虐，露在羽绒服外面穿着毛线裤的腿没一会儿就冻透了，一直没有治好的患有滑膜炎的膝盖钻心地疼痛时，我不得不只转三圈就打道回府。在上楼之前，闫姐打来电话说她儿子鲍远刚从香港回来，弄来一批好电影，问愿不愿过去看。在大冷的夜晚躲在一隅看电影，这是个不错的主意，既躲避了邻居的暴力，电影故事又有可能为我如何能再见张展提供灵感——很多时候小说写不下去，电影都为我带来灵感。可在楼下打电话给丈夫，他坚决不去，他说今晚要把拍过的素材全看一遍。不想在寒冷的夜晚独自打车，只有试图上楼说服丈夫。可打开屋门，来到大厅，电视里正在播放的镜头却让我再也挪不动脚步。那是一个侧影，几乎是一闪而过，可当那一闪而过的侧影撞入眼帘，某种熟悉的信息不由得让你心头一震。

最初，你并不知道这一震意味着什么，不知道这熟悉的信息里包含着什么，我只呜呜嗷嗷朝丈夫大叫：“哎哎你快，快给我重放一遍。”丈夫不解地转过头，扫我一眼，当他发现我手指着电视里的画面，突然明白什么似的，赶紧让画面倒退。可他退的时间太长了，重放了好一会儿，那个侧影才又出现。

这回，他出现在画面上，我没有大呼小叫，因为他刚刚冒头，丈夫就将画面定格，似乎他在回放中知道我为什么一惊一乍了。

这回，不是我为这个镜头一惊一乍，而仅仅是为丈夫知道我一惊一乍居然是看到这个画面。我盯着丈夫，情不自禁说：“你怎么知道我找的是他？”

“不知道哇！不是吗？这是我偷拍的镜头。”

“你是说你不知道他是谁？”我问。

“不知道！我就知道他是一个志愿者，人们就叫他小Z，从我去医院那天每周都能看到他，医院的人说，他做志愿者已经三四年了，但他就是不让拍，坚决不让拍。”

“他做什么志愿者?”

“给癌症晚期患者按摩。”

我直盯盯看着丈夫，似乎不信，自言自语：“怎么可能?”

“什么怎么可能？你认识他？他到底是谁?”丈夫皱着眉头，好像我在有意卖关子。

“张展，他就是儿子让我找的张展。”

丈夫一时愣住，继续冲我皱眉，皱着皱着，又重新回放镜头，边放边说：“真的是他？这学生很怪，我在医院拍了不下十几个志愿者，就没有不让拍的，你记得那天我跟你说过的音乐治疗师吗，她特别愿意上镜头，上镜头还非常有感觉，可这小子不一样，坚决不让拍。他越不让拍我越想拍，我就觉得他有故事。”

我没再说话，坐到沙发上，这时邻居的暴力也莫名其妙地停止了，屋子顿显寂静。在寂静的屋子里，与丈夫面面相觑，我嘴上说“当然有故事”，心里却又很难接受这样的故事。并不是我排斥正面形象。第一，志愿者这个身份不符合张展，在我了解的那些大学生志愿者里，有很多是为了出国铺垫经历，国外大学特别重视学生是否有过自愿为社会服务的经历，他已经就业了，不需要这个经历；在电视上，确实看到过正在工作的年轻人去当志愿者，但他们大多是到老少边穷山区支教，是加入国家某某共青团计划，有媒体引导、包装的成分；再就是像滨城大学遇到的几个大学生，为未来学业做些设计；这种默默地为癌症患者按摩，又常年地周三和周五坚持不断，不可思议。第二，张展早期叛逆，后来父亲去世，和母亲又不联系，他缺少让人信任的能做这种事的感情基础，尤其他如此年轻，那些濒临死亡的人在镜头上看一眼都心惊肉跳，他如何能做到长时间面对……当然，最最重要的，他破坏了我对他和斯琴、小不点之间关系的想象，虽然那天斯琴的话已经说明张展的周

三、周五去的不是发廊，可他的故事偏离爱情，朝另一条道拐弯拐得太远了，我没有心理准备。

“他爱戴毛线帽，在医院为什么没戴?”沉默许久，我对丈夫说。

“他是戴了，但一进门就摘了。他一向匆匆忙忙，周三上午三个患者，周五下午三个患者，每个患者一小时，那些晚期患者整天在床上躺着太难受了，有些有钱的子女愿意花钱雇人，但雇也没人干，可他从来不要钱。医生、患者和患者家属都老感动了，患者每天要排队等他。我偷拍他，就寻思怎么能跟踪他，他才是真正的志愿者，关键我觉得他肯定有故事。”

丈夫说着，又重放了一遍张展的镜头，这时，当张展从一个病房出来，刚一转身，冒着汗的脸再次定格，丈夫突然兴奋起来，仿佛想起一个多么好的点子，“明天就是周三，上午你跟我去，你认识他，看能不能跟他搭上话。”

我却兴奋不起来，并不是想起他在特教学校时对我的拒绝以及对我信的不理不睬，而是沉浸在我对张展印象的盲区里。对他感兴趣，就因为他在我印象里留有陡峭、深邃的空间，可这空间再陡峭再深邃，我都不希望看到这样的内容：他做了志愿者，是有目的的，是想做到一定时候，一鸣惊人；或者他看上去的拒绝，其实隐含着心底更大的企图，想为自己的人生做更深厚的铺垫。我承认，“感动中国”里边那些事迹之所以感动人，就因为他们从来没有企图，可谁又能保证一些渴望出名的当代青年不去如此设计他的人生?他搞“父亲画展”，不想公开，可事实上是不是愿意学生公开?这么想，我陡生颓丧，仿佛在一直期待看到的宝物上发现了瑕疵，祝简每次把翡翠物件送给我看，我都希望看到瑕疵，以满足我买不起翡翠的小小妒意，可张展不同……

说来奇怪，我能接受他叛逆、滥情、冷漠这样的瑕疵，却无法接受他设计人生。为了排遣心中郁闷，我立即给儿子发了微信，那时恰是美国加州时间早上七点，儿子已经起床了，我说：“儿子，张展每周进市内不是看斯琴，是做志愿者，给癌症患者按摩，你能相信吗?你爸爸在病房里拍到了他。”

儿子的反馈特别迅速，他把电话打了过来，“真的，你没有看错？”他的声音因为刚醒，有些沙哑。

“没错，千真万确。”

儿子长时间没有说话，但能听到他粗重的喘息，许久之后，他说：“妈妈，说心里话，我挺难接受这个现实的。我说过他可能有两面，我也相信他身体里一定会有崇高的、道德的一面，可这，这和过去的张展反差太大了……和搞画展不同，画画，他很小就喜爱，他的父亲空难去世，即使再叛逆，也不能从此忘掉父亲，可……”

我想把我的担心说出去，但想了想，还是闭嘴了。我的耳边已经响起儿子常说的话：你了解多少事实真相。

谁知，我没回复，儿子在那边突然来了精神，声音也愈加敞亮起来：“不过妈妈，并不是我们不愿意接受，就拒绝承认这是事实，世界上什么事情都有可能发生。你知道刚才这一会儿我怎么想吗？”

“怎么想？”

“我真觉得找张展对我科研有用。”儿子说。

…………

“妈妈，不怕你骂我，叫你帮我找张展，说对科研有用，确实是瞎说，是骗你，可刚才，有一瞬间，我突然觉得，确实对我科研有用。最近到加州一个国家地质公园旅游，曾有一个灵感，任何植物在成长期间都有一个规律，就是它们在什么样的情况下会变得越来越好。这属于生命进化过程，带有很多的随机性，一代一代，在外力的作用下……当时我就想，这样一种机制，也可以在人的生活中看到，比如人在某个时候，在多方面信息融合在一起的情况下，如何做出最终的决策……”

我被罩在云里雾中，一时没了反应。

“妈妈，现在在生物界，有很有名的两大算法，都是模仿生命体的。一种是遗传算法，根据进化的原理，来使问题解决；另一种叫人的神经网络，就是模仿人的大脑神经网络，来对多种信息进行综合，然后做出决策。我这次去旅游，在森林里看到有的树大，有的树小，就想到农田里那些庄稼，有的高，有的矮，太阳、天气、雨水等信息，是哪些信息对它们起到了重要作用，哪些信息起到了辅助作用，而同等的信息，它们为什么会有不同的选择，是什么东西影响了它们的决策？通过转化成算法、代码，构成一个生态系统，会优化出一种结果，这就是我之前想的，我觉得我窥探到了一个新的科研方向。现在，张展这个人活生生摆在面前，他已经向我证明，作为一个生命体，他承受了随机而来的外力推动，但让他朝某个方向发展，一定有规律性的东西……我还说不太好妈妈，反正现在，我觉得张展的信息对我很有用。”

虽然儿子电话里的话我似懂非懂，但生命体、外力、算法、代码、生态系统这些词向我确定一点，他所说的对他科研有用，不是故弄玄虚，是他真的有了灵感。这让我着实兴奋不小。要知道，他出国以来，除了选课，上课，一直面对的都是生计问题，比如如何做饭，如何与外国留学生打交道，如何既不故意和中国学生抱团，又能排除孤独，从没谈及正在进行的科研。他不断地讲NBA故事，由崇拜科比转向崇拜邓肯，最后又由那个回故乡的球星加内特引到张展的时候，我总有一个小小的担心，担心他在暗示我，他的理想已经不再是科学家，而是平凡、平庸、乌啦巴涂的生活。现在，他开始谈论科研，开始为科研兴奋，这意味着，他终于走上正常轨道，就像卫星运行在正常轨道。可我兴奋，丈夫却无动于衷，把刚才的对话讲给他听，他坐在沙发上一声不吭，眼睛瞅着电视机屏幕，表情木呆呆的毫无反应。许久之后，他转过头，看了看我，眼神有些迷蒙，我一下子就明白他想说什么了，无非是“这也太玄了这叫什么科研，我才不信”。在儿子的事情上，他永远是不泼冷水就哪里不舒服。谁知，我等待他泼，并把回应的话都想好了，他却用眼睛瞪着我，求救似的说：“真的，明天你跟我去，你去堵张展，能问多少问多少，他肯定有故事。”

事实上，丈夫不为儿子兴奋，是他仍然陷在对张展的兴奋中。那一刻，我十分震惊，为我们一家人跟张展之间神奇的缘分！最初找他，只为儿子，后来加进我，现在，又加进了我的丈夫。我虽然没说行还是不行，但在心里，已经同意了他的想法。

12

要去的是大连中心医院肿瘤科，那里有个关怀病房，专门为那些癌症晚期病人提供关怀和治疗，丈夫跟踪拍摄一大段时间之后，决定要在他的纪录片片头引用美国医生特鲁多的一句话：对于病人，有时是治愈，常常是帮助，总是去安慰。丈夫认为，这三句话，基本体现了关怀病房的价值和意义。对于那些无药可救的生命，治愈的希望微乎其微，能实施的，只有帮助和安慰。可是由谁帮助由谁安慰，不去病房，你真的无法知道。在去往医院的路上，丈夫告诉我，在那里，你很少能看到患者儿女，他们即使去了，也只短时间地站一会儿，静静地看一会儿，之后以工作忙为由赶紧离开。陪伴的大半是夫妻，有一个患者，妻子一辈子都在和他闹离婚，可最后守在他身边的只有妻子。有一个患者，儿子女儿都在加拿大，他在去加拿大探亲时感冒咯血，回国检查患了肺癌，留在国内治疗，女儿儿子分别回来探望过一次，临终却只有老伴一人陪伴在身边。还有一个胃癌患者，是带了很多博士生硕士生的高校校长，老伴去世，两个儿子在南方工作，只能雇个护工在身边伺候，因为想念儿子又不能每天看到，因为一连两个月没进一口水，一直处于醒的状态，他常常揪着自己肚皮喊叫，追问人为什么活，为什么要活，人活着有什么意义！只有张展为他按摩那一个小时，他才闭嘴，才安详地闭上眼睛。因此院长不断呼吁高校派送大学生志愿者，他们也确实一批批来过，但都是走马观花，一两次就没影了，没有一个有张展长久，没有一个有张展用心……丈夫跟我说这些，不过是想向我表达他迫切的心情，觉得如果能拍到张展按摩的镜头，简直就是他的幸运。他说对于这些癌症晚期患者，最大的痛苦不是身体的疼痛，而是精神的孤独，张展的一小时，看上去缓解的是身体，但实际上缓解的是精神。可听到这些，我的反应不是想更快地见到张展，而是越慢越好，因为要见到张展，就必须见到患者，这让我恐惧。那个追问人生意义的老人，丈夫播放时我见到过，虽然心猿意马记不住他的故事，但他的话我印象深刻，他说："我饭饭捞不着吃，水水捞不着喝，你说我活着还有什么意思？"最让我揪心的是追问到最后，他总不忘说一句："我对人生还有留恋……"

已经没有了人生，对人生还有留恋，这是多么大的人生悲剧！

穿过医院住院部长长的走廊，来到电梯门口，我异常紧张，心慌慌地跳着，仿佛就要上演的人生悲剧是亲人的悲剧，仿佛我和他们有一场生离死别。然而，就像第二次去石葵路，因为把心情搞坏忘了目的一样，因为把心情的重心转移到患者身上，我居然忘了我来的目的是要堵到张展，忘了想一想一旦见到他，第一句话该怎么说。丈夫把我引见给病房阎主任，阎主任听明缘由把我送到23号病房，告诉我就假装是23号病房老校长的学生。我懵懂地坐下来，与脸皮干枯、牙床和牙齿都高高凸出在腮骨外边的患者握手，竟然真的把自己当成学生，慰问道："老校长您好，我来看您啦。"

旋风中心往往是平静的，置身悲剧现场，没有丝毫悲剧氛围，这是在此之前怎么都无法想到的。阎主任向他介绍时开着玩笑："老校长你不说你培养了十九届硕士生九届博士生吗，你看看她是谁，是你哪届博士生？"患者黄黄的牙齿动了动，现出笑的表情，看了看我，从嗓眼里发出嘶哑的声音："认不出来了，你是林玉新吗？"点头的瞬间，一股热热的暖流涌上心头，因为我从他掉进深井似的眸子里看到一幅画，张展"父亲画展"中最后那幅画，暖流从心头往喉咙涌，我差一点儿喊出张展父亲，咽了又咽，才找到恰当称呼："老，老校长，您还记得我呀，您当年对我帮助可是太大啦。"

急中生智之后，本想借助小说家的想象力，编造故事让自己更进一步进入角色，可话说到此，发现一个护士走进来，与丈夫和阎主任嘁嘁喳喳两句什么，他们立即一同撤出屋子，还不等我反应过来，也就三五秒钟的时间，只见门口走进一个人，张展。

可能每次他来，扛着摄像机的丈夫都必须撤出去，张展已经习以为常。他进了门，摘下毛线帽，把双肩包从背上拿下来，脱掉厚厚的羽绒服，之后回头去把门关上。然而，就在他重新回过头来的时候，他愣住了，我也愣住了。他愣住，自然是认出我；我愣住，是他和我几天前见到的他判若两人，除了大鼻子头和厚嘴唇还是原来的样子，他的下巴瘦削了，眼窝下陷了，下眼袋有一圈葡萄色灰紫的深晕，仿佛他好多天都没睡好觉。

“阿姨你，你是……”他嗫嚅道，眼皮不住地眨巴，脸一瞬间涨得通红。

“我是老校长的学生，我来看看他。”我撒谎道。

“哦，那，那你们说话，我先去别的房间。”说着，他一手拾起扔在沙发上的羽绒服，一手拾起下边的双肩包和毛线帽。这时，我最应该做的就是拽住他，告诉他我就是来堵他的，可因为没这个心理准备，我完全蒙了，我不但傻子似的眼睁睁看他溜出房间，还在丈夫和阆主任走进屋来时，不明来由地傻呆呆地盯着他俩，好久之后，才用责备的口吻说：“你们为什么不提醒我？”

文不对题跟老校长说些安慰话，我很快就从23号病房撤了出来，因为当来医院的目的清晰地映现我的脑海，懊恼已经让我无法安坐。

走廊很安静，丈夫站在阆主任身边，眼睛里有无奈也有抱怨，事实上也是他想得不周，张展认识我，这么凭空来堵他，本身就有风险，重要的是他拒绝过我，他收到我的信却仍然不理我。丈夫倒是不知道这一切，可一个从不让你拍摄的学生怎么就可能向一个学生家长吐露心声?!

那天上午，因为我和丈夫都不死心，我们在关怀病房的走廊里和阆主任磨了好久，也不是磨，就是那么无心搭肠地站着。阆主任是个温和而面善的大夫，学医学心理学，在关怀病房已经干了八年了。看得出，和特教学校的老师一样，他特别希望我们能把张展宣传出去。“我们病房太需要这样的人了。”他一再这么重复说。可我终是没有推开那扇虚掩的25号门——丈夫和阎主任的眼神都告诉我，张展正在25号病房，我总不能再说我是另一个患者的学生或家属，我更不能让另一个等待他按摩的患者失望——尽管他终归还会回到患者身边，但马上就要到来的身体的舒服被无端延迟，这不能不算一个考验。我不愿无情地考验垂危的生命。最后，在阎主任被大夫找走后，我只有让丈夫开车把我送回家。从医院往回走的路上，我跟丈夫说，我们再也不要打扰张展了，不管他因为什么做这一切，我们都要尊重他的沉默。他有权保持沉默。丈夫却说了句让我茅塞顿开的话：“对你来说，确实不用再见他了，你是作家，你如果想写他，可以任意虚构。我不一样，我必须真实记录。”

在此之前，寻找张展，对张展感兴趣，我从未想过要写他，倒是后来疑问多了，对他生出过一丝跟写作有关的念头。可是那天，坐在他的对面，看到他毛茸茸的嘴唇，觉得他就像我的孩子，我再找他，动机变得特别单纯，我对他的好奇，仅仅是一个母亲的好奇，仅仅是想真正了解一个孩子的生活真相。然而，丈夫的话，居然像旋风中心最初旋动的那片草叶，不经意就旋动了我的神经。这也许是退而求其次的一个补救，如同亡羊补牢。我是说，当得知一切都没有指望，一种掩不住的创作冲动居然无遮无拦袭击而来，走上楼梯打开家门，口渴的我水都顾不上喝就坐到电脑前。

13

可以想见这之后我经历了什么样的日子，我像每一次写作前一样，从早到晚把自己关在书房里。关在书房，但根本不看书，随便乱翻一气，之后是盯住墙壁或窗口的某个角落长时间发呆——

发呆，这是我等待小说开头的特殊习惯。一般情况下，等不上三天五天，那个开头的句子会突然敲门，像来客敲门。而把客人引进家的最好方式，是赶紧把句子抓住敲进电脑。写作是项神奇的工作，只要写下第一个句子，另一个世界便向你敞开，你小说的人物便会不请自来。当然也有例外，也有走错门的客人，他进了门东张西望，就是不坐下，不和你对视，他甚至溜达一圈又走了。面对张展的写作比这更糟，我写了不下十几个句子，开了不下十几次门，客人连门都不进，他们不进，不是不想进，而是他们人太多了，拥堵在门外进不来，我往往不知道该把谁先拉进来。是张展的中学老师，还是大学老师，是他的交换妈妈，还是斯琴、小不点，还是特教学校教务主任，他们每个人对张展都很重要，可如果不能一开始就把张展的爸妈领进来，我的开头势必很长，势必得一层又一层去揭帷幕，这不是我想要的。穷途末路时，我不得不离开书房，进入儿子房间，再一次翻看儿子日记。

我几乎是一上手，就拿出上次翻过的“高三”那一本，并且轻松打开曾经合上的那一页。上一次合上日记，本是怕看到儿子不堪入目的情感历史，可事隔十几天，我居然把这事忘了，由此可见母亲的神经质是多么可怕，一点点好的信息，就足以平复内心深深的忧虑不安。然而，打开日记，翻到2009年3月18日那一天，眼睛刚刚适应他歪歪扭扭的破字，就有意外的内容刺入眼睛，它与张展爸妈无关，却与张展有关，与儿子有关。“今天，发生了令我终生难忘的事情，我终于突破了我的身体……这得感谢斯琴，还有张展，他们帮了我。我没想到他们会帮我。”

之所以觉得刺目，是看到这里，十几天前的记忆在心里复活，3月18日，正是儿子在走廊里等待被他中伤的蒋子蔓一直没有等来，疯狂地去找斯琴之后的第二天。那一天，儿子突破了身体，我应该为他高兴，他终于从形而上的束缚中走了出来，可是我不但不高兴，还觉得有刺扎在心头，因为我不相信那让儿子突破身体的女孩是儿子恋过的两个女孩其中之一，他伤了她们。我认为她极有可能是个发廊女，那种隐藏在发廊里卖淫的失足女，斯琴在中间拉皮条。这个信息的扎人之处在于，如果儿子在痛苦时刻占有了蒋子蔓，体现的是情商，玩妓女则是堕落，和情商无关。且不是一个人的堕落，是三个人……

事实证明，斯琴在我眼中的魅力只限于文学，一旦进入现实生活，在骨子里，我还是对发廊女抱有成见，我还是把她们跟下贱人联系在一起，从而连累了她身边的张展。然而，或许正是连累了张展，我像一个自甘被扎的受虐狂，绝不合上日记，我不但不合日记，还死死盯着那些歪歪扭扭的破字，跟儿子一起爬上他人生路上摆渡而来的贼船。

我想到过斯琴这个老巫婆会把我的事儿告诉张展，却想不到张展会约我去他家吃饭，他下课给我的字条上写的是：放学跟我走，到家里吃饭。他家的饭我吃过多次，但我知道这次不同，他这个得意的情场老手是想安慰我，并且一定有斯琴在场。我情场失意，斯琴在场会让我更加妒忌，更让我受伤，可我还是鬼使神差地去了。人在失意的时候，任何人的呼唤都是救命稻草。临去之前，我想好一个大胆的举动，敲开门，大胆拥抱斯琴。每次张展请我们吃饭，都是斯琴先到，我拥抱斯琴，并不是要打击张展的得意，我只是想告诉张展我并不是一个情感的懦夫——我受不了张展把我的情场失意归结为懦夫。所以在斯琴为我开门的刹那，我张开怀抱，两眼冒着绿光。可我拥抱的，不是斯琴，是我日思夜想的孟欣，屋里就她一个人。最意外的是，张展在我敲开屋门的一瞬，消失得无影无踪……张展和斯琴是怎样救了我呀！如果提前知道是孟欣，我根本不会如此放松，当我把孟欣抱到怀中，当那个甜蜜的吻从天而降，我觉得我像一粒微尘，扶摇直上浑身轻盈，如飘浮在天堂，那是男人的天堂……

那贼船不在别处，就在张展家，那女孩不是发廊女，是儿子的初恋女友，这让我大大释怀，替儿子——儿子突破身体，迈过了人生重要一道坎；更替斯琴——斯琴被从下贱的发廊女里解放出来，重新还原她对人性对情感充满尊重的自由个性。然而不知道这两个哪个更打动我，我一瞬间热泪盈眶……

我自然没有再看下去，泪花模糊了眼前字迹，它们面目全非。儿子和初恋女友有了性关系，这太重要了，可是他们后来呢，他大学四年一直没有恋爱，那个女孩为什么从此离开他？

泪水更多的还是因为儿子，儿子让我走神，儿子让我神经质地合上日记，抬头发呆。可就在那一刻，在我抬头发呆的一刻，我看到了一个场景：正当儿子和初恋女友亲密无间时，有人突然咚咚咚敲门，两个初试云雨的年轻人吓得哆嗦起来。他们不知道外面的人是谁，是张展还是斯琴，可不管是谁，他们必须分开，因为敲门声越来越紧。当他们万分遗憾地穿衣下地，打开屋门，发现敲门的既不是张展，也不是斯琴，而是张展母亲。她来过大连，儿子见过她。她看着两个惊嘘嘘的男女学生，一下子就知道发生了什么，厉声尖叫：“怎么是你们，你们这对狗男女，快给我滚——张展都是被你们带坏的——”

眼前的场景来自于一个母亲对儿子在别人家偷情产生的恐惧，更是我对儿子后来没再恋爱原因的猜想，如果不是这样，他们不会从此中断。在得来不易的时刻遭遇重创，他们会看到隐藏其中的宿命。重要的是，他们稚嫩的心灵无法承受“狗男女”这种指责，尤其儿子，他曾脚踩两只船……想到这里，心的某个部位狠狠地疼了，如同被剜了刀。我于是不再发呆，离开儿子屋子，仿佛只要离开这里，就能离开疼痛。然而就在我转过走廊走进书房的一刻，小说开头不期而至：“正当儿子和孟欣如胶似漆时，屋外响起剧烈的敲门声。”这开头不仅悬念迭起，还一下子就引出了张展母亲……

克服着心底的隐痛坐到电脑前，我手心浸汗——每当捕捉到新的小说开头，我都激动得手心浸汗。可是，打开电脑，我没有如期把想好的句子敲上去，我看到了一个提示，我的邮箱有一封未读邮件。那是一封陌生邮件，题目上写着我的名字，“致孙老师”，它很像一封读者来信，或约稿信。可就在这一刻，我的心突然揪紧了，随之，手心的汗涌遍全身，因为就在“致孙老师”那个题目上边，我看到隐藏在拼音字母里边的两个汉字：张展。静静呆坐足有十秒钟，我点开邮件，一封信映入眼帘：

尊敬的孙老师，我是张展。给您写了封长信，挂在附件里，请您慢慢阅读。有一个小小请求，信不能外传，读完删掉。

张展敬上

2015年1月27日

点击附件时，我的手在微微颤抖。

下部　张展

孙老师您好！

我从未想到会给一个人写信，更没想到会给您写信。那天收到您的来信，我久久不能平静……这些年来，每当我在电视上看到那种对犯人的公开审判，都会不由自主地想，如果我是那个犯人该多好。我渴望自己是犯人，不是渴望诉说，而是渴望被关注、被追问；渴望这世界上，有一个人像警察想了解犯人那样想了解你。可是，从小到大，我从未遇到过。倒是到特教学校就业之后，那里的老师有过这样的愿望，可是面对已经负重的他们，我不想我的经历让他们更加负重。他们用负重的心温暖着我的心，小心翼翼保护着我的“曾经”和“过去”，我已知足。在他们的情怀里，我一直觉得那是我个人生活最安全的港湾，却从不知道，某一天，当我与一个人目光相碰，当这个人把目光流露出的对我强烈的好奇和追问落实到文字上，我会受到蛊惑，我会在蛊惑中渴望诉说，我会被诉说拉进漫漫长夜……

其实，在开发区饭店的餐桌上，我就受到蛊惑。

其实，我并不了解自己，渴望追问正是渴望诉说。

只是，我不是个擅长口头表达的人，我想了再三，最后还是选择写信。

我从没涉足博彩，也从未中过大奖，可我相信，一个突然中了千万大奖的人的心情和此时的我不会有什么两样，那是一种令人悬空、窒息、没有丝毫安全感的幸福风暴，你分明被席卷，却还要怀疑，你分明在怀疑，却又兴奋不已。当我一点点按捺住兴奋，希望用理性驱逐怀疑，找回安全感，我的目光再次回到电脑屏幕。

您说得没错，我爸爸读过您的小说《致无尽关系》，我们之间已经有了关系，可那是黑色的关系，是令我永远无法释怀的关系……

其实我早就知道您，我们之间早就有着遥远的说不清的关系。2006年，我刚从太原转到大连上高中，一位当地作家到我们学校讲座，对话环节，有一个学生问他希不希望他的孩子长大当作家，他说，这话你们别问我，问你们同学申一申，他的母亲就是作家。申一申母亲是作家，全场哗然，所有目光都聚集到他身上，我也向他投去羡慕的目光。我羡慕他，不是羡慕他是作家儿子，而是羡慕他有作家母亲。是作家儿子，他身上笼罩的是外在光环，有作家母亲，他心里享受的是内在滋养——不知为什么，那时候就觉得家里有个作家母亲会很不一样，会让儿子滋养。那时请申一申去我石葵路的家吃饭，经常在他不经意时，打听一些和你有关的消息，比如你爱不爱发火，爱不爱强制他人做不喜欢做的事儿，爱不爱跟有权有势的人打交道，而每当他说出我希望听到的点滴，心底里都有温暖、柔软的东西溢出，都觉得我们之间有了关系。在我远离家乡、和强势的爸妈断裂的高中时期，您一直在暗中支持着我。曾梦想有一天在哪儿见到了您，您家小区门口，或者我们学校励志讲堂，你握着我的手，慈祥地看着我。我想象您的手是柔软的，目光是慈祥的。那时约申一申去美术馆看画展，常路过您家；那时学校动不动就从外面请名家来学校讲堂，给我们励志打气。虽没有如愿，但我和您，一直保持着暖色的，明黄和淡蓝颜色的关系，就像夏日雨后的湖面。可是，有一天，我父亲遇难，从他朋友的博客上知道他读过您的小说，我们的关系便从此陷进黑色，和我的人生一起……

在黑色的世界里挣扎，我从未想过有一天您会出现在我面前，会步步紧逼追问跟爸妈有关的事情……

如果说收到张展来信如同博彩中奖，那么当得知张展在2006年就知道我，就认为我们之间有了关系，我就像一个在荒野上丢失了孩子的母亲，东突西撞后不得不绝望地回过头，却猛然发现孩子正踩着自己的脚印追随而来，幸福感涌遍全身的同时，你不得不感慨某种关系之间的神奇和神秘……

儿子那次被我的作家朋友当着全校师生点名，他回家跟我说过，说他长这么大，从没享受过那样的荣誉，舒服倒是舒服，但不是靠自己努力得到的荣誉，就像一股气儿，说散就散了。却想不到，那股气儿在儿子心里散了，却蹿进张展心里……

被拉进漫漫长夜，就因为这个人是您吗？就因为您是作家，写过小说《致无尽关系》，而这部小说恰恰被我爸爸读到过吗？我不知道。

在长夜里辗转，在您的追问下打开我记忆的房间，我看到了我不愿看到的景象，我的房间空无一物。好多个夜晚，我都像一个失窃者，突然的一无所有让我恐惧，让我怀疑我走过的路，怀疑我是否真正地生活过……

迟疑地打开电脑，看着白茫茫一片的屏幕，我知道我的诉说已经不仅仅是诉说，而是用文字来向您、向自己证明什么，是在记忆的废墟上寻找曾经的存在。

记忆的房间、失窃者、废墟，这些说法十分文学，它们裹挟着一团黑色的情绪来到眼前，你觉得你不是在读一封现实的来信，而是在读一本书，一本把时光凝固在文字里的书。关键是，接下来，出现了这样的小标题：

我的童年

孙老师，您在信中问我为什么跟父母决裂，为什么很小就离家出走，这得从《致无尽关系》说起。我并不反感这篇小说，相反，我非常喜欢它，喜欢您在那里反复描述的剪不断理还乱的亲情关系。我就曾经拥有这样的关系。我的父亲出生在太原农村，爷爷奶奶都是一辈子靠种地为生的农民，三个姑姑都嫁在乡村。我的母亲出生在太原H县郊区，姥爷姥姥都是机关人，姥爷曾当到县委组织部部长，离休后患肝癌去世。一个姨在针织厂工作，两个舅舅下海经商。三岁那年，跟爸妈回到大槐树乡村，大姑把我和她的孩子一起抱到河边洗澡，不小心呛了水，从此妈妈再没让我回乡下住。所以，从懂事时起，我感受最深的亲情关系不是来自爸爸那边，而是来自妈妈那边。大姨一个女孩；大舅超生，两个孩子，一女一男；二舅一个女孩，我们五个几乎三天两头聚在姥姥家。应该说，他们是我童年的全部，我对这个世界最初的看法都源于他们。大舅的儿子脾气不好，爱抓人，动辄就抓住我头发吼叫道："叫奶奶偏向你——"头皮被拽疼，我大哭起来，可只要我哭起来，大姨的女儿一定扑过来，老母鸡护小鸡似的把我紧紧搂进怀里。她叫梦梅，只比我大一岁，她小小的怀抱却给了我无尽的温暖。有时为了得到这温暖，我不惜故意挑起事端，造成大姨和舅妈们对我评价很坏："又熊又不老实。"有时候，我挑起事端，大姨和舅妈看出我的企图，瞅姥姥不在，故意拽住梦梅，坚决不让她扑向我，我的哭声于是浩浩荡荡无休无止，于是我得到了更坏的评价："哭刘备。"

大姨和舅妈们不喜欢我，弟弟欺负我，只有梦梅心疼我，这是我最初对这个世界的基本看法，因为当我真的大哭不止，拽在大人们手里的梦梅哭得更凶，她的声音像有刀捅了心窝，先是尖叫，之后就噎着了似的，一口一口大换气，最后，大人们不得不放下她，遂她的心愿……

那时候，我实在太小，不明白姥姥为什么偏向我，不明白舅舅儿子为什么欺负我，不明白在我遭欺负时，爸妈在哪里，他们为什么不在我身边，为什么总是梦梅。直到七岁，梦梅遭遇车祸突然离去，我才影影绰绰知道点什么，知道这一切似乎与爸妈身份有关。那是一个黄昏，我和梦梅刚刚放学，刚刚走出校园，一辆车突然从身后开来，把梦梅撞飞。梦梅落地时，血从鼻腔口腔喷出，染红了她的花格裙子。当我从惊恐中一点点清醒，确认她遭遇不幸，而制造不幸的人就在前边的车里，我跑到车门边企图堵住从车上下来的人……

不知过了多长时间，大姨来了，妈妈来了，爸爸也来了。大姨来，抱住我和梦梅呼天抢地；爸妈来，却异常冷静，他们不但不看梦梅，还和司机握手，和从车上下来的人握手，还冲他们点头哈腰，安慰他们别紧张。我不能接受爸妈对肇事者的友好，抱住司机大腿又打又咬，谁知爸爸一把揪住我塞给他身边男人，那男人又把我塞进一辆轿车，在车上，那男人告诉我，小子你不能闹，出事的车上拉的是咱县里最大的官儿，他直接管着你爸妈前途，你爸妈都是政府干部。

爸妈的身份浮出水面，是在这样的时候，以这样的方式，顿时就想起大舅儿子拽我头发时说的那句话："叫奶奶偏向你！"虽然小小年纪尚不清楚什么是政府干部，但因长期折磨而生出的疑问在那一刻还是让我有了微妙联想，仇恨政府干部的种子，从此就结结实实埋进心里。永远难忘发生在那个血色黄昏的情景，梦梅尸体装车拉走，爸妈没让大姨大姨夫和舅舅们跟着她，而是把大家召集到姥姥家开会，要求家人不许上诉不许告状，强调必须统一口径，就说是孩子自己走错路撞了车。听清爸妈在编造谎言，我在屋里又哭又闹横冲直撞，因为我还从大姨痛苦的眼神中看到这样的内容：可算撞死的不是你孩子。而实际上，那天被车撞飞的，很有可能是我而不是梦梅。这一次，揪住我的不是爸爸，而是妈妈，她把我关进姥姥家一间小煤屋，一向偏向我的姥姥也不管我……那时，我不知道爸妈的前途意味着什么，不知道为什么姥姥大姨舅舅要和爸妈合谋，反正我把所有人都看成敌人，和他们作战，我没有武器，唯一有的，就是哭……

在我七岁那年，我的家庭遭遇破产，那是对爸妈信任的破产，感情的破产。于是哭充斥了我的童年。它时而有声时而无声，但不管有声无声，我都满腔悲愤。我的悲愤深不可测，那里有梦梅那个花格裙子上溅落的鲜血，有无视梦梅鲜血与肇事者沆瀣一气的爸妈，有失去梦梅怀抱一日日独往独来的孤独，更有爸妈对我这个孤独的“哭刘备”不厌其烦的指责和训斥……

张展的故事刚刚拉开帷幕，我就听到悲怆的号角，严苛的管教，小黑屋，不了解孩子在小黑屋里是何种感受的父母……这一切，在张展那里其实都不算什么，他那么小，就遭遇对父母感情的破产！且这破产不是因为父母感情不好，而恰恰他们太好了，好到在丧失良知的事情上同流合污……

一个在七岁的时候就被迫告别父母的孩子，如何一个人面对苍茫世界……

我和爸妈家人的决裂，从梦梅的小小身体装进车里那一刻就开始了，但这似乎没人知道。没有人会在乎一个成天哭哭啼啼的孩子在想什么——大姨似乎在乎，那天后半夜，她把我从小煤屋解救出来，抱住我哭了整整一夜，可她从此再没出现。姥姥家的任何大事小情，再没有她的身影，也没有人认为成天哭哭啼啼的孩子会有勇气离家出走——姥姥似乎担心过，曾在一个夜晚搂着我抽动的肩膀说：“孩子，你还小，还不知道什么叫人走茶凉，要是你姥爷多活几年，你爸妈就用不着这样，舅舅也就不会下岗。姥姥这些孩子，现在就靠你爸妈了，他们有前途，姥姥这一大家子才有前途，你不能怪他们……”

直到小学二年级秋天的一个黄昏，我没有如期在姥姥家出现，那些跟我有关系的人才炸了锅。

让他们炸锅，我蓄谋已久，可是八岁的我终归有些胆怯。那个秋天的黄昏，老天帮了我。那个黄昏霞光格外的红，它从西天的一大堆云块后边射出，映在学校门口哗啦啦飘落的银杏叶上，如同梦梅花格裙上的血滴。其实每天放学从校园走出，我都有种梦梅就在身边的幻觉，我都因幻觉而恐惧——我的少年充满恐惧，因为总觉得有辆车就躲在校园门口，专等梦梅出来把她撞飞。可那天，带着幻觉走出校门，看到溅在花格裙子上的血滴，我没有恐惧，因为梦梅没有被撞飞，她在我前边一跳一跳，我走上去，拽住了她的手，她愣了一下，把手抽回去，可不一会儿，她又把手伸给了我。

她叫月月，一个从甘肃来到我们县的流浪儿。我当时还不知道何为流浪儿。她像梦梅，是那裙子，是那个头，更是那肉乎乎的小手，它在她身前身后甩动，一种被搂抱的渴望就在我心头涌动。虽然她没有搂我抱我，但那只小手拽住我的手，失去梦梅后所有的孤独和委屈都被拽了出来。那个跟黄昏连接的晚上，她领着我的孤独和委屈，穿越车辆和人群，转遍了她熟悉的所有场所。她熟悉的场所，我从不曾去过，地下停车场，垃圾收购站，医院重症监护室门口的走廊。这些个地方阴森森黑洞洞，叫人害怕，可与让家人炸锅这巨大阴谋相比，害怕不但不算什么，还格外让我刺激。重要的是我们可以无拘无束地相互倾诉。月月静静地看我眼睛听我讲话，之后静静地告诉我她的经历，这在姥姥家从未有过。月月是个经验丰富的女孩，她小小年纪，已经离家两年。她在跟母亲从甘肃出来的火车上被一个人贩子骗走，被迫加入一个乞讨团伙，两年来，她无数次逃脱人贩魔掌，走了不下十座城市，练就了一身在黑暗里生存的本领。在她的引领下，我离家的第一顿饭在垃圾场吃的，在那些垃圾里，只要你肯去翻，总有白花花的米饭。离家第一个晚上，我跟她在医院重症监护室门口过的夜，在那门外的走廊里，只要你肯躺下，别人一定以为你是重症病人家属，那里有好多病人家属。当然你不能天天去，你需要打一枪换一个地方。就在第四天换到火车站候车大厅时，我们被火车站民警抓住。

那是一次可怕的告别，它带给我的痛苦丝毫不亚于失去梦梅的痛苦，甚至比这更强烈。我们被送进流浪儿收容站，名单登在第二天的报纸上，我的家人很快来了，月月的家人却没有出现。月月告诉我，她两年来五次进收容站，她的爸妈从未出现，相反惊动了人贩子，他们会躲藏在收容站门口，一露面就把她抓走。当得知月月会再次被人贩子抓走，我的哭声洪水一样淹没了和月月在一起的最后夜晚，到晨曦的光线照到收容站空旷的大屋子，睁开眼睛，我发现月月就站在我的旁边，她的头上，戴了顶毛线帽，那是我的帽子，姥姥织的，每到秋天，她都让我戴上它，说大脑着凉会影响记忆。分手，我把帽子永远留给了她。

我回到了我的家，其实是姥姥家，那时姥姥退休，我一直都寄宿在姥姥家。按说，舅舅的三个孩子是她的嫡系，舅舅舅妈都做小生意，非常忙，住姥姥家的不该是我，可我的爸妈是政府干部，他们有应酬，那年月谁在外面有应酬，谁在家里就有地位。后来才知道，那时爸爸不过是政府办的一个小处长，妈妈不过是妇联的一个小科长。或许就因为他们官还太小，需要往上爬，他们才要处心积虑……可问题是，我失踪四天，到收容站领我的，却不是爸妈，他们根本就没到场。在我蓄意惩罚他们的日子里，曾一千遍一万遍想过我失踪后他们的反应，他们如热锅上的蚂蚁无法工作，他们吃不下睡不着，他们从报纸上看到我的名字激动得浑身抽动，第一时间就双双跑到收容站。他们见了我又骂又打，可他们最后还是抽动着身子紧紧搂住我，小声对我说："孩子对不起！"

……那时候，我太小了，我还不知道什么叫反思、反省，只期盼他们在失去我的时光里，明白我离家出走的原因。然而，我的等待落空了，接我的，是我的两个舅舅。

实际上爸妈确实受到了惩罚，当天晚上在姥姥家见到他们，两人面色灰暗眼窝发乌，可是我一点儿都不得意。爸爸狠狠扇了我耳光，妈妈不但没有阻止的意思，还斗架公鸡似的抻着红涨的脖子，尖声叫道："越宠你越不像样子啦，你把爸妈的脸都丢尽啦！你爸妈是政府干部，不是小商小贩，你知道不知道?!"

我想把爸爸扇我的耳光还回去，还包括妈妈。第一，我没觉得他们宠过我；第二，正是政府干部夺走了梦梅的生命，夺走了我的幸福。可是我没有得逞，不是我不敢，而是姥姥不失时机地冲进来，把他们推了出去。姥姥为什么不一开始就阻止他们进来？为什么在他们打了我骂了我之后才要插手？愤怒的火焰波及姥姥时，我一点儿都不知道，姥姥曾是县上的高干夫人，人走茶凉的失落让她对权力的渴望变本加厉。

我叛逆，不光叛逆爸妈，还有姥姥，整个家族。只有大姨例外。在我和大人之间，似乎永远有一道坚硬的壁垒，各自囚禁在自我世界，各自的命运就有了自己的轨道、方向。

那个时期，卧在爸妈人生轨道上的方向是什么，我不知道，我只知道我的方向，它朝向月月，朝向流浪儿收容站，朝向她带我去过的所有地方。没过一个月，我故技重演。之所以还能坚持一个月，是那之后两个舅舅轮流在门口接送，我无法逃脱。有一天，二舅到火车站接货来学校晚了，我才得机一猫腰钻出人群，消失在街道一角。我再次离家出走，但动机不再是惩罚爸妈家人，仅仅是想念月月，我对梦梅的想念在悄悄被月月替代，就像时光使树叶由绿变黄——时光在一直改变着我的一切。我戴着姥姥重为我织的蓝色毛线帽，在布满了黄色落叶的大街上寻找另一个蓝色毛线帽，我相信她一定把我的帽子戴在头上。当我无论怎么找，都找不到地下停车场、垃圾堆这样的地方，我不得不拿出我书包里的笔和纸，凭借记忆，画月月黑瘦的脸，闹嚷嚷的头发，罩住她头发的毛线帽。对绘画的热爱，从那时就开始了，它来自于我对某种想念的迫切和执着。想念是抽象的情感，可它一旦在身体里生成，便还原出一个个具象的画面。可我执着，路人们却不执着，他们看都不看，有的看了，问这是谁，我说是月月，他们连连摇头。当我一着急在路灯下号啕大哭，引起警察注意，归还失主便是我无法逃脱的命运。

这一次，我没有挨打，爸爸那天根本没有回家见我。这得感谢县委组织部，据说那天组织部的领导考核爸爸，他太忙。而妈妈深夜十一点赶到姥姥家时，一身酒气，满脸涨红。那红是暖色的透明的，透着某种志得意满的豪气，一改曾经的凌厉、强悍，但这绝不意味她原谅了我，会抱我，她斜眼扫我时，一滴不易察觉的阴冷、厌恶还是水珠一样滴落下来，就像从一挂透明的冰川上滴落的水珠。

“你太让我们失望了！你丢尽了你爹妈的人！”

但水珠刚刚滴落，又戛然而止，因为这时，有人敲门。实际上这个晚上，她有比找回我更重要的事情要向家族公布，她在回家的路上，就电话召集了大姨夫舅舅舅妈们。当他们呼啦啦敲门进来，妈妈早已准备好了的话已经呼之欲出。“今天上边来考核你姐夫了，要提拔他进政府办当副主任，副局级，你姐夫终于熬出了头啦，但我得告诉你们，谁也别想沾他的光找他办事，他翅膀还没硬，你们不能拆他的台。”

对考核这个词的好感，就是从那时开始的。考核使我免遭一次打骂，考核还使二舅第二天送我上学时不时地抚摸我的头。在舅舅们眼里，我是个又熊又不老实的孩子，他们除了厌恶又无奈地看着我，从来不摸我的头。可噩运也是从二舅抚摸之后降至眼前的，当他用摩托车呼哧带喘把我载到一所陌生学校，把我带到一个陌生老师面前，意味深长地跟我说：“算你小子有福，摊个好爹妈，把你转到这么好的学校，你可再不能乱跑了，可一定要听老师话。”汗从二舅抚摸我的发丝里往下流淌，对二舅的憎恨、对爸妈的憎恨也从发丝里流淌出来……

憎恨舅舅，是他认为我有福。憎恨爸妈，是他们从不抱我，却在暗中一直做着我不喜欢的事儿。新小学有多么好我感受不到，最直接的感受是那学校大门在校园东侧，门外没有银杏树，秋天的黄昏没有落叶，更没有行车，光秃秃的街道两侧，各式各样的店铺拥挤在一起，使街道变得非常狭窄。心境是环境的产物，当我所处的环境里没有了行车，没有了树和落叶，也就没有了落在花格裙子上的血滴。我相信爸妈把我送到离姥姥家更远的学校，绝不是为了这一点，他们从来都不知道我脑子里的梦梅和月月。他们让我离开，不过是担心我的劣迹在小学传开，影响了他们的声誉。可是当我脑袋里再也没有了梦梅和月月，我的人生走入了一片可怕的荒漠。在那里，我像一个无助的螳螂，更像一只不会自己行动的玩偶，大舅二舅总会在拥挤的人群里一把揪住我，他们再也没有了晚到的失误，抓到我，从校门出来，他们又送我进各种各样的补习班，英语、数学、语文……

被张展带到痛苦的童年，我有一种莫名的紧张和惶恐……

在我三十一岁那年，组织部也考核过我。我刚刚开始写作，从没有走仕途的想法，可我是无党派人士，符合干部提拔的条件——当时县里正缺一个无党派的副县级干部。一个刚从地垄沟里爬出来的写作者，不久的将来有可能当上副县级干部，我的喜悦是多么巨大呀！记得当时儿子不满周岁，常常夜间醒来哭闹着吃奶，我被突如其来的飘飘然托举，竟然把装有热水的奶嘴送到儿子嘴里，烫得他一连好几天不能进食。不久之后，我真的被提拔，由文化馆创作员晋升为文化局副局长——据说，这是走向副县级的必经台阶。就像张展说的，那年月，谁在外面有会开，有应酬，谁在家里就有地位。当我朝九晚五地忙碌起来，动不动就外出开会，一开会夜里就不能回来，和张展母亲一样，我也把孩子送到亲戚家，只不过张展母亲把他送到姥姥家，我把儿子送到他县城里的姑姑和舅舅家。只不过张展在姥姥家的日子漫无边际，儿子在姑姑舅舅家的日子有时有刻。可是我想，如果当时，我姐姐的孩子被车撞死，那车上正拉着一位能把我从副局长的台阶提拔到副县长的领导，我会怎样？会不会马上召集家人开会，要求大家不告状不上诉？

答案是模糊的，那模糊仅仅限于我不敢正面往深处想，可当看到我没有成为张展母亲，是上天的帮助而不是我自己的选择，汗已经从我后颈窝漫漫渗出……

我的少年

孙老师，回忆确实让我找回一些生命迹象，它们旧物一样摆放在我生命的房间，不可磨灭。可是拂擦这些旧物的纹理，回到当时痛苦的瞬间，我不得不跟您说，我是一个不幸的孩子，我的不幸，就因为我有一个当官的爸妈。不是所有当官的爸妈都这样，但我的爸妈就是这样，尤其妈妈。她和爸爸毕业于同一所大学，在她教育我的话中，最多最常用的一句就是："妈妈嫁一个乡村穷大学生，就是看到他成功的潜能，你不能辜负妈妈的选择，你得好好学习，将来当更大的官。"当我反问，为什么要当官，她的回答让我啼笑皆非："为什么？你说为什么？爸妈不当个小官，你能捞着在姥姥家住？你舅舅舅妈还不反了天?!爸妈不当个小官，你舅妈能让你舅舅天天围着你转，送你上学?!"

支配别人，让别人围着自己转，这想法里也许包含着某种对自由的追求，可这自由伤害了别人的自由！爸妈多大程度上伤害了舅舅们的自由我并不知道，我只知道住姥姥家，天天被舅舅接送，这不是我想要的。我不喜欢姥姥总是追撵着逼我吃饭，打骂着逼我睡觉。姥姥讲究营养，她家的饭无论冬夏都是一清二白，饭是永远的米饭，菜要么绿要么黄，清淡无味半生不熟。姥姥为了培养我良好的生活习惯，八点钟总是准时关灯，毫无睡意躺在被窝，浑身像钻进虫子，要多难受有多难受。我更不喜欢姥姥总能导致大舅的孩子愤怒地抓我头发那愚蠢的偏向，虽然在失去了梦梅怀抱之后，姥姥也有几次冲上来护着我，可这更坏，一旦她不在场，大舅的孩子反而抓得更重……我不喜欢舅舅们接送我上学时的两面派表现，他们每天一接上我马上给妈妈打电话，"大姐我接到张展了，放心吧。"语气和蔼、柔软，像春天的风，可他们的手对我一点儿都不柔软，每次在摩托车上拽上拽下，那拽我的力气里都藏着一把钩子，钩得我肩膀疼痛难忍，当你忍不住叫起来，他们会厉声吼道："叫什么叫，舅舅该你的！"

在我朝九晚五忙碌着开会，动不动把孩子送到他的大姑家和舅舅家时，是否也影响了他们的自由？大姑在银行做饭，往往要请假；三舅妈在商店卖货，往往要把孩子领在商店。虽然她们情愿这么做，可有谁知道这情愿在日常里能支持多久？当她们坚持不住，她们会不会也像张展舅舅那样，在某个瞬间狠抓孩子肩膀？他后来坚持走学术，搞科研，是不是都是童年感受的反作用……

我的存在，积蓄了身边人从大到小一堆化不开的怨怒，当那怨怒俯拾皆是驱之不去，它毫无疑问又反扑过来回到我的心里。而这一切，他们从不知道，也从来没有兴趣知道。那一年我过生日，爸妈请姥姥家所有人到饭店吃饭，让我坐在他们中间——我很少有这种待遇，坐在他们中间。他们给姥姥敬酒，给两个舅舅敬酒，说他们如何如何辛苦，如何如何需要感谢，却根本没想问问我怎么想。在当时，我不是想让他们问我挨了多少欺负，肩膀多么疼痛，而是希望他们问问大姨夫，大姨为什么没来？他们可以不问我，他们不该不问大姨夫，他的女儿死了，被政府的车撞死，大姨从此没在家中出现，他们怎么就把大姨和梦梅忘得一干二净?！那一刻，怨怒在我身体里鼓噪，跳下椅子钻进桌底，真想一猛劲把桌子顶翻。可是，懦弱的我呀，不但没顶桌子，还旧病重犯，可怜虫似的哭了起来……

爸爸把我从桌子底下拖出来，没有打我，他把我重新摁到椅子上，异样地看着我，仿佛我是一个动物，一个他不认识的爱哭的动物。您不知道，这目光比打我要疼一百倍，因为我从那里看到隔在我们之间坚硬的壁垒——从此之后，我再就没正眼看过他。而妈妈，不但没试图朝壁垒推一把，反而往上添砖加瓦，“你说我们怎么就生了你这么个‘哭刘备’？你说你哪像我们的孩子?！”

“我们”，这是妈妈常用的一个词，这个词把她和爸爸高高耸立在姥姥这个家族之上，这个词也让我从小到大，很少把爸妈分开看。在我眼里，他们是一条藤上的瓜，一个洞里的蛐蛐。

一直以为，张展叛逆，只叛逆父亲，现在知道，母亲才是他叛逆的源头，如果说张展是受害者，那么母亲就是“主谋”“主犯”，她是那个“我们”里最强有力的力量。不由得想起在开发区饭店见面，问到他的母亲他立即起身告别的情景，没准儿，正是母亲对他的伤害让他不愿意提及，因为母亲终归是母亲，母亲不该和父亲一样……

让他们失望，让他们叹气，但他们很快就忘了，其实那次聚会，名义上是为我庆贺生日，实质是找理由庆贺爸爸升官这一巨大喜事。聚会的后半段，大姨夫舅舅舅妈们轮番给爸爸敬酒，给妈妈敬酒。我后来参加过多次这样的庆贺，爸爸升官，妈妈升官，但唯这一次印象深刻。这一次，我还有某种渴望，有因渴望而生出的怨怒；这一次，我因为满腹怨怒，在爸爸把我从桌子底下拖上来时，我看到了梦梅，看到她那双肉乎乎的小手，它正缓缓伸向我……

这就是爸妈的代价，他们坐在我的身边，却如同虚无，替代他们的，是一双八岁女孩的小手。这双手虽小，可它足以把我和他们彻底分开。从那次开始，我再也没有了对他们是否关心我的敏感，从那次开始，梦梅回到我荒芜的生活，我有了对另一个世界全新的认识……

那是一个散漫、随意、自由自在的世界，它朝向课堂外面，却是一个更神秘的课堂。那课堂很小，小到只有姥姥家小煤屋那么大，可那课堂又很大，大到让你看到人生的光明、情感的美好、人与事物之间关系的美妙。它坐落在剑桥英语补习班课堂的对面，是一个专做土豆食品的小吃部。在我因想念梦梅而无法把思绪集中在英语字母上的时候，我从课堂逃了出来。实际上也是补习班不像正规学校那么严格，只要交足学费没有人管你。我从英语课堂逃出来，并不知道要去哪里，我不知道要去哪里，但我知道我的时间只有不到两小时，不能走得太远。当喷香扑鼻的小吃部吸住脚步，梦梅在一瞬间就被土豆饼替代了，就像当年被月月替代。当年，月月替代梦梅，是身影，现在，土豆饼替代梦梅，是一缕喷香的气息。时光可以使树叶由绿转黄，时光也可以使想念由影像变成气息。在气息喷香的小吃部驻足，我看到了这样的景象：一个比我大不了几岁的长着大板牙的黑脸男孩，在一个烧红的炉板前烙着一张张饼，火映红了他的脸膛，他的手在火光里不停地翻动，而在他身边的案板上，有明黄的土豆丝，翠绿的韭菜丁，浅绿的葱花，金黄的鸡蛋饼，紫红的辣椒酱。他看见我，露出大板牙冲我笑了，问我要不要买，五毛钱一个。我掏掏兜，掏出一块钱——那时我不会花钱，所以爸妈不怕给我钱。我敢说，长这么大，我只在农村的奶奶家吃过这么好吃的东西，它的香藏在脆中，鲜藏在软中，上口咬觉得脆，嚼在嘴里又是软，关键是它出自一个比我大不了几岁的男孩之手。坐在小吃部里，我被胃里的幸福感惊呆了，都说山西人会做土豆，可姥姥家只会把土豆丝和土豆块加在各种菜里炒炖，从不会把它们烙成一张饼……我痴痴呆呆地看着他，目光跟着他在小吃部里转动，就像玩陀螺时鞭梢跟随陀螺的转动。当他忙碌着打发一帮食客又一帮食客，小吃部空下来，我又被耳朵里的声音惊呆了——黑脸男孩从墙上取下一把二胡，坐到墙边一条木凳上，自顾自悠闲地拉起来。当那呜咽的如泣如诉的小调和胃里的香气在小屋里汇合，一个独特的世界在朝我敞开……

那世界是现实的建构，一间不大的黑乎乎的铁皮房，叫“拥政”小吃部——后来知道，在任何一个学校旁边，后来的初中，再后来大连的高中，都有这样的小吃部，它们专门为学生而开，广受学生家长诟病，可某种逃逸感的安顿却使它们在学生的记忆里永恒。

这个小吃部之所以在我记忆里永恒，不仅仅是它接纳了我的逃逸，更是那里边独特的氛围。它是独立的，自主的，它虽关系复杂，涉及礤床儿、刀、铲、炉钩、炉铲等一些工具，涉及洗土豆洗韭菜洗大葱等烦琐的活路，但这里没有虚假、两面，没有谁看谁脸色那些暗中讲究，即使还涉及迎客送客收钱算账一些程序，那程序也是先来后到，人人平等的。在当时，单纯、独立、平等对我是那么重要。关键是，在这单纯的关系里边，有一种不那么单纯甚至有些复杂的丰富的存在，它既在小屋，又在黑脸男孩心里，它现实到跟具体的气味在一起，跟满足了顾客口福之后内心的充盈、充实在一起，可它又不那么现实，有些空阔、自在、无拘无束，虽然那空阔也是呜咽的空阔，自在也是如泣如诉的自在，但恰因为这个，它会牵动你心的某个部位，让悲情无拘无束地释放出来……

复杂的生活中蕴含着某种单纯，单纯的生活中又蕴含着某种复杂，在这之前我从不知道。我尤其不知道这世界上，竟有一个地方、一个人，会用动作、声音拽疼你的心，拽出你积郁已久的悲伤与委屈……

读到这里，我不得不为张展的表达力震惊，为他对那些司空见惯事物的细致观察震惊……不管在他的大学辅导员眼里，还是在他的交换妈妈眼里，他都是个乌啦巴涂的人，可现实是，在他木讷的外表之下，有着波澜壮阔的情感激流、思想激流，他又能把思想和情感精准、精妙地诉诸语言，这不是一般孩子能有的才华和天赋……

当时，我还不到九岁，我还不能为我释放的悲伤和委屈命名，还不知道我为何浑身激动得发抖眼泪噼里啪啦，我只知道流泪的一刻透彻肺腑地舒服、享受，如同冲决了身体里堵塞已久的河道。我因此盼望英语课，盼望去像模像样坐到课堂，还不等老师开讲，就偷偷溜走的那种冒险的刺激。最刺激的是我和黑脸男孩之间的默契，他似乎很快就明白我在逃课，他不支持我逃课，他说他最想念书，可父母早亡，他不能让爷爷奶奶养自己。但不知出于什么原因，他并没撵我。不但不撵，当我吃了他的饼，听了他的二胡，哭得鼻涕一把眼泪一把，他竟然张大嘴巴，如醉如痴地望着我，恍惚之间，眼里闪出金灿灿的泪花。那泪花是致命的，它不但一道电光一样照亮了我们之间，让我看到天下不止我一个“哭刘备”，还让我无意中羡慕他的人生。他的人生，没有父母的操纵，没有姥姥舅舅的约束，没有像我一样失去梦梅的孤独——那时，我羡慕他没有父母，羡慕他这么小，就拥有一个人的自由——那时候，在我这样环境下长大的孩子，还不懂得贫穷、自立意味着什么，不懂得他流泪，就因为他这么小，就承受了没有父母关心和约束的自闯天下的孤独。孤独来自两个完全相反的方向，可它们在不自觉地靠近，当又有来客，他放下二胡，开始烙饼，我也动手参与进去……

那是我长这么大最最快乐的时光，擦土豆丝，切韭菜，切葱花，调馅儿，观察火候。一开始，我想做好，只想让黑脸男孩高兴，让他露出白灿灿的大板牙，那种被欣赏的感觉我从未得到过！可渐渐地，我发现我喜欢动手，喜欢做手艺活，我似乎并不迷恋它变成饼被客人吃到嘴里的成就感，只迷恋动手做这一切本身——那里有一种将无形变成有形的创造的美感，而在创造的过程中，你会忘我，你会忘记萦绕身后的所有痛苦。

忘我，对我重要，对每个人都重要。这是艺术诞生于生命的最初缘由。它可以让你暂时地逃离现实，就像如泣如诉的二胡吸引我逃离讨厌的英语课堂。可最初你并不知道那是艺术，不知道悲伤的颤抖是某种东西在身体里的共鸣……直到有一天，我痴迷玩味手里的活儿忘了时间，被舅舅抓住，我才知道这一切对我，到底意味着什么。

那是一个热咕隆咚的春夏之交，那是我逃课的第五个周三下午，当时我不是在烙饼，而是在调炉火，那炉火一经拨动，万千火星自由升空，姿态各异五彩纷呈。目光跟随升空的火星，心是悬空的轻盈的，以至于舅舅把我从炉膛前揪起，我以为自己就是那升空的火星，因为他把我抛得太高了，高到超越了炉台超越了切菜的案板，当我升起又落下，结结实实落到地面，一只拳头已经朝男孩挥去，歇斯底里的诬骂已经灌满整个小屋，"你这个小混混敢拉小孩子逃课——"

二舅把我的逃课归结到男孩身上，我抱住了二舅大腿狠咬，但这不但阻止不了二舅，反而让他更加变态，他把他从地上揪起来，又一拳打上去，直到黑脸男孩大板牙的牙缝儿渗出血丝。

逃课，和小混混在一起，爸爸妈妈不是失望，而是绝望，他们把我关进姥姥家的小煤屋一顿暴打。打我的是妈妈而不是爸爸，妈妈把爸爸推到一旁，说："你算了我来管。"好像比她官大的爸爸打我，会脏了他的手。我决不屈服，我暴跳如雷大喊大叫，因为黑脸男孩嘴里的血唤醒了梦梅花格裙上的血。我骂他们冷血，骂他们无情，骂他们仗势欺人。那时我第一次发现勇敢的力量，当你什么都不怕了，豁出去了，他们反而怕了，到最后，妈妈冲出小煤屋坚定地号啕大哭……

我虽尝到了勇敢的滋味，但我的人生在失去，或许我不那么勇敢，他们还会手下留情。下个周三，再去剑桥英语上课，舅舅第一件事就是把我送到小吃部门口，在那里，一把锁已经锁住了一扇黑乎乎的铁门。

我的人生一直在失去，梦梅，月月，黑脸男孩，可是有一条路在向我打开，它朝向内心，朝向内心的艺术，当我再也找不到那家小吃部，再也不能在情感的共鸣中释放孤独，我便开始了对那个世界的描绘，就像某一天找不到月月，在一张纸上对她的描绘。

我人在课堂，心却在课堂之外——之所以没有继续逃课，不是妈妈的哭震撼了我，我确实是个心软的孩子，看不得别人眼泪，可妈妈的眼泪除了让我恨，没有同情，因为她从来都不想了解你怎么想。我不再勇敢，是妈妈的哭带动了姥姥，那天晚上，姥姥打开小煤屋，一把抱住我，哭得昏天黑地。虽然依然不懂她为什么不早一点儿进屋阻止妈妈，但看到她的身子在我眼前一抖一抖，还是有些心动，尤其姥姥说的那句话："孩子，你为什么不听话，大人哪里对你不好？你再这么下去，姥姥非死了不可。"

不再逃课，是为了让姥姥不死。虽说姥姥也不想了解我怎么想，但她至少还要问问大人哪里对我不好，她的哭里边，至少能让你感受到某种无奈，不像妈妈那么坚定。那坚定的哭让你觉得她在表演。我人在课堂，心却在那间美妙的小吃部里，我心在小吃部，却不只是胡乱地想一想，而是专注于把脑袋里的画面画到纸上，当那纸上的世界向我展开，我的叛逆，便由地上潜入地下：我老老实实待在课堂，老老实实跟随接送的舅舅。虽然常被老师没收画纸，被罚站、批评，但他们并没惊动我的爸妈，仿佛他们知道我多么可怜……

那是一段难得的平静时光，我的绘画大有长进，我画在一本本练习册上的人物越来越有了生动的气象，他们在讲述一个故事，一个男孩和另一个男孩相遇的故事，那故事开始在春天一个奥妙的日子，一缕香气钻进小男孩鼻孔，结束在夏天一个心随火焰升空的时刻，一只黑手魔掌一样猛伸过来……沉醉在自我描述的故事中，我对黑脸男孩的想念与日俱增，他炉火前黑里透红的脸膛，他白灿灿的大板牙，他那满脸透明的泪花……大人们常说，人最不禁想，你一想，他就来了，有一天，黑脸男孩真的就来了。那时我刚刚下课，刚刚去厕所撒了泡尿。他来到我面前，不是一个人，而是五个人，他见我时的样子，不是我想象的那种欢欣备至，他的脸膛又黑又黄，大板牙包裹在抻长的嘴唇里，一条缝儿似的小眼睛咄咄逼人。与想象的反差使我挪不动脚步，但他身边的人帮我挪动，他们只需一个眼神就一起冲向我，把我架向操场外边的胡同。那一瞬，我知道发生了什么：舅舅打了他，他要蓄意报复。在架扶我的四个少年停止脚步时，我已经感受到了牙齿的疼痛，然而，他们没有在第一时间朝我牙齿还击，他们揪住我，不许我动，只让我回答黑脸男孩的问话。

“你为什么逃课?”

“我，我想梦梅。”

“梦梅是谁?”

“大姨家姐姐。”

“是你自己想逃课是不是?”

“是。”

“是你自己走进小吃部是不是?”

“是。”

“是你自己自愿帮我干活是不是?”

“是。”

“好，你很诚实，但你必须诚实到底。我今天找你，不是想报复你，是想让你帮我解决问题。你自己逃课，自己逃到小吃部，自愿帮我干活，可你家人却打了我，还关了我小吃部，你说怎么办?”

“我……”

“你不知道是不是？不知道我来告诉你，就一个办法，你向家人保证你从此不再上小吃部，好好上课，然后让他们恢复我小吃部的经营权。”

“我……”我还是说不出话。

“我一直都以为你是农民工孩子，可你不是。你是当官家的孩子，你爹妈有权有势……真就他妈的怪了，越有权有势家的孩子越不爱念书，越要逃课，你是身在福中不知福了你知道不知道！”

提到父母当官，提到我身在福中不知福，我鼻子一酸，突然就哭了。他却不管我哭不哭，继续说：“你家人说我是小混混，你才是！我是皇帝，我的小吃部为什么叫‘拥政’，‘拥政’就是‘雍正’，你想当小混混我不管，可你不能害苦我雍正，你要害苦我我绝饶不了你！你现在只有一条路，向你父母保证好好上课，你只有好好上课，他们才能帮我恢复小吃部你知道不知道！”

我似乎听明白了，可我……

见我迟疑，揪住我的四个少年眼睛突然鼓了起来，愤怒道：“不答应今儿个就废了你，答不答应？”

点头的瞬间，我突然收住眼泪，因为我获得了一个振奋人心的信息：要是爸妈不答应，就让他们把我废给爸妈看。我早就想让爸妈尝尝没有我的滋味了——

张展收住了泪，我却被泪水蒙住了眼睛，因为我在意识里已经模糊了张展和儿子的身份，我把那个被围攻的孩子想成了儿子。

儿子也逃过课，只不过他逃的是作文课而不是英语课。发现儿子逃课，一向比我更娇惯孩子的丈夫第一次对他实施暴力，用鞋底子打了他。我并不难过儿子遭受皮肉之苦，因为我知道丈夫的手力并不重，我难过当丈夫打他，问他为什么逃课，为什么要逃到森林动物园门口，他泪水横流，他说我想去动物园看猴子，可你们不领我去。

森林动物园就在我家附近，那时我们生活拮据，六十元一张门票太贵，我们承诺多次都没践行。虽然张展逃课，是想念梦梅，是叛逆爸妈的无情，儿子逃课，是想看猴子，是抗拒我们说话不守信誉，可随便撕毁承诺，和随心所欲拆掉小吃部，有什么本质上的不同吗？在丈夫打儿子的时候，他有没有想过，打吧打吧，打死我算了，我就是要让你们尝尝没有我的滋味?

那是我长这么大唯一一次和爸妈的交易，我以绝食的方式把他们召回姥姥家，我告诉他们，要想让我吃饭，他们必须听我把话讲完，必须答应我一个条件。爸爸板着脸，努力克制他的厌恶和不满，妈妈倒是像以往一样冷静，可那冷静里有一种义愤。但不管怎样，他们终归勉强地点了头。于是我说了土豆饼的香气，说了黑脸男孩的无辜，说了再也不去那家小吃部的决心，我没说他们如果不恢复，会有人把我废了，这句曾经让我振奋的话被他们义愤的表情吓了回去。他们的样子让我觉得，也许不等男孩把我废了，我的爸妈就把男孩废了，他们当官，无所不能。

我讨厌爸妈用权力操纵我，又不得不和爸妈的权力交易，这似乎是我的宿命。

爸妈的权力到底有多大，很快就得到印证，接下来的那个周三下午，送我的车刚开到小馆门口，那独特的香味就扑鼻而来。可我一点儿都不高兴，第一，这次谈判之后，送我的人由舅舅改为爸爸的司机，他倒是不像舅舅那样狠狠抓我，又开的轿车，可我不喜欢他是陌生人。陌生人送你上学，这感觉终归有些奇怪。第二，得知小馆开放，如同有人在你大脑中开了一道天窗，你总是不由自主向那里探望，总是难以控制去摸衣兜里的硬币、流口水，从而分散了学习注意力。

——事实证明，自从向爸妈承诺要好好学习，我真就在默默努力。

——事实证明，我默默努力，绝不是因为向爸妈承诺，而是黑脸男孩的一席话。小吃部恢复的第二个周三，司机把我送到补习班刚刚离去，黑脸男孩就从后边冲进来，他拽住我，向四周望了望，之后跟我说：从现在开始，我把你当成朋友，你帮了我，你为我上课，我谢谢你。不过我得告诉你，你上课不光是为我，也为你自己，我没有条件念书开小吃部，这是创业，你有条件念书不念，就是小混混，你知不知道？我狠狠点头。之后他又说：你好好学习，不当你爸爸那种狗屁官，当律师，律师不欺负人，还为公平辩护，你当了律师，我这样的人就不用叫雍正为自己壮胆，你说是不是？我再一次狠狠点头。这时，他从兜里掏出一张小字条递给我，说，这是我的手机号码，什么时候能证明你不是小混混，来我小吃部，我为你庆贺，怎么样？

说来没人相信，我以班级十二名的名次完成小学学业，就因为黑脸男孩这席话，他把我当成朋友，他希望我将来当律师。朋友，是被信任，是在担当，爸妈和家人从没把我当成朋友！而当你知道你被信任，你在担当，顿时觉得你在长大。当然最打动我的还是公平二字，虽然我不知道律师意味着什么，但我知道爸妈身为小官儿为我制造了多少不公平，有一天能为公平辩护，实在让我喜出望外。可是，这世界的某些系统一定是出了故障，爸妈居然把我的变好归结为他们握在手里的权力。首先，我的改变发生在从摩托车换上轿车之后，有了轿车，送礼方便，他们不断地给老师送礼；其次，老师收到礼物，知道爸妈的身份，开始不断地向家长汇报，我的成绩恰恰就在那时有了好转。后来才知道，我之前上课溜号画画老师之所以不报告家长，不是可怜我，而是她不知道我的爸妈是政府官员。有一天，爸爸妈妈在一次聚会的餐桌上把这一切分析出来，我想笑又想哭……

那是后来不断出现的那种聚会，它由家人扩大到爸爸单位的司机和下属，有时候，比如我期末考进了前十，他们还要找来他们官场的朋友。那年月公款吃喝大行其道，爸爸从不用自己花钱，花公家钱也从不用自己签字，那年月西餐厅在H县盛行，他们为我在各种西餐厅转场。在他和妈妈以我为由肆意铺张挥霍浪费的时候，我像一个被不期然领到海滩的游人，某种诱惑让我无法抗拒。太原没海，我喜欢一望无际的大海，在爸妈为我开来的这条船上，有一种风景比一望无际的大海还要致命，它不是比萨也不是甜点和冰激凌，而是爸妈看我的目光。只有在那样的餐桌上，爸妈才有那样的目光。那种类似骄傲的目光。骄傲，我让爸妈骄傲，我从不觉得需要这种东西，可你当真捕捉到它，你的感觉会全然不同，它类似于被信任，却比被信任更大，它看上去孤立地存在于我和爸妈三个人之间，可因为它穿越了曾经的不满和义愤、厌恶和嫌弃，冲击出漫天湿漉漉的水花。虽然它稍纵即逝，并不足以冲开我和爸妈之间的壁垒，可正因为如此，我才满怀渴望，如同久旱的土地对雨水的渴望——

不渴望他们关心我，却渴望他们因我而骄傲。小学四五年级的时候，因为这致命的诱惑，我从不拒绝那种聚会，也很少思考这里边隐藏着什么样的机关，直到有一天，一个偶然事件发生，我才大梦初醒。

那事件并没有发生在餐桌上，而在家里。那家不是姥姥家，而是我和爸妈自己的家。五年级的上半年，我回到了自己的家。这时赶上大姨生病，需要姥姥照顾她。这时父亲从政府办副主任升到开发区主任，我家分了大房子。没有姥姥在身边，妈妈又动辄在外面有应酬，不能按时回来做晚饭——因为长期把我扔给姥姥，妈妈那时根本不能适应家里有我这么个拖累，每每回家，都急赤白脸急三火四。我常常面对空空如也的厨房饥肠辘辘，某一天，放下书包，我一个人下楼去找菜市场，买来韭菜、土豆、大葱、辣酱，您大概已经想到，我在家里烙起了土豆饼。

在此之前，每一次上英语课路过小吃部吞咽口水，每一次夜深人静偷偷描绘小吃部里的人和事，我都不曾知道，那样的活路，我已经在无数次的想念中驾轻就熟；都不曾想到，它会让我一经动手，就激动得热泪盈眶——那个傍晚，在妈妈的厨房动起手来，我热泪盈眶，仿佛终于与分别已久的老朋友见了面。黑脸男孩翻动着炉火，拉起了二胡，他默默地看着我，泪光莹莹——那是一个隐秘的世界，它朝向记忆的复活，它牵一发而动全身，带来身心的觉醒，当它随油烟飞进我贲张开来的每一个毛孔，一场因我而起的战争正在拉响警报。

事情的最初我并无感觉，爸妈进屋闻到香味，眼神里有一种惊喜，以为姥姥来了。爸爸闻到香味，脱了鞋就奔了厨房，边走边吵吵今晚光顾喝酒了，肚子咕咕叫。问题都出在爸爸身上，他把土豆饼送到嘴里，刚嚼了两下，就大声吵吵太好吃啦，好多年没吃过这么好吃的饼啦。他喝大了，失去了辨别现实的能力。可妈妈没喝大，她清醒着，她挨个屋子里看了一遍，发现并没有姥姥，敏感的目光瞬间落到我身上。她并不问我谁做的土豆饼，只问爸爸：张兴昌，你觉得土豆饼好吃是吗？爸爸说好吃，太好吃了，他奶奶做的就是这个味儿，我好多年没吃过了。妈妈说你觉得你儿子像他奶奶一样会做土豆饼是件好事，值得鼓励是吗？爸爸愣了一下，似乎觉得哪里不对，但还是狼吞虎咽，不说话。妈妈的声音越来越大：你看看根儿是多么可怕，我这么些年让他断绝和乡村来往，他最终还是像了根儿！才离开姥姥几天，他竟然烙出土豆饼！你说他怎么能有出息?！爸爸这回瞪大眼睛，但他冷笑了一下，把手里的饼团成个团，喷着酒气说：林小放，我早知道你嫌弃我有农村的根儿，可屁股臭不能抓了扔了，你嫌弃你现在就走，不就一张饼吗，有什么？

跟您说，虽然我知道爸爸是借了酒劲儿，但那样的话还是让我解气，不是他帮了我我就解气，他说出了真理！就一张饼，至于扯耳动腮吗?！被真理的尖刀刺痛，妈妈一下子就火了，斗架公鸡似的脸一红到脖子：张兴昌你浑哪你，这是一张饼的事儿吗，这是你们爷儿俩留恋穷滋味！满大街饼铺油炸果子铺，那是开给农民工的，是乡村人留恋过穷日子的穷滋味！我这么些年不让孩子回奶奶家为什么！不就是想断掉我们家的穷亲戚吗?！要不是我，要不是他姥爷活着时留下人脉，你能走到现在这个圈子？你能一步步成功？你想想，你都是这个圈里的人了，你的儿子还在家烙土豆饼，你这不是倒退！

穷滋味，在我给您写信的农历2014年冬天，这个词在网络上广泛传播，说重庆人爱吃麻辣烫，爱吃水煮鱼的辣锅底，是爱那穷人的穷滋味，真正的富人，讲究清淡饮食。可我敢说，妈妈在十几年前就发明了这个词。妈妈发明这个词，是为了将某一个群体归类，更为了强调自己的价值追求，强调她为了追求所付出的代价。就是这个代价，让爸爸突然清醒，他落到现实的边缘，眨了眨眼，把饼摔到盘子里，压低声音道：林小放，你以为我愿意你帮我是不是，我不愿意！凭我自己，我也能走到今天！农村怎么啦，穷人怎么啦，有多少大官大将不是农村出来的？父母不是穷人?！我都不稀说，你看你今天晚上的表现，还和人家书记喝交杯酒，我张兴昌用得着你为我献殷勤吗？我用不着！

我很小就住姥姥家，很少见过爸妈吵架，他们以“我们”的面目出现在我面前时，我很少知道他们单独在一起的生活里有着怎样的内容。那个晚上，我用一盘土豆饼撕裂他俩的生活，我都要为我做土豆饼的举动大声喝彩啦！因为当那个“我们”被生生撕开，变成了两个单个的人，我看到一个独立的，并不情愿被妈妈操纵的爸爸，看到我身上的反骨来自哪里。我兴奋异常，我像一个戏台下的观众，希望情节朝更激烈的方向发展，那情节是：爸爸这么坚定地反对妈妈，妈妈不得不扑到床上坚定地号啕大哭，就像曾经被我反抗之后那样，从而一场战争以爸爸的胜利宣告结束。可我错了，不是我高看了爸爸，而是我低看了妈妈。妈妈不但不哭，还扑哧一声笑了。由愤怒到笑，这是一个陡峭的过渡，可她愣是像一个天才的魔术师，轻巧地就滑了过来。她拉过一把椅子，缓缓地坐到爸爸跟前，什么都没发生似的对着爸爸眼睛，细声细气说：张兴昌，你冷静冷静，咱好好捋捋今晚的问题。你看哈，咱儿子是个小学五年级的学生，放学不做作业，在家做土豆饼。你进门不但什么都不问，还鼓励说好吃，你是不是昏了头？你喝酒喝大了，忘了一件事儿，可我没忘，我只是不该提到他奶奶，也是这件事儿让我想到他奶奶！你记不记得咱找工商局刘局长关掉的那家小吃部，那个小混混就是做土豆饼的，咱儿子才十一岁，会做这么好吃的土豆饼，你想想这问题严不严重？

爸爸被拉到现实的地面，目光一层层清澈起来，他把装土豆饼的盘子往外推了推，死死盯住我。

我低下头，我想说这事儿没那么严重，家里没有饭，我肚子又饿。可妈妈接着说：咱为了他，到处吃西餐，你说他要是会做个比萨，做个蔬菜沙拉，你是学习文明，是上进，说出去还是个体面，你做老祖宗的土豆饼，魂儿被地摊儿上的小混混勾引去了，这事儿有多严重！

妈妈步步紧逼，爸爸终于滑出真理，落到了谬误的泥潭。他用手朝我嘴巴掀了一下，让我抬头看着他。我抬起头，却把脸朝一旁扭开，绝不看他。他似乎很后悔为什么不能像妈妈那样一进屋就发现问题，他说：小子，是真的？你真是跟那小混混学做土豆饼？我想说他不是小混混，但我没敢，我怕连累朋友。我说那都是小吃部关掉之前的事了，那之后我一次都没去过。他说：你妈说得对，一张饼看上去事小，可这里边包含文明与落后，进步与倒退。你爸妈是政府官员，紧跟改革开放步伐，我们的孩子不能落后，我们得跟上时代！这是个什么时代，这是一个以人脉为中心的时代，接触什么样的人，意味着你将来会成为什么样的人。你和大款富翁的孩子在一起，你将来就会成为大款和富翁。爸爸不指望你成为大款富翁，但你总得有出息，你总得成功，不能拉倒车，去干烙土豆饼这种事儿。

我没有向深陷泥潭的爸爸伸出救援之手，当我明白在他们眼里，烙饼的事是不文明，是落后，是只有穷人小混混才干的事儿，我的心已经离家出走了。为了不让他们看出我的想法，我只有朝他们点头。

离家出走，这是一剂良药，它能医治抑郁、愤懑、不满；它又是一种疾病，一旦你有了被医治的经历，稍感抑郁和不满，你就想迈出家门，就像吸毒者对毒品的上瘾。

那个晚上，某种瘾在身上的复苏，使我轻而易举就迈出家门。离开之前，我坐在桌子旁把所有土豆饼扫荡一空，我饿，我忙完了就听他们打架还没来得及吃。饱餐一顿穷人的穷滋味，身体里有一种力量在神秘涌动，那是报复的力量，对抗的力量。因为在路灯下漫无边际地走，走着走着，我就叫了辆出租车，不假思索就告诉司机，我要去剑桥英语对面的拥政小吃部。

然而，我终是没有走进小吃部，这跟一个名词的转换有关，当那股香喷喷的气味变成“穷人的滋味”，我想起了妈妈。想起妈妈我不寒而栗。我害怕，不是害怕变成穷人，而是怕害苦了我这个把自己叫成雍正的穷人朋友，极有可能，妈妈就跟踪在我身后……

没有人了解我在那一刻的难过，小吃部就在我的对面，那里灯光昏暗，人影寥落，那里没有二胡声，只有男孩忽明忽暗自由转动的身影——自由转动，我多么渴望的穷人生活呀！

实际上，正是这个晚上的遭遇，永远医治了我离家出走这个病。这是一桩奇遇，我生命里不可多得的黑暗的奇遇，为此我不知该高兴还是该悲哀。

那是初冬里一个冷飕飕的夜晚，为了不连累朋友，我坐上去往火车站的6路公交。我去火车站，不是想在那里过夜，事隔三年，我已经忘了当年和月月流浪到火车站，我是想去那里坐车去大槐树奶奶家，我想用实际行动告诉爸妈，我就是喜欢落后，就是要倒退。然而当某个熟悉的场景唤醒记忆，一个驱之不去的幻觉降临眼前。

那熟悉的场景，是火车站广场边上那排弯腰低头恍如向行人鞠躬似的路灯，当年和月月逃到火车站，我不记得是否看见过它们，可从6路车上下来，一眼望见它们，我吓了一跳，觉得每个路灯下都站着一个人，她戴着毛线帽。H城的冬天，戴帽子的人很多，但夜已深了，广场上根本没有人。可明知没有人，穿越车道，走入广场，奔向售票大厅，我还是一阵阵浑身燥热，觉得月月和一帮人就在身后。好几次，我都不由得转过身，向身后张望；好几次，我都向自己证明她不在身后，然而在售票大厅入口，当我最后一次回头，毛线帽突然耸立在眼前。

实际上我刚下车她就看到了我。她确实在一个路灯下站过，是她发现了戴着毛线帽的我才绕到我的身后。我们见面，并没像想象那样彼此向对方伸出手。我没伸，是月月已不再是当年的月月，她个子长高，胸脯隆起，她大冬天的，还穿着露着大腿的超短裙，她歪着腰肢对着你时，更像一个女人而不是女孩，让你止不住心慌、害羞。她没伸，是她对所处的环境有所防范——在我们目光相对的刹那，她警觉地扫了一下四周，之后小声说：快来，跟我上柱子后边。

像电影里的地下工作者，不，更像奔赴幽会的情人，因为尾随她来到火车站前廊的巨大石柱后边，我的心慌慌直跳，隐秘的羞涩感漫漶了整个神经。那是我情窦初开少年时期的真正开始，我被一股隐秘的羞涩感慑服，像一个束手就擒的鸭子乖乖地立在石柱后边的幽暗里。月月毫不羞涩，她拽下我头上的毛线帽，和她的帽子交换了一下，之后扳着我的肩膀说：你长大了，不过我一眼就认出你。我在火车站住了半年多了，我就知道总有一天你会来，你为什么又跑出来？她这么说我觉得很神，她怎么会知道离家出走是一种病？我说不为什么，生爸妈的气。她说你现在有什么想法？这句话很大人，有一种无形的诱惑。当年我俩分手时，她羡慕我能回家，她应该告诉我最好回家。可她却问我有什么想法。我立即说：我想去奶奶家，在大槐树。我想说你跟我去，可我没说，因为这时她从兜里掏出一支烟点上，长长的指甲在火星的明灭之间闪烁，我被惊呆。听我说要去奶奶家，她深深吸了口烟，之后说那也得明天，今晚就算了，今晚你跟我走。说着，不待我点头，她就快速闪出柱子，朝广场西边的隧道跑去。

跟随无形的诱惑，在那个晚上，我看到了这样一幕：在隧道出口处，和一个同行的中年女人擦肩，月月把手轻松伸进女人腕上的皮包，当跟她撒腿跑进一条黑黑的胡同，钻进一个黑洞洞的屋子，她的手里已经有了一个厚厚的钱包。她是个扒手，她开始行窃，我无比震惊。但更让我震惊的是，她领我进的黑屋是一个电子游戏厅，那游戏厅最里边有间大屋，她交给业主一百块钱，就把我领进去，那是一个放映室，屏幕上正在放映黄色录像——那时我不知道何为黄色录像，吓得不敢抬头。可月月却敢，她拽我坐下来就静静地看，然而没有多久，她把手伸向我，她拉着我的手往她的衣裳里拽，羞涩顿时不再隐秘，在恐惧中转换成某种渴望。可就在我的手触到一个暄乎乎的地方时，月月突然哆嗦起来，边哆嗦边把她长长的指甲剜进我的手心。我终于抬起头，我看到了动画片里的魔鬼，月月两眼发直，浑身颤抖，而这时我已经渐渐适应了屋子里的光线，我看到屋子里有好几个男孩子，他们此时纷纷向我和月月围拢过来……

说到底我还是一个正常的孩子，我的辨别力告诉我什么是堕落。当发现家之外的世界遍布着堕落的深渊，离家出走便再也不是我叛逆的选择。

那个晚上，我一口气就冲出屋子跑出胡同，当穿过隧道，堵住一辆出租车，我告诉司机的，不是奶奶家的大槐树，而是父母所在的新家。轻手轻脚回到家里，我把毛线帽塞到柜子一角，决心再也不戴它了。

月月被堕落吞噬在那个年代，我的某种美好的东西却没有被那个年代吞噬，她的体温一直都在我心里。2003年，SARS病毒在全中国肆虐，山西电视台报出第一个死亡名单，是流浪儿收容站一个叫月月的十四岁女孩，从此，毛线帽又重新戴在我的头上——她的死亡让我想起梦梅的死亡，这两个给过我温暖的女孩，我愿意一生悼念……

一口气读到这里，汗已经由后背浸透全身。许多真相，如果不是当事人自己说出，局外人永远无法猜度。这并不是说，张展的信让我看到他隐藏在鸿沟中的人生到底多深邃、多陡峭，孤独中一次次离家出走，对温暖怀抱的一次次寻找……他是一个极端敏感的孩子，他洞悉身体的每一次感受，精神上的每一次疼痛，在望子成龙追逐“文明”的父母控制了他所有美好愿望时，在长期被权力庇护、一朝失去便没有安全感的姥姥配合制造了整个家族混乱的气氛时，在伴随着死亡的一次又一次失去压向他小小的心脏时，他像一只奔跑在荒野上的小鹿，一直瞪着一双警醒而可怜的眼睛……

他是一个可怜的孩子，却又是一个幸运的孩子，因为终归有一天，他走进了街头小吃部，遇到了黑脸男孩，遇到了他内心的艺术。可作为一个母亲，当我看到一个小小灵魂孤独地与周遭冷漠又强大的势力对抗，我觉得那个与他对抗的势力不再是他的父母和家族，而是我……

说来奇怪，随他走进他人生中的沟谷深渊，我一程程看到的，不仅是他父母家族的真相，还有我的真相。

那真相隐藏在我的育儿日记里。因为我在怀孕时子宫里还孕育了一个肿瘤，因为是儿子的降生救了我的命，很长一段时间，我和丈夫都认为儿子这不平凡的出生昭示着他将来会成为一个不平凡的人。不平凡的人应该是科学家思想家哲学家文学家，可是我们却在最初的日记里称他“市长大人”，几乎每篇日记的开头都是市长大人你今天如何如何。那时县里还没有考核我，还没有指给我仕途的方向，可不知为什么，我们居然就把市长看成不平凡的人。几年之后，因为我没有像张展妈妈那样有一个在组织部当过部长的父亲，终是没有看到提拔的希望，一气之下弃官从文，也在日记里去掉了“市长大人”这个称谓。可我的放弃并不彻底。小学一年级，为了老师能让儿子当上班干部，我居然送过老师一条纱巾。遗憾儿子不是那块料，不但管不了别人，还拒绝别人管他，可儿子当不了班干部这一事实带给我们的打击，远远大于我升不到“副县级”的打击。我们，不仅仅是我，是我们！我和儿子的爸爸！如同张展眼中的爸爸妈妈。虽然我后来知道，崇尚权力，是不可超越的人性，就像望子成龙也是不可超越的人性，可此时此刻，当我从张展的信中读到爸妈反对他烙土豆饼，领他到处吃西餐，希望他学些西方文明，我还是有种遭了暗箭的感觉。因为换成是我，我也不会允许。我倒不反对品尝穷人的滋味，儿子愿意吃农村奶奶包的烫面菜包子，我们经常包给他吃，可如果他因为喜欢吃而自己去动手耐心操练，那绝不会被乐观地允许。我们养育孩子的年代，千千万万个孩子都走在一条独木桥上，没有家长会允许孩子抛弃书本向生活学习；我们养育孩子的年代，西方文明犹如洪水猛兽，古老的生活方式遭遇冷眼昭示着进步。我是说，作为这个年代一心上进的父母，当看到一个孩子愿意在吃上下功夫，而不是在学习上，当看到他下功夫的事情是烙土豆饼，而不是做西餐，你确实容易滑出真理，落入现实的泥潭，从而遮蔽了对一个敏感心灵的辨识和呵护……

——就像那天在滨城大学，发现祝简本身就是大学冷漠的受害者、参与者，可她却把自己当成局外人一样，寻找张展，本是以一个局外人的身份探究张展为什么会成为张展的人生真相，却想不到，当他向我打开他的过去，我也不再是局外人，我居然在张展的信中看到自己……

这是否才真正是上天冥冥之中的安排？

我的绘画

孙老师，请原谅我的信越写越长，请原谅我像一个习惯于倾诉的女人。给您写信，我已经两个晚上没有合眼。我一直都觉得自己是个不擅长表达的人，可现在才明白，是不是想诉说，是不是愿意表达，完全看对象。最初萌生给您写信的念头，是您渴望了解的目光蛊惑了我，是您的追问让我回到过去，回到一直在失去的空无一物的房间。可现在我才发现，所谓向您证明什么，只是一种借口，说到底，还是您作家的身份开启了我诉说的欲望，让我觉得有些东西，只有跟您说才有意义。

意义，这两个字很早就来到我的生活中，在头发被揪疼，对一双小手展开的怀抱充满渴望的时候；在想念那个怀抱，在校园门口牵上另一只流浪儿小手的时候；在长期被爸妈忽视，对温暖怀抱的渴望像病毒一样侵袭我的时候；在爸妈在一张土豆饼上看到文明与落后，希望我忘掉穷人的滋味的时候；我哭泣、离家出走，都是这两个字背后蕴藏的力量，只是那时我还太小，还不清楚自己的举动是被何种东西驱动。

明白意义的含义，就是从把毛线帽重新戴到头上那一刻开始的。那一刻，我不光知道我在悼念，我还知道，对爸妈的举动做出任何表面的对抗，都是幼稚的，没有意义的，它极有可能把你推向堕落的深渊。我知道某些东西没有意义，其实正是知道了某些东西的意义。比如我不喜欢爸妈带我进入一个又一个饭局，但只要不拒绝，你就可以借机观察他们的嘴脸，从而在写作文的时候，拥有更多可描写的素材。记得初一那年语文考试，有这样一个作文题目，《你眼中的父亲》，我就把开发区那个办公室主任在爸爸面前点头哈腰时爸爸的得意写了进去；比如我回家了妈妈还没回家，厨房空空荡荡，但我只要不自己动手，忍受饥饿，就会让妈妈生出歉疚，有一次她进门看我安静地做作业，破天荒说了句"对不起儿子"；再比如无论怎样，我都忘不掉那穷人的滋味以及天天在制造穷人的滋味的朋友，无论怎么样都忘不掉月月那双罪恶而温暖的手从而想起梦梅的小手，但只要我不越雷池，魂牵梦萦的想念反而会使我坚定地拿起画笔，从而越来越清楚到底什么才是我的最爱——初一之后，我几乎每个周六，都用半天时间沉浸在想象的世界，在一张又一张图画纸上画出我追念的事物……

懂得意义和没意义，我在长大，因此我的生活直到初三上半年，一直都风平浪静。理性为我筑就了一个安静的港湾，虽然常有风暴起于内心，但它自起自落，从未把我带出未知海域。即使偶尔有自然风暴将海湾冲出巨浪，比如学校竞选升旗手，我不是学习最好的学生，又不是体育最好的学生，迫于爸妈权力的压力，学校愣是把机会给我，引起学生集体不满，我被孤立，吃不下饭睡不好觉，常常伤感哭泣，但都因不想惹怒爸妈，我自任心灵的小舢板左右摇荡；比如我情窦初开，动不动就在课堂上画想象中女人的裸体，不小心被同学发现传了出去，造成全班女生对我的反感，骂我流氓，我独自躲到角落吞咽苦果，从不申辩。

倒是有一次例外。初二假期，大姨去世，大姨得的是乳腺癌，活了三年最终还是走了。姥姥回到我们家，动辄流泪，我也跟姥姥一起流泪，妈妈无法忍受我的悲悲切切，把我揪到她的屋子，斗架公鸡似的瞪着我：你这个样子不利于成长你知不知道，你要成为一个快乐的孩子健康的孩子，你不能动不动就哭，一个爱哭的人不可能成功。被妈妈目光的坚硬和冷峻刺痛，我一激动冲妈妈大喊：妈妈我不要成功我要快乐我不快乐——不知是因为我叫了声妈妈——我很少叫她妈妈，还是我话语中的什么东西触动了她，她放下揪我的手，收回坚硬的目光，嘟囔了一句“身在福中不知福”就扬长而去了。我一直隐隐觉得，如果不是梦梅被政府的车撞死，如果不是撞死了还不让说，大姨不会生病更不会死。大姨的死让我心底的仇恨悄然复活，让我想起梦梅，我特别想用哭伺机和爸妈大战一场。可妈妈莫名其妙地没有应战，让我避开了一场暴风骤雨，但是从此，有一个声音一直叫响在我的耳畔：如果你对痛苦、苦难都感受不到，还叫什么健康?!

可以看出，我和爸妈和平相处，和他们给予我的生活和平相处，都因为我把他们看成病态的不健康的人，这对我的意义特别重大，当某一天我坚定地认为我的爱哭、我的易于感受痛苦和苦难是健康的表现，我的自信便像一个干涸的池塘迎来一场强降雨，我的身心迅速被浇灌得饱满充盈。

人们常说自信来自于鼓励，所谓好孩子是夸出来的，可也有另一种可能：长期生存在谬误当中，真理会向你招手，就像长期迷失在布满荆棘的密林当中，某一天会突然有一条路向你伸来。当然，这里有一个前提：你在寻找。

那时候，我还不确定我是否在寻找，但我确定坚决不想做爸爸妈妈那种冷冰冰没有情感的人，也坚决不想被他们操纵。我因此仍然痛苦着我的痛苦，一如既往地跟姥姥流泪。大姨去世后，姥姥完全变了一个人，她很少和家人说话，尤其不和爸妈说话，有时看我哭，把我揽进怀里，抚着我头发跟我说些什么，也绝不是妈妈那种希望我成功、希望我健康快乐的话。她常常是自言自语，说孩子姥姥太浑了，姥姥那几年怎么就没多关心关心你大姨，她孩子死了，她多痛啊！她孩子叫政府的车撞死，你爸妈不让吱声，姥姥也跟着不让吱声，你姥姥多混账多伤天害理呀！要不是你姥爷活着时老被杨天庆压着升不上去，姥姥也不会赌这口气，可人都没有了，赌这口气有什么用啊。当时，我虽然还不清楚为什么偏等大姨死了姥姥才痛，而梦梅死了姥姥没那么痛；虽然不知道杨天庆是谁，他压姥爷升不上去跟梦梅的死有什么关系，但姥姥因为痛而自责，而后悔什么事都随了当官的爸爸妈妈，我有一种找到知己、找到了同盟的快感。

事情的发生，就跟我和姥姥变成同盟有关。当大姨的死让姥姥深刻体会了丧子之痛，从而醒悟和爸妈为权力同流合污是如何伤天害理，姥姥再也不顺从爸妈的想法了，再也不像以前那样管我了。不但如此，有时候，还故意怂恿我去做爸妈不让我做的事儿，仿佛只有这样，才能医治她心底的伤痛。比如她知道爸妈不让画画，就在周六下午搬把椅子坐在南屋窗口，一看爸妈的车进来，立即跑过来敲门，张展张展，他们回来啦——那时姥姥改了口，不说你爸你妈，而把爸妈称为“他们”，那时他们周末总有应酬，而出去了，又说不定半下晌就回来了。初三下半年，一个秋雨阵阵的日子，姥姥掩护下的秘密时光终于大白天下。

那一天，我领回家来一个女孩，叫吕梁，是我的同学。自从月月那双罪恶的手唤醒我的懵懂，那种隐秘的对女人身体的渴望就潜入我的梦中。这是一个微妙的转换，早期渴望女孩怀抱，仅仅是渴望温暖，现在渴望女孩怀抱，是那种让人躁动不安羞于启齿的欲望，可这里边又有着无法切割的联系。吕梁吸引我，正是在我最孤立的时候，她向我伸出救援之手——我的生命中，总有女孩向我伸出救援之手。一天早上，我升完旗，往教室走的时候，对我火气最大的刘池城像以往一样在后边大喊“狗仗人势”，并阻止身后的同学跟我走。她突然冲到我身边，挽住我的胳膊，小声说我就看不惯暗中使坏，有本事你站出来呀。后来我因为画裸体画遭遇女生孤立，以为她从此会远离我，可她没有，依然在课间操之后紧跟在我身后。她的举动，不过是一种仗义，可这仗义是怎样激起我身体里的欲望只有天知道。

我的身体里萌动着欲望，吕梁并不清楚，她跟我回家，不过是仗义的延续，如同一辆加足马力的车无法突然刹车。她也可以急刹车，可也许是善良使然，她没有那么做。不但如此，她来我家，还将她的热情持续到姥姥身上，她大大方方和姥姥说话，说姥姥很像她的姥姥，只不过她的姥姥得了癌症，已经去世。于是姥姥一见到她，就喜欢上了她。我一直相信，姥姥愿意我领她回家，愿意让我们俩在一个房间里玩，一定是把吕梁当成梦梅。某种程度上，她填补了姥姥情感中正在生发的巨大黑洞，因为如果不是这样，姥姥不会心猿意马，不会人坐在窗口，却没发现妈妈的车，也没听见妈妈进家的脚步。

那是一个看上去没有任何风险的日子，在我把所有的绘画展示给吕梁看，并不厌其烦讲述每幅画背后的故事，从而打动她，使她愿意穿上一件我从旧物市场买来的旧袍子，愿意成为画中的流浪儿时，妈妈进到家里。她看到一双女孩的鞋，径直推开我的屋门。当时我正在一张画纸上给吕梁画像，她坐在我的床头。

妈妈洞察到我的脸红，眼睛里迅速蹿出疯狂的火花。她疯狂地夺走我手中的画笔，朝吕梁脸上扔去。她疯狂地揪住我的衣裳前后推搡，并大骂臭不要脸。当她的声音惊动姥姥，姥姥惊慌地从南屋过来，疯狂已经使妈妈差一点儿窒息——她根本想不到姥姥在家！她想不到姥姥在家，会允许我把女孩领回家中！

一场恶战波及了姥姥，它发生在吕梁被妈妈撵走之后。那之后她在我房间疯了一样搜索开来，书架下边，床头柜抽屉，衣柜里边，她找到了不是她买的各种书籍，《凡·高传》《徐悲鸿文集》《绘画与艺术》《米开朗琪罗传》，她将它们撕得粉碎；她把搜出来我画的所有的画儿扔到客厅地上，之后疯了似的打了好几个电话。先是给两个舅舅和舅妈，之后是爸爸。她在给舅舅舅妈的电话里极尽控诉之能事，控诉姥姥如何越老越糊涂，没有了他们小时候管他们的威风，居然允许外孙和一个女孩单独待在一个屋里。给爸爸的电话她没提姥姥，只说出了大事儿，张展把一个女孩领回家啦。但当爸爸那边问姥姥哪儿去了，妈妈突然哽住，眼圈发红。为了让姥姥充分认识到事情的严重性，打完电话，她先是问我这女孩是谁，是不是那个流浪儿，她穿得这么破，一定是流浪儿。能看出来，妈妈虽然语气坚定，但心底里还是希望我一口否定，因为她愤怒的眼神里麦芒一样摇曳着期待。我不说是，也不说不是，她在一个女孩面前骂我臭不要脸时，我就坚定了我的态度。

妈妈的期待落空，她顿时母老虎一样狰狞，她问我从什么时候开始画画，我是不是跟画上这个不三不四的流浪女有了不正当关系。这时，姥姥哭了，边哭边说：小放你能不能不瞎说，我在家，怎么能让他往家领不三不四的孩子！那孩子多懂事儿，她和张展在一块儿，也是个伴儿……妈妈再也压抑不住疯狂的怒火，顿时转向姥姥：妈，你怎么这么护犊子，你在早不这样啊，爸爸活着时你怎么教育我们的?！你为了让我们好好学习连和弟弟讲句话都不让，你还让他领个流浪女来家，还让他画画！这怎么能有出息呀！姥姥细声辩驳，说画画没什么不好，会画画咱就考画院，当院长，怎么就没有出息？咱H县不是有一个专画毛主席像的，人家后来不是在哪里当官，当了院长！妈妈看着姥姥，疯狂被痛苦淹没，痛苦拧断了她的眉：你太落伍了妈妈，你以为现在是在早，现在改革开放都快三十年了，不学知识怎么能行？这年头，只有学好数理化才能走遍全天下你知道不知道？那些画画的都是些什么人？都是些不三不四的人！在早画人是照着照片画，现在都把人关在屋里脱光了画你知道吗？你外孙要是干了画画这职业，就是臭流氓！就彻底废了！

虽然姥姥最终被妈妈说服，不再吱声，可我还是由衷感谢姥姥，因为如果不是她的辩解，妈妈说不出那些话，我也无法明辨一个事实：这世界上，确实有一种人，他们从来不知道艺术为何物，不知道在所谓的知识之外，还有更宽广的东西，它们和美有关，和内心有关。他们似乎只有升官升官，从没有内心。他们没日没夜穿梭在这个时代，就以为是时代的主人，就唯我独尊……看清这一点的意义在于，我开始同情妈妈爸爸，还有姥姥——虽然她为我辩解，但那也是以为画画能当官，并非认为那是一种职业，是一种艺术。

可我同情他们，他们毫无觉察，尤其爸爸。他得知我把一个多年前认识的流浪女领进家里，无比震惊，晚上七点就回来了。他很少那个时间回来。他没打也没骂，他的身份不允许他冲动，他的身份让他的思路更加广阔。他背着手，在屋子里来回走动，就像电影里那些面临一场严峻战事的将军那样。自当上副县长，他在家里常背着手走路。走到十几圈之后，他来到我面前，掀起我的下巴，就像两年前为一张土豆饼掀起我的下巴，但不同的是，两年前，他看到事情的严重性，还试图设法说服我，现在，他看到事情的严重性，不是说服，而是傲慢地命令：小子，你记住喽，我们家，绝不允许出现一个画画的小混混！你老子当到副县长了，你不能为你老子抹黑。咱H县教育落后，你老子有能力让你上外面念，但不管念什么，都不准你画画。我张兴昌绝不允许家里出现个画画的小混混。我张兴昌的儿子必须成功！

我同情地斜睨着爸爸，那一瞬，我觉得我不再是一个少年！因为我告诉自己，他们说的成功绝不是我的目标！

爸爸傲慢地逼视着我，那一瞬，我预感我在H县的生活即将宣告结束！因为妈妈向爸爸投去了一个怪异的眼神。

张展同情爸爸，我禁不住倒吸一口冷气。

在画画这个问题上，我也同情张展父母。我同情他们，不是可怜他们不懂艺术，而是另一种，是理解作为父母，在对孩子的希望里不可能没有功利。儿子小时候，对小提琴痴迷，也主动要求学习，可我们的反应非常冷淡，甚至冷言冷语打击。我们打击，也并非像张展父母那样不懂艺术，恰恰相反，我们太知道艺术需要天赋，儿子唱歌跑调，跳舞跟不上节拍，不但毫无天赋，都十岁了，那双手连鞋带都不会系，怎么可能对付小提琴这种高难的乐器？可儿子不听，坚决要学，结果，由于文化课学习太忙，他又太小，没有人强迫他，不到半年就自动放弃。长大后他常常说，没逼我学小提琴，是你们对我教育最大的失误，也是我二十年来唯一的遗憾。我不以为然，抢白道：你没有天赋，学了又有什么用？不能上舞台演出，不能为高考加分，更成不了什么家，不是净浪费时间?！可是后来，儿子经历了出国之后生活上的各种压力、不顺，感受了离家的孤独、初入科研的找不到方向，假期回国，一个偶然机会，他站在竖立着的小提琴旁，我问他，你现在还能拉一曲吗？他迟疑了一下，笨手笨脚拿起小提琴，调了弦，当他小心翼翼拿起弓，让十几年没碰的小提琴的弦和弓轻轻触碰，碰出一个柔和的平滑音，他的脸顿时涨红，两眼闪出电光石火。即使再麻木，我也能感到，某种神奇的力量正传导在他身体里。后来回美国，他带走了小提琴，他从学校音乐学院请来小提琴老师，每月花一百美元辅导两次。结果，他不但两个月之后，就能将练习曲拉得听起来舒服悦耳，他还告诉我，每天都拉一会儿琴，他的生活像洒了甘露，他的学习再也不那么枯燥艰涩。有一天，他还突然对我说，妈妈，拉琴后我终于明白，科研也是一门艺术！在我做这些公式的时候，我能发现这其中存在着的单纯的美、对称的美。

刚去美国时，儿子始终因为科研不能解决终极问题而怀疑自己做科研的意义。儿子所谓的终极问题，是他希望科研能够提高人类生活的幸福指数，从根本上改善人的生活。可在对科研有了一些了解之后，他发现不是这样，一个问题解决了还会衍生出更多问题。有了核武器的成功试验就有了战争的威胁，有了粮食果蔬的丰富丰足，就有了膨大剂、生长素以及转基因的食品安全危机，于是他说是否要为这样的事业奉献一生需要认真思考，如果想不明白，就坚决退学回国。我长时间的神经兮兮，也跟这句话有关……

当时，我倒并没去想什么是生物单纯的美、对称的美，也没去想为什么拉小提琴能让他明白这一切，可随着一块石头落了地，我似乎意识到，艺术，确实不可以功利地对待，每个人身体里，都潜藏着对艺术的需求，只不过有多和少的区别，有有天赋和没天赋的区别，有先天和后天的区别，但无论多和少，有天赋没有天赋，无论是被动加入还是主动寻找，它一旦注入一个人的生命，就会为生命打开一道天窗，拓开又一个维度，它使感觉世界变得绵软、体贴、富有温度……就像张展——他如此小的年纪，就能感受发生在姥姥情感中的黑洞，就能认识到，一个人，连痛苦和苦难都感受不到，还叫什么健康?!

我的转学

孙老师，为了给你写信，我已经三个夜晚没合眼了。白天的工作太忙，和学生在一起，和需要做的事情在一起，思想、情感不得有任何溜号。而一旦夜幕降临，华灯初上，记忆的洪涛便漫成海洋。我常常熬夜，常常在夜里画画，却从未一连三个夜晚独对孤灯和电脑。用文字将沸沸扬扬的记忆之水牵引到一条河道，我痛苦又幸福。痛苦在于，我把昔日情感深处的伤痛挖掘出来，就像挖开表面已经愈合的伤口，钻心的疼痛抽动了神经；幸福在于，诉说疼痛，你发现你不再是你自己，你是你自己的局外人，如同一个外科大夫面对患者，你会看到你的神经在抽动时，闪烁在肌理深处金色的光亮。

孙老师，我从未尝试过写作，从未尝试用写作的方式诉说，可是这几天，当我为了向你诉说不得不在电脑上书写，我发现了一个陌生的自己，一个善于归纳、概括、能从纷繁的思绪中抽象出某种思想的自己。这十分奇妙，仿佛我在我的身体里开掘出一座矿藏，每一锹挖下去，都能看到那闪烁着光亮的金色矿脉。书写是在发掘矿藏，书写能够发现金色的矿脉，这感觉实在妙不可言……

我的矿脉开到哪里了，对了，是说爸妈为了阻止我画画，让我转学大连。

要问我为什么会恋上一个大我八岁的女子，和我的转学有关。

转学大连，这是上帝在帮我。我说的上帝，不是那个基督上帝，小学四年级那年我在课堂上画画被老师发现，他批评我时大声叫嚣："你想成为凡·高吗，他是个疯子！"我那时根本不知道凡·高是谁，到处打听，直到有一天打听到书店，一本《凡·高传》就来到我的生活中。就是在那本书里，我知道有一个基督上帝，凡·高在写给弟弟的信里动辄就提到他，提到《圣经》，好像他是万能之神。为了了解他，我去书店买来一本插图本《圣经故事》，可刚读到"人类的第一次谋杀"一章，就把书摔进柜空儿。因为我发现，造成谋杀的罪魁祸首不是别人，正是上帝自己。亚当夏娃的大儿子该隐之所以杀掉弟弟亚伯，是他每年祭祀都要为上帝献礼，可上帝从来只喜欢弟弟送来的羊和脂油，而不喜欢他送来的粮食。该隐想不通自己辛辛苦苦种的粮食为什么从来不被赏识，又忍受不了祭祀时所受的屈辱，才动了杀念。我把书摔进柜空儿，连同上帝一起。然而有一天，当我知道我有可能被转学到大连，我不由得还是想到上帝。只不过我想的上帝，不是《圣经》里的基督上帝，是那个在我看来能够在冥冥之中左右着命运，能够为命运带来公平的神灵。

实际上，直到今天，我都不清楚爸妈到底通过什么方法把我的学籍转到大连。那件事发生之后，妈妈当上妇联主席，到北京学习了一个月。她从北京回来不久，大连这个城市就在我们家浮出水面。那是一次少有的家庭聚会，爸妈不断升官的这些年，聚会越来越少了——他们越来越忙；舅舅动不动就为孩子们转学和生意上的事来麻烦爸妈，他们越来越烦。这次聚会，是妈妈从北京回来，志得意满，需要在家人面前释放，也是他们对我有了新的安置，需要向他们通报，因为假如我不在H县读书，姥姥就不必再住我家，他们要安排姥姥的归宿。得知爸妈要为我转学，我欢欣备至，我早厌倦这个家了！我早就想拥有一块自己的空间了！这也是那个晚上我能冷静地面对爸爸傲慢目光的原因之一，可我从未想过那个接受我读书的地方会是大连，当大连两个字撞进耳膜，我差一点儿跳起来：那里有大海！

上帝的灵光在那一瞬显现，我差一点儿就给他老人家跪下。然而，任何好事的背面，都隐藏着坏事，就像一枚硬币的正面与反面。听说爸妈要把我送走，姥姥抱着我哭得一塌糊涂，与其说她不能接受这么小就把我送走这一事实，毋宁说她不能接受造成这一事实的人竟是她自己。因为她哭时一再重复说着一句话：我怎么就那么浑，怎么就让张展把流浪女领来家。听姥姥检讨自己，我的心都碎了，但某种说不清的召唤，使我既没向姥姥澄清那女孩不是流浪女，也没勇敢地站出来，像黑脸男孩曾经要求的那样，向父母承诺只要让我不走，我再也不会画画，更不会往家领女孩。

我的生活在继续失去，小区门口那家超市——在门口等爸爸司机接我时，我一支又一支偷买那里的彩色画笔，那是我让他们进的货，这种小超市一般不卖这种画笔；通往初中校园路上那个加油站——爸爸司机在那加油时，我钻出来跑到厕所，在墙上大胆涂鸦，梦梅、月月、黑脸男孩，还有吕梁，他们在那里永远望着我；学校一楼走廊那个拐角——同学孤立我，吕梁挽住我胳膊的暖意每每让我触景生情——我的妈妈把她撵出家门之后，她再也没有在拐角处冲出来挽住我，并在有一天趁我不在，把旧袍子偷偷塞进我的座位……然而跟另一种失去相比，这些实在不算什么，至少，它们没有进一步挖掘我心底的悲恸和忧伤。

另一种失去，跟黑脸男孩有关。上帝喜欢捉迷藏，他已经躲到云影里。

离开H县，我想和黑脸男孩有个告别。我虽然不是学业有成，也没成为律师，但我没成为小混混。都因为听了他的话，重返课堂，才没有成为小混混，才没有像月月那样被社会吞噬。这一点非常重要，因为如果不是这样，我不可能有机会去大连读书。但我知道还有比这更重要的，是他的出现，让我知道我和爸妈的区别。我不把土豆饼的滋味看成是穷人的滋味，我不把制作土豆饼看成某种落后，我清醒这世界上有一种东西，它一旦和情感发生共鸣，便是比任何东西都更高贵、更高尚的东西……

那是2006年暑假，忘了是放假的第二天还是第三天，我用手机给他打了电话。因为要去外地上学，妈妈允许我有手机，那是她和爸爸受贿的手机之一，更多的都给了舅舅舅妈们。给黑脸男孩打电话，是我有了一个独立行动的机会——那天爸爸司机把我送到学校去取学习成绩证明，说两小时后回来接我。离开隐形监护，我根本不管什么证明不证明，急慌慌就把电话打过去，铃声在耳边响起时，心都快跳到嗓子眼儿，眼前一片缭乱。我遵守约定不和黑脸男孩联系，从不知道那份情感贮藏地下时激活多少岩浆，不知道他曾经打开的那个世界拥有怎样的力量，岩浆被顷刻的欲望掀动，我顿时热泪盈眶。可是，电话那边却无人接听，拨一遍，又拨一遍，第三遍，我再也忍不住，冲出学校就堵了辆出租车，当我说出长江路黄河街剑桥英语对面拥政小吃部，我自己都愣住了：有些地方，从来不需要想起，永远都不会忘记！

也许，正因为你不会忘记，现实才要跟你开玩笑，就像上帝在跟我捉迷藏。

仅仅四年没见，这里已经面目全非，不但小吃部不在，剑桥英语也不在，原来狭窄的街道，变成开阔的大马路，马路两侧，耸立起两排相互呼应的黑色玻璃体大楼。后来在大连见到过好多那样的高楼，它现代、时尚，玻璃体材料的反光让人目眩。缩在巨大的玻璃体下边，我像一个迷失在荒野的小兽，任由眼泪被夏风吹拂。

我的生活一直在失去，梦梅、月月，可她们失去，你还可以追忆，那一天，当两幢大楼结结实实将曾经的现实覆盖，当你的追忆被墙壁阻隔，就像风吹落在岩石上，水渗到地底下，你会不由得怀疑它是否真的存在。问题是，那个小吃部，那个小吃部里的一切，曾是我多年来获取力量的源泉，它却像月月一样，被时代的魔掌毫不留情地吞噬，留下一片虚无……

转机发生在往回走的路上，那时我根本不想打车，被虚无感击中，我一路蹒蹒跚跚摇摇晃晃，在一个公交车站点上，我傻呆呆地看着那些上车下车的人们，而就在这时，我的电话响了，是黑脸男孩。一只迷茫的小兽怎么就打起了精神我无法知道，反正当他告诉我他在县城老市场门口等我，我像打了鸡血，两眼直冒金光。

几年不见，他个子长高了许多，脸虽然还是很黑，但不像原来泛着油腻，灰黑中沉淀着某种练达。他的大板牙还是很大，但他说话时，努力收着嘴唇，不像原来那么裸露，张合间有一种拘谨和刻意。尤其他的小眼睛，虽然依然眯成一条缝儿，但那里的眼仁十分活泛，它扫向我时，仿佛有一团火正从那里烧出来。因为时间、地点、情绪都不在原点上，告别和回忆便像一股淤泥堵在喉口。我说不出话，他的话却水流湍急，因为他告诉我他只有十分钟时间，马上要回身后的会场。他说他虽然给我留了电话，但没想到我真会找他。他说我要是不说我是拥政小吃部里那个小混混，他都把我忘了。他说他还想见我，是想告诉我，他早就不干土豆饼了，他现在在做大生意，马上就会发大财。他说他特别感谢政府拆迁，要不他还迈不出这一步，靠土豆饼，永远也发不了大财，永远当不上大老板。

我想，我当时一定瞪大了眼睛，他从我瞪大的眼睛里，看到的一定不是失望，而是好奇，是比好奇更深一层的羡慕什么的，因为他根本没有听我说话的意思，他着急忙慌地指着身后胡同里一个院子说，你知道吗，我现在可是开眼界了，越是赚大钱的，越不用出大力，越是出大力的，越赚不了大钱，我现在马上就要赚大钱啦，你等着瞧吧……

这就是我与黑脸男孩的告别，当他抹着额头的汗急慌慌朝身后走去，消失在栅栏后边日影恍惚的院子里，我觉得那栅栏是一只张着血盆大口的老虎……

一扇门在我眼前紧紧关闭，另一扇门在向我徐徐打开。那个开门的人，是2006年的刀郎，从老市场胡同往回走的路上，满大街都是他的歌声：

一眼望不到边，
风似刀割我的脸。
等不到西海天际蔚蓝，
无言着苍茫的高原。
还记得你答应过我，
不会让我把你找不见，
可你跟随那南归的候鸟飞得那么远。
爱像风筝断了线，
拉不住你许下的诺言……

曾经，小吃部里的候鸟用琴声启蒙了我对艺术的理解。现在，刀郎用他艺术的歌声抚慰着候鸟飞向远方带来的悲怆……

黑脸男孩不是候鸟，是扑火的飞蛾，几年之后，电视新闻报道，有数以万计做着发财梦的人聚集在一起，通过传销方式将自己的人生焚烧在纷飞的火光中。一位叫慕容雪村的作家为此写了一本书，叫《中国，少了一味药》，在那本书里，他强调常识，他说国人在脱贫致富的路上，常常忘掉了常识。

2006年夏天，在县城老市场后边的那条街上，我的眼泪就像断了线的风筝……

一团气回旋在胸口，我感到的不是飘浮，而是下沉，是窒息，我不得不站起来，将脖子用力往后扬，将两肩用力往外扩，当回旋在胸口的气因为身体的伸展冲出喉口，我似乎看到飘浮在半空的风筝……

那是我人生中最最重要的一次失去，虽然有刀郎的歌声昼夜相伴，可就因为它，把悲恸和忧伤从心底进一步发掘出来，使我在一份新的得到面前，完全丧失了辨别力，从而经历三年可怕的高中时光。

上帝是个骗子，他在我面前只闪那么一眼，就再也没有出现。

那份新的得到，就是大连的交换妈妈。因为我沉浸在一种深远的失落里不能自拔，爸妈把他们的安排告诉我，我根本不知道这是一桩蓄谋已久的阴谋。

其实他们根本没有正式告诉我，那只是一次随意流露。确定要把我送走，爸妈设计了一次我与乡下爷爷奶奶的告别。说来奇怪，送我到外边上学，爸妈没为我安排一顿送别饭局，有一回家里来了个领导，一进门看见我，问我在哪念书，爸爸随便说了句什么把话题引走，妈妈赶紧把我推进里屋，偷偷摸摸的样子好像送外面上学多么不光彩。就连舅舅舅妈他们也没召集，大舅一天晚上来帮妈妈消化受贿的礼品，在门口问，不送送张展吗？妈妈的回答干脆果断，不送！等将来考上大学再送！在城里不能大张旗鼓，却要到乡下去耀武扬威，我不明白这葫芦里到底装的什么药。

那天我从健身房刚刚出来，妈妈就把电话打过来，要我在那等她——为了不让我在假期的空白里无所事事，他们把我送到广发银行实习，那里一个叫秦豫的小伙专门负责领我健身，说未来的白领，必须有个健身的好习惯。我不喜欢当什么白领，更不喜欢机械而神经质地强迫锻炼，可机械地重复一种动作也有一个好处，它会让你的大脑信马由缰想入非非。比如我想象有一天，我突然在电视上看到黑脸男孩，他上了《星光大道》，他在用二胡拉了一曲《二泉映月》之后，告诉观众，就是用这支乐曲，他享受了美好的穷人的滋味——我是上初中时才知道，第一次在小吃部里听他拉的乐曲，是阿炳的《二泉映月》，他甚至还带去了自制的土豆饼，让现场观众一边品尝，一边听他讲述这滋味背后的人生故事。那故事里，一定有一段随南归的候鸟迷失在远方的经历，但在风雨中折断翅膀，他又浪子回头，回到他的土豆饼上……

那个黄昏，装了满脑子穷人的滋味，妈妈来电话说要领我回奶奶家，我都傻了，以为我在做梦，以为我听错了，因为在我的感受里，奶奶家的土豆饼和黑脸男孩的土豆饼如出一辙。

上车才知道，这不是梦，我也没有听错。为了让我清楚此行的目的，妈妈握住方向盘的手翘了翘说，你爸没时间，只有我送你，上外面念书，总得回大槐树告诉一声，怎么说你也是那里的苗。就像在我眼里爸妈的统称是“他们”，在妈妈眼里，爷爷奶奶的统称是“大槐树”。妈妈的话透着无奈，也透着一种理性，就像曾经在和爸爸争吵时以为她会哭，她却笑了一样，她身上总是有一种可怕的理性。理性使她每年春节正月初一都跟爸爸回乡村拜年，但绝不会留在乡村吃饭；同样，理性让她把车开出城郊又返了回来，在一家左岸西餐厅为我要了汉堡。

车在天黑之后开进村庄。这个爸爸背后的家族，飘落在一丛大槐树的树荫里，是一个梦一样恍惚的存在——爷爷奶奶、三个姑姑姑夫，还有左邻右舍一起聚集在黑暗的大槐树下，你觉得世界一片恍惚。显然妈妈是提前打了电话，妈妈不喜欢大槐树，但她喜欢被大槐树的亲人们前呼后拥。姑姑们簇拥的是妈妈，爷爷奶奶簇拥的却是我。他们看见我，上前就拉住我的手，忙不迭地叫着孙子，一边叫一边说，快上桌吃饭饭都凉了。自从小时住奶奶家呛了水，我们从不留在奶奶家吃饭，我不确定奶奶会不会准备饭，但某种微妙的直觉，我没吃汉堡，我留着饿，可在灯光下往饭桌上凑，妈妈拽住我，妈妈说他吃了，吃汉堡了。爷爷奶奶相互看了眼，似乎知道这是意料之中的，但某种倔强和执着，使奶奶又跟了句：“你看，为了你，你姑姑现去集上买了牛肉，奶奶给你烙了牛肉土豆饼。”

妈妈扑哧笑了一下，异常坚定地说：“不用，那汉堡里就夹的牛肉，人家的牛肉做得既干净又好吃。”这就是妈妈，她不让你吃乡下的饭，也一定要让你知道为什么不让吃。爷爷奶奶顿时支吾，没了话。好久以后，大姑在一边说：“对呀对呀，城市的东西多干净，不过咱展展去大连，吃饭可是个事儿，还能老买着吃?”

大姑这么说，只不过为了掩饰尴尬，可这时，妈妈认真了，收回笑，不无傲慢地说：“我在大连给他找了个交换妈妈，她会帮我照顾，就放心吧。”

交换妈妈，这个词把所有人都镇住了。爷爷奶奶被镇住，眼里流露出不明真相的距离和隔膜——那是我从小到大每次回乡都能看到的距离和隔膜，他们缩在炕沿一角，再也没说话；姑姑姑夫们被镇住，眼神里流露出因佩服而生成的灼热——那是我从小到大每次回乡都能亲临其境的灼热。小姑一再重复说俺嫂子真有本事，还能在大连找到妈妈。我被镇住，眼里流露出的是失望——那是我从小到大每一次回乡都有的失望，因为他们这么愣着，没人逼我上桌吃饭，我饿，我想吃牛肉土豆饼。

那个夏天的夜晚，当饥肠辘辘的我被妈妈拽着上了车，刀郎那悲怆的旋律再次响起在耳畔，只不过那只南归的候鸟不是黑脸男孩，而是一盘热腾腾的牛肉土豆饼。

2006年暑假的最后几天，我泪流满面，我沉浸在一种旋律里不能自拔，我因此变成一只彻头彻尾的糊涂虫。或许您也有过同样经历，因为某种原因爱上一个旋律，你会上瘾，你会掉进一种惯性，你看上去感情充沛，常常泪流满面，可你无异于行尸走肉，因为你根本不知道什么才是重要事物。有一天，当我跟妈妈坐飞机来到大连，一个女人来到我的眼前，以妈妈的口气跟我说话，我恨不能揪住自己头发撞墙。

事实上，即使我清醒、敏感，知道什么才是重要的，去追根问底，也毫无意义。其一，那是爸妈的阴谋，他们不会告诉我；其二，交换妈妈在我眼里的问题恰恰是爸妈的需要，这是生成阴谋的种子。但假如我曾经抗拒过，坚持自己生活无须照顾，哪怕向他们承诺些什么，会不会有所改变呢？

答案是否定的。爸妈之所以同意我转学，就因为遇到这个女人，她是前提。

与交换妈妈见面在大连富丽华酒店的房间里，她领来了她的儿子。这是一笔交易，也是所谓“交换”的内在含义，她的儿子比我大三岁，马上就要上太原理工学院读大学。我的妈妈在太原照顾他，他的妈妈在大连照顾我。我的妈妈住在H县城，离太原两百多公里，不能常去，他的妈妈就在大连，和我一个城市，想见面天天都能见面，加上她儿子大我三岁，不会像我那样需要照顾，这里边还是存在着不公平。可既然是交易，就一定会有什么东西在中间平衡。第一次见面，妈妈就给她带了和田玉手镯。她姓耿，妈妈让我叫她耿妈妈。她不愧为国际化开放城市里的人，喜欢洋礼节，一看见我就和我拥抱。从小到大，我最缺的就是拥抱，所以一开始，我并不反感她，可她拥抱完了，让我坐下来，她说了一句话：“儿子，听你妈妈说你爱画画，咱可丑话说前头了，到大连来，咱不能再画了，第W高中可是大连重点高中，不是谁都能进的。你一个外地孩子，进到第W高中，不好好学习还要画画，那是浪费资源。耿妈妈厉害着呢，耿妈妈绝不会允许你浪费资源！”

从带有香水味的怀抱里往外挣扎，像从带刺的花丛中往外挣扎，疼痛深入了每一个毛孔。要知道，在妈妈唯一没有检查的双肩包里，我背了五十多支素描铅笔。问题是，如果说对转学大连有盼望，那么最盼望的就是可以背离父母，干自己最想干的……

我是多么幼稚呀！

满怀绝望从耿妈妈怀抱挣扎出来，我没再看她一眼，我像一只遭遇陷害的马驹，怨恨充斥了我的整个神经。

耿丽华浮出水面，我仿佛与一个隔膜已久的故人再次相遇，不由得就想起我们曾经的交谈，想起她骂张展和斯琴狗男女，骂他们杂碎、畜生时我的愤怒。——她和张展妈妈差不多属于一类人，这也许真是上帝的不公，让张展刚刚逃出虎口，又进狼窝。我当时毅然离开耿丽华，是觉得我不会骂出那样的话，觉得在对待人性和情感的事情上，我不会像她那样武断、生硬、俗不可耐，这区别也许就像前边说的，缘于生命体里艺术素养的多和少。可是我想，如果当年我不是被迫回到文学中来，成了远离权力的边缘人，我那一点点多于她的先天的素养会不会被消耗被腐蚀，就像海浪对礁石的消耗，就像硫酸对铁的腐蚀？

记得刚刚辞掉副局长的日子里，我几乎抑郁，不愿见人，不愿看电视，不能在电视中看到那种开会的场面，被海浪拍到沙滩的感觉那么强烈。为了搭救自己，我吃不到葡萄说葡萄酸，我开始用批判的眼光看待社会，我告诉自己我是作家，必须与主流保持距离。久而久之，我确实有了一个作家的清醒和自觉，对耿丽华之流的世俗、功利有着强烈的敏感和排斥，可是如果说我没有成为耿丽华是上苍的眷顾，那么，是不是我们每一个人，都只能依赖上苍？

我的高中

孙老师，就这么简单，我得到了新的妈妈。这在别人看来比登天还难的事情，对我来说易如反掌。那天在开发区你提到“交换妈妈”四个字，我浑身毛孔都透进了寒气。她就坐在我的对面，她看上去热情洋溢，单薄的嘴唇不断地无话找话，尖细的下巴在我和妈妈之间灵活地转动，纤细的手指不时地为我和妈妈递来各种水果，可只要一凝神，就不难发现她并不喜欢我。她的表情犹如一块压缩饼干，古板、缜密、暗淡，那里挤压着再灵活的肢体动作都无法掩饰的凝重。她不喜欢我，这是我对她无法磨灭的第一印象，我甚至能从她的眼神中看到她对我的挑剔、怀疑、不信任，或许我对她的拒绝赤裸裸地写在脸上，她没法不挑剔和怀疑，但她不一样，她是做了母亲的人，她不该一上来就和我作对。

后来才知道，在我还没到大连之前，她就抱定了这样的态度，当妈妈告诉她儿子恋上了流浪儿，恋上了画画，她向妈妈做了大胆承诺：把他交给我吧，我这人还没有管不了的人。三天之后，在我俩第一次碰撞时她把这话说出来，我哑口无言，这世界竟然有如此愚蠢的人，敢于承诺她会改变一个人的灵魂。

承诺改变我，妈妈便授予她至高无上的权力。她帮我租的房子，帮我雇的保姆，她给保姆一把我房间钥匙，自己还留一把。我们的碰撞，就因为她有钥匙，可以在晚上九点打开我的屋门。她打开屋门，是从乡下拉来一些苹果，让司机搬进屋子。大连这地方一到秋天家家户户都屯苹果。可她进屋，一只猫似的警觉地嗅着鼻子，当她发现我卧室写字台旁边一沓白纸，“压缩饼干”立即变紫，眼睛闪出凌厉的光。她站住不动了，问我这是什么。我不吱声，她说你把它打开，我无动于衷。那是一捆我刚刚买来的画纸，但我不想告诉她，这是我自己的事，和她无关。妈妈最大的失误在于她不清楚，一个不是妈妈的妈妈天然就失去了约束力，因为她不能骂我，又不能打我，她只有让司机把纸卷抱走，只有在离家的时候，跟我说出那番大而无当的话。但这于事无补——也许从那一刻开始，她就后悔了。

其实妈妈真正的失误不在这里，她不清楚，一个孩子，一旦让他脱离父母的监管，就是一匹放出去的野马，自由的禀性会像冲出裂隙的山泉，汩汩喷涌。我的裂隙是一间可以独处的屋子，它装修简朴，家具陈旧，只有四十平方米。一开始，我并不知道这对我意味着什么，因为那时有妈妈跟进，有保姆跟进，可当第二天妈妈离开，保姆又在晚上回到自己家，我可以独自在房间里冥想，我的感觉完全不同，我觉得我的自我在一点点显影，就像照片底版在暗室的显影剂下渐渐显影。也就是说，在那没有家人的空间里，我发现了自我，它在一张单人床上，在小客厅的沙发上，在小厨房的理石台面上，在窗外穿梭轰鸣的汽笛声中。它一开始只是一缕可以自由冥想的思绪，它空气一样到处游荡，可一点点的，它不动了，凝固下来，当它把床、沙发、理石台面凝固成我的私有，一种神圣不可侵犯的力量便充斥全身，坚决不把纸卷打开，正来自于这种力量。

拥有独立的空间，这是愚蠢的父母送给我最大的礼物，这如同给了我离家出走的权利。他们偷鸡不成，反蚀一把米，他们精心制造的阴谋反而为我制造阴谋提供了土壤。

上帝改悔了吗，他因为可怜我而悔过自新了吗？

在这里，我的自我在一日日膨胀，我为我的私有一日日增添着更多的私有。1. 和烙土豆饼有关的工具和材料，平底锅、礤床儿、土豆、葱、韭菜和辣酱；2. 和绘画有关的画板、画纸、素描铅笔；3. 动手打造出两个区域，装书的书架，放音响的台面，我用他们给我的钱和姥姥偷偷给我的钱到书店买了十几本想读的书，二十几张喜欢的音乐碟片；4. 从背包夹缝里拿出毛线帽——自从把吕梁带回家被妈妈发现，她就再也不让我戴它，我把它拿出来，用热水杯把褶皱烫平，戴在头上的一瞬，我不禁肃然起敬，我似乎知道生命中哪些东西是独属于我的！它们消失了，却永远存在，它们神圣不可侵犯……只不过，知道“压缩饼干”会随时入侵，我用语言贿赂了保姆——我从来没遇到过那样的女人，她水一样柔情，你在她前边掘道口子，她就会朝那口子流去。让她帮我把添置的东西藏到屋子不易察觉的地方，她会做得万无一失。而那时候，“压缩饼干”开家长会时发现我的帽子，怪怪地看我一眼，并不知道我怪在哪里。

孙老师，说到毛线帽，我不得不提到您的儿子。我们最初的相识，就因为那顶帽子。

有一天，我站在操场看他打球——申一申打篮球的动作非常好看，他胳膊长腿长，每一次弹跳都如同表演，我虽然被银行的人带去健身一个夏天也没热爱上体育运动，但我喜欢健美的动作，它能为我的画笔带来生动的造型。那天，申一申打球打得好好的，可一扫之间发现我，突然就从场上跑下来。他跑下来，来到我面前，上手就揪下我的毛线帽。他说张展，你这打扮太矛盾了，穿正宗哥伦比亚大品牌鞋，脑袋上却顶个乌啦巴涂的旧帽子，这也太不搭了！你是不是爸妈有钱，怕戴好帽子露富，要那样咱还不如把鞋换了，你知道你这双鞋多少钱？两千多！

那时候班里的人并不知道我的爸妈是干什么的，也不知道我从太原来，但申一申一眼就看出了我是富二代。我其实从不讲究穿戴，我穿的衣裳鞋子是什么品牌我从不知道——这就是这世界的机器出了故障的有力佐证：我不需要的，轻而易举就来了，我需要的，来了也要失去。

我没跟申一申说什么，只是不好意思地笑了笑，因为如果告诉他这品牌不是我想要的，他会认为我虚伪、作秀。

实际上，我确实是虚伪的，就像申一申说的，我是一个矛盾体。我的叛逆漏洞百出不堪一击，我一心不做爸妈那样冷漠的人，我对他们又分外冷漠，从没去想他们为什么会是那个样子；我极力摆脱爸妈权力的操纵，却又心安理得享受他们权力授予的一切，比如转学，穿好衣服、好鞋，用好的手机和眼镜……虽然这一切都不是我主动伸手要的，可我为私有空间添置东西的时候，我为了快一些到家从不吃坐公交之苦，一出门就打出租车的时候，为了帽子和鞋的和谐统一，为了不会有人把我当成富二代，我去商店买了二百块钱的运动鞋，把大牌鞋一甩就甩到墙角的时候，我从未思考过这钱是哪来的，这是不是在浪费，是不是所有学生都能有如此条件。

在我刚刚转学大连的日子里，我认识不到我行为背后的深层问题，我只想去做一个我想要的自己。那个自己，除了添置东西，戴毛线帽，还包含这样一些内容：我可以认真听课，也从不捣乱，但我绝不放弃在那些重复的课堂上想入非非；我认真上晚自习，从不跟同学交头接耳，但我绝不做那些无聊的作业，我读我新买来的各种名人传记，《凡·高传》《米开朗琪罗传》《黑泽明传》。《凡·高传》被妈妈撕掉后，我又买过一本，但我的箱子被妈妈检查，没有带来。虽然我因此第一年考试总是倒数十几名，但对于一个认真学习还学不好的孩子，任谁都没有办法。当然，我那个自己的最重要内容还不是这些，我坚决不跟“压缩饼干”去饭店吃饭，坚决不打开她从饭店打包送来的饭。跟申一申熟悉的那个周末，我开始动手做土豆饼往家请客。请申一申的初衷，也许仅仅是想告诉他，我不是富二代，我是和他一样的人，我喜欢穷人的滋味，可一旦把他请进家门，可就完全不一样了。

那是学校通知因东北路夜间修路，取消了晚自习的周五下午六点。一放学我就拽住他说，走，跟我走，我请你吃饭。申一申问都没问，就跟我上了出租车。这是我们这一代学生的软肋，长期被囚禁在课本和课堂，只要有人挑头，没有人不想尝试一次越狱。申一申痛快地跟我走，以为我这富二代要请他下馆子。出租车开进石葵路南山小区院内停下，他愣住了，说你上家里请客我不去！我说我爸妈不在家。他说那也不行，在家里不可能放松。直到我说这是我妈给我租的房子，他才迟疑着下了车。上楼、开门、放下书包，他一直都没吱声。即使我打开音响，播放阿炳的《二泉映月》，又去厨房忙活我的土豆饼，他也没想跟我说什么，他瞪大眼睛猫一样嗅着鼻子的样子很像"压缩饼干"。不同在于，他惊嘘嘘的目光没因新的发现越来越凝重，而是一程程亮起来，就像《肖申克的救赎》中被判了无期的安迪，在囚禁十五年后遇到制造冤案的汤米，一夜之间发现某种平反昭雪的希望。我这仅仅是个比喻，我仅仅是想说，当我一边做着我的活路，一边关照申一申让他不要着急，我看到了另一个申一申。他呼呼地大喘着气，他似乎在平复着某种激动，他的眼睛里射出一种即使在打球时也很难见到的光。那光我熟悉，因为它镜子一样照见了多年以前的拥政小吃部，只不过我变成了那个黑脸男孩，他变成了当时的我。我当年的目光一定就像他一样，炽热、痴迷、遥远，泪光莹莹。他说："张展，太他妈的好啦！这种艺术氛围太他妈的好啦！我们这些学习虫，一天天闷在书本里，太他妈可怜啦！我也喜欢音乐，喜欢柴可夫斯基和贝多芬，可我没有自己的空间，都是戴耳机听，都是一边做作业一边听，你居然有自己的空间！"

儿子确实一直戴耳机听音乐，可我们不知道他是为了不影响我们，更不知道他还需要空间。

申一申一上来就能把我营造的氛围定位为艺术氛围，他还一语道破我们这一代人的可怜……我有些激动，为他的话激动，把土豆饼端到桌子上，打开两瓶啤酒，我举杯的手都有些发颤。谁知他没有举杯，他咬了一口土豆饼嚼了两下，痴痴地看着我，之后感慨道："很像煎饼果子味道，但比煎饼果子好吃。张展，你太神奇了，你会做这么复杂的东西！你知道吗，我上小学时就喜欢吃煎饼果子，不光喜欢吃，还喜欢看叔叔阿姨在炉子上怎么摊，太享受啦。"我说你知道我妈妈怎么说吗，她说这是迷恋穷人的穷滋味。他眯缝着眼睛寻思一会儿，之后使劲摇头，边摇边说："我不这么看，从小到大，我所有的记忆都跟校外那些地摊上的小吃有关，那是一次次思想的出轨、流浪，要是没有那些，只剩下一张张考试卷，我们才是地地道道的穷人。"

把观看地摊小吃定位为思想的出轨、流浪，这和我说的向艺术敞开异曲同工，没有思想的出轨、流浪，就没有向艺术敞开的享受，就是地地道道的穷人，这说法简直太好了！对我来说，最好的地方在于，他当着我的面否定了我的妈妈。否定妈妈，我像一个长期受压的孩子突然遇到为我挺身而出的复仇者，止不住就泪流满面。我于是喋喋不休讲我的过去。讲拥政小吃部对我人生的启蒙，讲我为什么会拿起画笔，讲毛线帽悼念的是一个什么样的过去。在这过去里，我唯独没讲梦梅，是她的失去，让我对爸妈的信任遭遇最初的破产，让我很小就离家出走，可为了既让复仇者愿意为我复仇，又不暴露我父母身份，我只把最初的离家出走说成厌学。申一申是个敏感而有理性的人，知道有些东西我不想说，他决不再问。但听完我的故事，他说了一句让我意外的话：张展，你让我想起凡·高，想起他在写给弟弟信中提到的龚古尔兄弟和屠格涅夫，你的命真好，居然拥有这么精彩的过去。你知道吗，在我眼里，你过的是一手生活，你就是凡·高，你经历了那些故事，都是为了成就你！都是为了通过自己的命运认识命运。

我想，我的眼睛里迸出了火花，因为这件事我是知道的，只是不知道他和谁在一起。那天他很晚回来，满身酒气，一再重复说太他妈好了，凡·高遇到了高更啦！我们把注意力用在他一个学生还出去喝酒上，怒目而视时，根本没在意他胡说八道了些什么……

命好，拥有，这是我长这么大最讨厌的两个词，它们像铺展在陷阱上边的草盾，它们让我一直深陷荒谬，可那天，当这两个词掷地有声地和凡·高联系起来，仿佛身体里早已死亡的某种细胞被突然激活，我一阵战栗之后，一种确凿的幸福感涌遍全身。

孙老师，说来您不会相信，那个晚上，在石葵路我的家里遇到您的儿子，就像凡·高遇到高更——我俩都有这种感觉，我俩都深爱这部书，我在小学五年级读到《凡·高传》之后，常常觉得我就是孤独的凡·高，我并不是想成为伟大的艺术家，而是我和艺术家拥有同样的孤独。可在此之前，从没有人这么赏识我！从没有人当面告诉我失去也是一种拥有，它是一个艺术生命须臾不可离开的一手生活！虽然之后和申一申在是否追求成功的问题上有分歧，但当我确凿地知道我的命好，我在拥有，我在生活，我的自信是多么不可遏制呀！

事实上，不管我多么明白我和儿子的心一旦空间开阔，便相去甚远，我都不能想到，朝夕相处在一起的母子，竟然会有如此隔膜。从小到大，我除了约束他花钱，不买高级玩具、品牌服装和鞋，不常带他游玩，其他方面，很少控制他，可他居然和张展一样，无时无刻不在制造精神的越狱。或许，控制了物质，也就控制了精神，或许，那种每天都被考试压着的学习，不管你家长控不控制，控制都坚不可摧地在那儿，以至在学校外边吃上一顿小小的煎饼果子，也会被看成是思想的出轨和流浪……

当看到两个孤独的灵魂在张展家一拍即合，我眼中的火花早就变成泪花，恍惚中夺眶而出了。

他是一个自由散漫的孩子我是知道的，小学一年级上课时学生都要先站起来说老师好，他说了几次再就坚决不说了。问他为什么不说，他说老师不好，老师用粉笔头打学生。他喜欢篮球又抢不上球，上学非自己带一个球，动不动那球就掉到座位外面，造成课堂上学生哄抢，老师阻止他带，说都不带球你为什么要特殊？他说你一堂课一连三次叫同一个学生发言，他特殊我为什么不可以特殊？！鉴于我们主动和老师搞关系，老师没有处罚他，但我知道，重要的原因在他自己，当我们恐吓他，说如果不说老师好，就不让读书，如果还要带球，就要被驱逐出学校，他还是做了妥协。说到底他是一个胆小的、循规蹈矩的孩子，他后来接触凡·高，读《诺贝尔传》《贝多芬传》，疯狂追逐科比，都因为他看到他性格中的弱点，没有他们身上的霸气、杀气，挣脱枷锁的勇气，倒是疾病改变了他的想法，但那是后来。在他的高中时期，他并不是这样。他那时羡慕张展，羡慕他拥有的一手生活，其实正是遗憾自己制造不了一手生活。

这个晚上，当我通过张展的信了解到，儿子曾经因为自己不是张展而深感遗憾，我猛地打了个激灵——

证实了“父亲画展”的作者是张展的那个晚上，他曾说这些年来，张展让他看到了他身体的另一面——对某种自由自我既恐惧害怕又被强烈吸引的一面，张展虽然不像科比，没有毒蛇一样的杀气、霸气，可他有儿子不具备的对自我的坚持，冲破心灵樊篱的勇气……我是想，儿子让我寻找张展，是不是就为了让我寻找他的另一面，那个真正有可能走向成功的一面？是不是他想告诉我，虽然经历一场疾病，他懂得平常、平庸生活的重要，可到头来，他发现他还是原来那个他，那个希望像科比那样为成功拼力厮杀的他？

我不知道……

或许从小到大，自信之于我太少了，我因此像一个瘾君子，不放过任何一个周末往家请客。申一申之外，还请了蒋子蔓、刘朗、汪全，他们不一定像申一申那样懂我，但他们羡慕我有独立空间，喜欢我营造的氛围，崇拜我的手艺。为了显摆自己，我后来还发明了海蛎子土豆泥、鲅梢丝炝土豆丝、土豆夹心肉。那个土豆夹心肉受欢迎的程度不亚于土豆饼，早上走时把土豆烀个半熟放在锅里，晚上回家扒掉皮，从中间旋个洞，再把炒好的五花肉块放进去用蒸锅慢火蒸，咬开土豆，肉香流进牙缝儿，我赢来了蒋子蔓的大声喝彩。她是学校学生会干部，她把土豆夹心肉拿在手里，大声叫喊她不崇拜申一申只崇拜张展——

然而快乐总是短暂的，可疑的，没有多久，到大连两个月不到，这一切就被“压缩饼干”发现。实际上两个月时间已经够长了，这期间她可能太忙了，只来过我家一次，来时又正赶上我洗澡。她来，主要是监督我是否画画，依她对我的了解，还不足以让她想到更多。而为了防她，我只要不画画，画板就藏在床底下了。这一次，大概在外面就听到声音，就意识到事情的严重，开门进来，“压缩饼干”早已是一块厚重的铁板了，她以不动声色的威严凝固了我们房间刚才还呜呜嗷嗷的声色。蒋子蔓咬住舌头，脸噌一下就紫了。当时，我正在为举着啤酒的蒋子蔓画像，几笔下来，身边的同学就呜嗷乱叫。他们叫，是蒋子蔓不光毫不掩饰对我的崇拜，还向我送飞吻，而她，那会儿正在和申一申恋爱。他们希望通过起哄来为我们之间的感情添油加醋，从而使我这个独自的房间里洋溢出只有青春才有的迷乱和颓废。青春总是离不开迷乱和颓废，然而对我，这里边还有更加让人着迷的东西，那就是此起彼伏的起哄，因为没有人能将起哄和喝彩断然分开。

嗅到某种气息，“压缩饼干”冷冰冰地站在那儿，挨个打量我们，目光也是铁板一块的，什么都没有，似乎厌恶、蔑视、鄙薄这种东西会弄脏她。她扫完最后一个人，猛一转身，朝门口走去，可就在这时，她发现了一样东西，生日蛋糕。那天是我的生日，她让司机提前送来蛋糕，而我，从我们俩第一次见面，就发誓坚决和她划清界限。发现她送的蛋糕连打开都没打开，她怔住，之后伸出手来，慢慢把盒上的带子解开，慢慢把盒盖拿下，当她端起来往我们身边走时，我都生出愧疚，觉得她这么有修养，不但不发火，还要送到桌上，可几乎是一转念的工夫，一盒蛋糕就天女散花似的扬到我们脸上，我们所有人脸上，之后一摔门扬长而去。

那个晚上，如果她就这样走了，她把电话打给妈妈，换来妈妈一顿臭骂，我的心情还不会那么糟。我的同学走后，“压缩饼干”一直没走，她坐在车里，监督同学是不是马上离开，发现他们离开，她又开门上来了。门锁响起那一刻，我头皮战栗，我不知道她到底想干什么。她动作优雅地进来了，走到客厅沙发上坐下，她朝我挥挥手，让我也坐下。刚才铁板一块的脸上有了一些起伏不平的包块，因为她在咬牙，她在努力吞咽着什么。她吞了几口唾沫之后，字正腔圆地说：张展，你的问题很严重，需要全面整顿了。你没有一个正确的荣辱观，不知道爱自己，也不知道爱别人！如果不是看你爸妈面子，你以为我会给你送生日蛋糕？你也太没教养啦！你天生品质低下，喜欢聚一帮人在家鬼混我没有办法，算我投标投错了，可你不能不尊重我，我当了二十多年领导，就没遇到一个像你这么不尊重我的人！你刷新了我的经验！既然你不懂得尊重，那么今天我就不客气啦。现在，我以你交换妈妈的名义向你宣布：没收你屋子里所有不该有的东西。

声音刚刚落地，就有三个男人从门外进来，他们在她的指挥下，把我新添置的私有物件统统拉走。

“压缩饼干”的逻辑再清晰不过，我聚集一帮在她认为乱七八糟的人，只证明我品质低下，和她无关，而我不吃她送的东西，就不那么简单了，这涉及对她人格的尊重。你不尊重她，她就要清理和整顿。

那个十月末的晚上，当我的私有物件被统统拿走，屋子一瞬间空下来，生活向我揭开了孤独的面纱——就知道上帝是个骗子，可不知道他会如此居心叵测。孤独，其实它从来就没有远离我，我召集同学聚会，我把屋子弄得喧嚣热闹，我渴望喝彩，都是它在暗中作祟，只是我不知道而已。突然的空荡把它彰显出来，我惊慌至极，因为那一刻我发现我的自我像一具干尸，委顿在白炽灯照耀着的白花花的光影里，如果胆敢俯首打量，上衣和裤子上的奶油落痕像一只只嘴巴，向我发出讥讽和嘲笑，我不得不打开所有窗户，让外面凉飕飕的空气流进来，让对面楼里猩红的灯光照进来。当看见两幢楼的缝隙间现出远处灯火明亮的马路，我最想做的，就是走出家门，去和明亮融为一体。

儿子曾说如果不是交换妈妈，张展和斯琴走不到一起，是不是就指这个晚上？是不是就在这个晚上，他和斯琴相遇？

事实上，“压缩饼干”把我的私有物件清理一空，并没善罢甘休，她接着又做了两件事：她到底把电话打给了妈妈。第二天早上六点，妈妈电话打过来，说话的是姥姥。妈妈的心机毫不输给“压缩饼干”，她知道这世界上，没有什么比姥姥的哭更能打动我。姥姥一张嘴就哭了，姥姥边哭边说：“小兔崽子你为什么不听话呀，你知不知道你越不听话姥姥越难过呀，要不是姥姥，你何苦走那么远……”听了姥姥的话，我泪如雨下——我的心头，从头天夜里就阴云密布了……

“压缩饼干”做的第二件事，是撤了小夏阿姨的职。小夏阿姨第二天晚上来我家收拾东西时告诉我，我五雷轰顶。因为我知道这份不出小区就能干的活路让她等待了足足三年。她的老母瘫在床上，她不能远走。得知这个女人在进行全方位的整顿，我的荣辱观真的混淆了，我屈尊给她打了电话，向她承诺只要让小夏阿姨留下，我肯定不会往家领人，肯定不再画画。电话拨过去的一瞬，我的泪不是细雨，而是滂沱大雨……

可是，我不会让我的眼泪白流，从小到大，我从没让我的眼泪白流，它在证明了我懦弱的同时又铸就了我的坚强，就像囤积在低洼处的雨水渗到地下滋养岩石。那坚强开始仅仅是一腔愤怒的自言自语，我常常在心里自言自语：你信口雌黄荣辱观，你根本就不知道什么才是真正的荣辱，你伤害我和同学们的自尊是最大的耻辱！我有我的生活，我热爱绘画，我了解我自己的爱好，你做妈妈替身一心改变我，你爱的不是我，是你自己！是你可以随意操纵别人的习惯！你说接受我是投标投错了，你把我当成了可以获利的交易，你是天下最最可耻的人！

这样的话在心里说上一百遍，它就不再是话，而是一种意志，那就是：我的画画定了！我未来的高考，非美术专业不选。为此，我做了以下几件事情：第一，我在课余时间调查了大连街头所有高考美术补习班，最后选了一所师资力量相对雄厚的报了名；第二，我重新购买了画板和素描纸，但绝不把它们带到家里，我把它们放在小区门口的发廊；第三，周末时光，我除了去美术班上课，剩余时间，都在外面画写生——报了美术班，我知道我的美术专业基础，必须从写生开始，并且要从头认识色彩。

新的选择冲破了我的孤独，或者说我感到孤独的时候，就坚定地拿起画笔。但偶尔的，也会萌生空虚、浮躁，比如那些个没有晚自习又不能到外面写生的夜晚，就特别想找同学回家聚一聚。尤其想找申一申一块喝啤酒。蛋糕事件之后，申一申并没远离我，他总是在篮球场上打着打着就跑下来，站到我的身边。最初，他批评我那晚的事没有做好，他说虽然他也不喜欢我妈妈的强势，但妈妈的礼物不打开确实叫妈妈伤心，他说他没看到，要是看到，一定会劝我打开。于是我不得不告诉他那不是我妈妈，不得不告诉他我的太原来历，我的官场父母，以及我对只注重官场关系，不注重亲人关系的父母的叛逆。太原、官场、叛逆，这些信息让他万分惊讶，他后来再见我，总是煞有介事地看着我，有一回，还揪下我头上的毛线帽，用他躲在瓶底一样厚的镜片后边的眼睛看了又看，之后对我说："我明白了，你是把仪式当成叛逆的武器了，在你强势的爸妈跟前，你太弱了，你手无寸铁……跟你说这正是我崇拜你的地方，要是我，根本做不到……你知道吗，我一直就羡慕有权有钱家庭，小时候想买一个玩具车，一千块钱，我妈妈说等她来了稿费就买，我于是每到周末都去商场柜台精神会餐，直到五年之后我大了，不再需要玩具了。我最喜欢哥伦比亚牌子的鞋，可我一直都没敢跟爸妈提过。如果是我，怎么都不可能把毛线帽戴着，把鞋换掉，不可能！"我说你做不到，因为你不是我，如果你贫穷得只剩品牌，看不到一点心灵的体贴，你会比我更叛逆。可我浮躁时想找申一申，并不想说这些，我想跟他谈谈蒋子蔓。从蛋糕事件发生之后，她不再理我，我又清楚，那不理，不是我们之间的感情进入了某个模糊地带，像同学们起哄时希望的那样，而正好相反，我隐隐觉得，她从我交换妈妈对我的态度中发现了什么，那种证明我卑下低劣的什么，似乎妈妈都可以这么随便羞辱她的儿子和儿子的同学，那么这个人……

想找申一申谈，并不是想知道她怎么看我，而是想知道他怎么看她，怎么看待他们的早恋。这说起来有些复杂，在我空虚浮躁时想起蒋子蔓，是我有了早恋的苗头，我想和申一申从蒋子蔓进入，来探讨我们青春生活最灿烂又最隐秘的部分。

那是寒假前最后一个周末，我们约会在石葵路一家煎饼果子小吃部。那个孤独的夜晚从家里出来，就是这家小吃部医治了我。挨着它的就是一个网吧，可月月曾经的沦陷让我不敢踏进半步。虽然煎饼不是土豆饼，虽然摊煎饼的是一个四十多岁的中年人，可申一申说得没错，看一个人在铁皮壳搭建的空间忙来忙去，可以让思想出轨、流浪。当我在思想的流浪中发现往昔，想家便成了孤独的替身，小小的煎饼果子店便成了我想家时可靠的去处。

把申一申领进这家店，我毫不费事就向他敞开了我由这里出发的思想的流浪。我先买了两个煎饼果子一人一个，我们吃着时我把手指向外边，煎饼店窗口对着的斯琴发廊，我说，我最近的思想老往那里跑，就和你的思想老往蒋子蔓那里跑差不多。他开始没在意，两秒钟过后，他摘下眼镜盯着我，突然地就跳起来，你小子恋爱啦?！我笑了，不置可否。但他很快又愣住了：她难道是个发廊女？我的脸抽搐了一下，这正是我浮躁的源头，我不知道自己是不是误入歧途。我说她和蒋子蔓不一样，年龄也比蒋子蔓大很多。他说为什么要拿蒋子蔓比，我越来越讨厌她。我说每当我有追发廊女的念头时，都会想到蒋子蔓这样的人会怎么看，会不会觉得我卑下。他说卑下？谁卑下？是不是她说崇拜你你才这么高看她？你错了，她是崇拜你当局长的交换妈妈，她其实和你那妈妈没什么两样，俗不可耐！

我惊诧，在儿子的日记里，蒋子蔓是那种有理想，少女时期就显露出某种母性倾向的女孩，怎么会俗不可耐？

孙老师，我写这些，我把您儿子的恋爱公布于你，不是要让您担心，我仅仅是想告诉您，在我眼里，申一申是我高中时期最好的朋友，我们在思想上有着高度的一致，这对我非常重要。因为那天，由蒋子蔓开始，我们交换了很多看法，关于学校的学生会，关于我们心目中理想的女生。我们都认为学生会是一个小官场，一个小社会。学校就是学校，而社会就是社会，学校应该保持学校的单纯纯洁，学校要是过早渗入社会气息，就是堕落。可在这一点上，他和蒋子蔓有严重分歧，蒋子曼认为就因为迟早要进入社会，社会的东西才要早早纳入学校，学生才要早早在学生会这个社会里锻炼自己。他说在蒋子蔓的电话本上，每一个电话后边，都有一个括号，那里都标注“用途”两个字，而那两字后边，要么是：他爸是卫生局的，要么是：他妈是银行的，简直让人恶心透顶。

原来，蒋子蔓的母性，是庸俗的社会学过早地浸透了她的血液，她写名人名言鼓励儿子，她督促儿子不让熬夜不让喝啤酒，就像电话号码后边的括号，是为了标示用途。难怪儿子在知道孟欣还爱着他之后，直截了当地告诉她，她只是他用来医治创伤的一个工具。某种意义上，儿子也在为他内心的自我拓展领地，只是他不及张展洒脱……

张展说得也许没错，他如果生活在他那样的家庭，没准儿也一样叛逆。

我们否定了蒋子蔓这类人，是让另一类人浮出水面，那类人，在申一申，是他初中的初恋，她特别单纯，可因为意外的误会造成了抽刀断水的疼痛。在我，是发廊女，她已经走向社会，但她身上没有丝毫社会人的世俗功利……

那一天，因为我们统一了价值观，我鼓足勇气把他领到发廊，见到发廊女之后，他跟我说了这样一句话，他说张展，我嫉妒你！

我的恋情

四个字撞入眼帘，我的心跳立即加速，一种说不出的紧张让我浑身发紧。并不是得知儿子嫉妒张展，担心他会在后来有什么不恰当的举动；也不是追问已久的秘密就要大白于天下，兴奋就像从水底蹿出湖面的鱼，翻动起漫天水花；而是在我已知的秘密里，有着特别不堪的情节，那情节中最不堪的部分，是张展在父亲空难之后，还和发廊女朝铺夜盖。这预示着，父亲的空难马上就要来到张展笔下，某种不能回避的情感马上就要昭然若揭。可我，在对他和父亲关系有了一些了解之后，在跟他体会了一个又一个深渊里的痛苦之后，已经不愿意跟他走进更深的深渊。这深渊是，他因为痛恨父亲，得知父亲空难，他有报复的快感，他和发廊女朝铺夜盖，正是一种报复情绪的释放。这或许不合情理，但符合人性，人性之所以是人性，就是它在特别的时刻会有特别的反应。我紧张，是说我不知道在接下来的文字里，张展如何正视自己的人性，他是一个真诚的孩子，他不会绕道而过、编造谎言，可正因为这样，我才心疼他，才不愿意他的良心因我而再受一次折磨……

孙老师，现在，我要跟您讲讲我与斯琴的恋爱。那天您说您见到过我的交换妈妈，我就知道您知道这一切，并且我相信，您不会像她那样，把我说成畜生。这也是我打从知道申一申的妈妈是作家开始就羡慕他的原因。我的恋爱与那个走出家门的夜晚有关，更与那个夜晚之后生出的意志有关。那个夜晚，我结识了煎饼果子小吃部，当后来我报了画班，到煎饼果子店外面写生，斯琴便向我走来。她叫红格尔斯琴，我和申一申都喜欢叫她斯琴，申一申怎么想我不知道，我觉得这两个字里带着忧伤，很像她的人。我在煎饼果子店门口支上画架的第一个上午，她就来了，带来一股槐树花的香气。童年去大槐树奶奶家，满河套都是槐香。我画了几笔，香气几乎把我包围，因为她蹲下来，凑到我跟前，又从我手里抽去画笔。那是我第一次学用毛笔画色彩，涂抹得太重，她把笔上的重彩洗掉，蘸水把深重的蓝色弄淡，之后换了颜色在上边涂上几笔，铁皮壳煎饼店的轮廓顿时就跃然纸上。在路边遇到老师，一个长着纤细手指的老师，一个穿着热烈的大红袍子、眼睛里却有着淡淡忧伤的老师，一个胸脯饱满、领口的颈窝里释放热腾腾雌性气息的老师——当我站起来，一程程看到她的全貌，我的心顿时忧伤起来。

张展的感觉没错，斯琴风情万种的目光里深藏着忧伤，只是依他的年龄，还看不出她的风情万种。

我忧伤，不是感染了她的忧伤，忧伤在她只是一种气质，而不是情绪。我忧伤，是她把我当成了孩子。她没待一会儿就离开了，临走之前，她说孩子，我是学美术的，有什么不会你可以请教我，我就在你身后的斯琴发廊。看着她消失在发廊拉门后边，我的身体里顿时就蒸发出一团丝丝缕缕化不开的情绪。

为了将这股情绪释放出去，我当天中午就进了发廊，其实我的心早就跟她去了，那个上午我根本画不下去。我的借口是把工具送到她的发廊寄存，在阐述寄存理由时，我告诉她我的太原来历，我的强势父母以及我的无时无刻不受到监视的生活。我的目的仅仅是想告诉她，我是独立的男人而不是男孩，可是我这么讲着，眼泪不知不觉就下来了，仿佛她是我最亲的亲人。

那个中午，我还讲了什么我已经忘了，不忘的是，她留我在发廊吃饭，是简单的蛋炒饭。我从她手中接过饭碗时，她摘下我的毛线帽，轻轻地抚摩了我的头。她说你的头发长了，一会儿我给你剪剪。跟您说孙老师，她环绕在我周围，她的手抚摩在我头上，我像一块冰冻了十几年的坚冰一瞬间彻彻底底化掉，我的眼泪噼里啪啦。我无数次地剪过头，在别人为我洗头的时候，我也有过良好的感觉，可这一次完全不同，我身体里生出甜蜜而温馨的渴望，渴望她抱住我。神奇的是，她了解我的渴望——在与前堂隔开的洗发间为我擦干头发，她忧伤地看着我，之后把我紧紧拥入怀中。

紧紧，那是我生命中最缺的。

那个中午，被她身上母性的光辉笼罩，我觉得我是世界上最最幸福的人。我承认我对她还存有异性的爱恋，但仅仅到爱恋为止，因为她告诉我虽然我已是成人，但毕竟还是个学生，不能有非分之想。她当年考上滨城大学美术系，却因为父母没钱供，才半途辍学。

“父母花钱供你上学，你要对得起你父母的钱。”她说。

她对我的态度，让我想起黑脸男孩，他们都渴望读书，都渴望通过读书改变命运，现实却使他们有了另一种命运。想到黑脸男孩，离开发廊，我生出深深的恐惧，因为我无法知道会不会有一天，某种生存的需要，她随南飞的候鸟一路飞远，让我再也找不见。当一首歌的旋律在我耳畔重新响起，我把发廊里的每一次见面都当成最后一次。每一次，我的目光都惊嘘嘘的。哪个上午没顾客，她蹲到我身后指点我，我会情不自禁转回头，深情地看着她。而她，总是笑模样地抚弄我的头发。有一次，我这么看着，她细声细语问，张展，你是不是把我当成你妈了？我摇头。她说你不觉得我更像你姐姐吗？我是你的斯琴姐姐。姐姐希望你好好画画，实现我不能实现的梦想，行吗？我没摇头，也没有点头。

如果说转学大连是父母对我最大的奖赏，那么遇到斯琴则是上天赐我的最好礼物。那段日子，我真切地觉得上帝在云缝儿里探出笑脸，只是不知道它会不会再缩回去。她有我母亲没有的小动作，她喜欢摸我的头，亲我的脸；她有我身边人没有的柔情和温顺，她说话总是带着商量的语气，“我觉得这样挺好，你说呢？”她不像蒋子蔓那么功利世故，从不问我父母是干什么的，并向我奉献她保留的所有颜料。最重要的，她有一般高中生女孩没有的丰腴饱满，我们拥抱时，她温暖的怀抱像一垛棉絮。或许就因为贪恋这种温暖，有一次，她教我画太阳的颜色，我觉得她就是我心中的太阳，转头搂住她的脖子。然而就在这时，一团暗影从头上笼罩下来。当我们抬起头，站起来，“压缩饼干”钢筋铁骨一般伫立在我们面前。

我之所以放心大胆在石葵路大街画写生，都因为她从不在白天来我家。怕她当众说出伤害斯琴的话，我拽住斯琴就朝发廊走去。她确实在后边跟了进来，但她的目光不在斯琴身上，她看都不看她，只直盯盯盯着我，一字一顿地说：“张展，我知道你品质低下，但没想到你会这么低下，撕毁承诺不说，还和发廊女混到一块儿。保姆告诉我我都不信。这回，我怎么也得把你妈叫来，我得叫她把你领回去，我当不了你的交换妈妈，我不想有你这样的儿子！”说罢摔门而去。

是小夏阿姨出卖了我，但我一点儿都不怪她，她有生计的困难，她又不一定有对我这种高中生的理解力，关键她是一汪水，她无法不往“压缩饼干”掘的深沟里流。可我不怪她，还有更深层的原因，是她，让我了解世界上有种情感，它和性爱有关，却又不是性爱，它类似母爱，却又比母爱更深、更尖锐。

“压缩饼干”说了那通话之后，我以为斯琴会因为被冤枉、被玷污而不再理我，或者拥抱我，安慰安慰我之后逐我出门。可是没有。她确实拥抱了我，紧紧的。她的脸贴上了我的脸，她亲吻了我脸上的泪——在她抱紧我身体时，我的眼泪顺眼角暴滚，因为我感到了她在用身体鼓励我：别害怕，有我呢。然而令我想不到的是，感受到我的颤抖，她抱紧我一步步往里屋走。在她发廊简单的厨房间后边，有一个供她休息的小屋。她把我送进小屋，关紧屋门，她一层层脱掉身上棉衣和内衣，笑着跟我说，来，姐今天就和你混了，姐不怕泼脏水，你要不是学生，姐早就不想抵抗你的眼神了。她的意思，是我的眼神开启了她的怜悯，可我一点儿都不介意，因为她告诉我，她一小就痴迷绘画，在她半途辍学的这些年里，每到半夜，都会被突然断掉的梦想惊醒……她说姐愿意为你倾其所有，姐从今天起，当你的模特。

“压缩饼干”确实因我的撕毁承诺和妈妈撕毁了承诺，但妈妈没有答应，她怎么跟“压缩饼干”说的我不清楚，她在打给我的电话里说她不可能让我回去，中央电视台心连心艺术团正在H县搞一场大型演出，她是组委会主任，她暂时也来不了，但如果我不悬崖勒马，她和爸爸就永远不认我这个儿子。

她不会让我回去，他们不认我这个儿子，这太让我大喜过望了！有斯琴，有申一申，有我可以不必偷偷摸摸继续的写生绘画，我什么都不需要。事实上也是斯琴让我认识了另一个世界。那世界既是身体的，又是精神的，她亲吻你时，总是捧着你的脸，捋着你的头发，忧伤地看着你，仿佛你是一幅画，一幅深不可测的画。我们彼此需要，仅仅是需要肌肤之亲，那好像是我们生命中共同的黑洞，因为在我抚摩着她的头发、她的脸时，她会情不自禁地说：谢谢你张展，谢谢你这个小东西和姐一样。我虽没问她为什么谢我，但我能感到，在情感方面，她差不多是和我一样的穷人。两个穷人彼此的爱抚使我们变成富人，那是一种怎样的情景啊！

那之后，有好多个周末，斯琴都关掉发廊，在她的小屋里给我当人体模特，她说她不指望我成为大艺术家，但她希望我懂得深藏在身体里的艺术的美，那是一切美的源头。在她的咫尺小屋，她很随意就脱掉衣服，赤裸出她的身体，但你觉得她是世界上最美最纯洁的女人。她大我八岁，她不会没有过恋爱，又是在发廊这种地方，可和她在一起，你想不到别的，你觉得她身体的每个部位都是纯洁的。

申一申最理解我的这一评价，他说他之所以第一眼看到她就生出嫉妒，就因为她和蒋子蔓不同，神情里有种天然的圣洁感。

2009年6月，知道我父亲突然遭遇空难的当天，在我的家里，斯琴的圣洁遭遇了挑战，从此我们各分东西。可在我，她是我生命中重要的课堂，她授予我的一切，将影响我一生。

其实那挑战早在高二的寒假就露出冰山一角，只是我不想相信也不愿相信而已。那时妈妈从太原来和“压缩饼干”谈判，“压缩饼干”为了坚持不做交换妈妈，当着我的面公布了一项证据。她说经调查得知，斯琴被拘留过，她之所以大学不念，是她假期到广东打工，跟一个专供卖淫嫖娼的酒店老板同居，在扫黄打非时被另一个男人告到公安。“压缩饼干”说，这个发廊女就是个卖淫犯，你儿子和这样的人打得火热，出了事我无法向你交代。妈妈无助地看着“压缩饼干”，流出眼泪——那是我长这么大第一次看到妈妈无助的眼泪，她说耿局长，都是我教育不好，出了这么个混账败类，你就再帮帮，他爸马上要调到太原市一个区当区委书记了，这事我不想让他知道，他知道了，会有压力。只要让他留下来，出了事肯定不用你负责。

不知是爸爸马上升官这条信息起的作用，还是出事不用负责这条承诺起的作用，“压缩饼干”最终答应了妈妈。可我和卖淫女鬼混这件事，成了妈妈永远的痛。她痛，又不让我回去，我弄不懂为什么。因为当天，问题解决了，她让我跟她一道回太原过寒假，我不跟她回去，她没有强逼我。其实那时我挺想姥姥的，很想回去一趟。我说不回，是嘴硬，也是想让妈妈帮我在姥姥和斯琴之间做个选择，可她不但没逼我，还说那好吧，你随便。

我懂，她管他管得太累了，她想放弃，想把他交给老天，就像闫姐当初放弃鲍远。

那个假期，我确实很随便，我没有中断写生，没有中断和斯琴的往来。年三十晚上，小夏阿姨请假在家，“压缩饼干”和她从太原回来的儿子一起把年夜饭送来——她不让儿子单独和我接触，一定是怕我把他带坏，我就打电话把斯琴叫到我家。妈妈、姥姥、舅舅一遍遍打来电话，她那忧伤的目光就在咫尺之间打量着我，姥姥在电话那边哭，牵出我的眼泪，她为我擦泪，擦着擦着，她也泪流满面。她和我一样，都是无家可归的人。我无家，是没有心灵的家；她无家，是没有物质的家。

那个晚上，她告诉我她父母在她八岁时就已离婚。父亲酗酒成性，夜半回家常常骂骂咧咧，母亲性格暴烈无法忍受，坚决离婚，可是办完手续当天，父亲服毒自杀。父亲死后，母亲把她扔给她的小姨，跟一个羊贩子去了呼和浩特再没回来。小姨供她读完小学，初中开始，她就边打工边上学，自己供自己。有一天在打工的网吧听到艾米纳姆的摇滚，她用她绊绊磕磕对英语的理解，知道这世界有一个人和她有同样的命运：当我还是小孩子／我妈妈就常常告诉我这些疯狂的事／她常常讲我爸爸是个恶魔／她常常讲她恨我／但后来我大了一点／才认识到／她才是一个疯狂的人。她说因为这首歌，上初中时她最想当一名摇滚歌星，可十五岁那年遇到一个去草原写生的画家，为她的理想扳了道岔……

说到疯狂、理想，我抱住斯琴泪流不止，我告诉她我的母亲也是一个疯狂的人，虽和父亲还在一起，但她带父亲一起跟人跑了，只不过那领他们跑的人不是羊贩子，而是权力。我告诉她我小时没有理想，我后来热爱画画，喜欢艺术，是逃离父母疯狂追撵杀出来的一条血路……

说到血路，斯琴哭得更凶，她身体一抽一抽，但少许过后，她停下来，推开我，捧着我的脸说，张展，咱不哭，咱唱歌，咱唱摇滚。于是她站起来，嘶着嗓子唱起来：When I was just a little baby boy, my momma used to tell me these crazy things...

那个正月，为了驱赶对身后疯狂的记忆，我跟着她疯狂地唱着摇滚，从艾米纳姆，到崔健，到迈克尔·杰克逊，到汪峰，是那时，我知道这嘶吼的节奏里蕴含了什么，那是流浪者灵魂里最有力量的呐喊；是那时，我知道斯琴在发廊之外，还有另一份工作，每周一次到酒吧唱摇滚。她发廊的墙上，一直挂着一把吉他，我以为那只是一个摆设。跟她来到酒吧，我拽来了申一申、刘朗和汪全，一则月月的经历让我对那样的地方怀有恐惧，我希望有个伴；另外到了寒假，那些被书本套牢的同学就像关在笼子里的老虎，每天都在电话里向我传达他们越狱的渴望——在他们眼里，我是放他们出笼的不二人选，我有独立空间，我会制作土豆饼，我敢于恋一个大自己八岁的发廊女。然而跟我去了酒吧，跟着斯琴嘶吼的歌唱一起嘶吼歌唱。有一天，刘朗突然跟我说：张展，你小心点儿，这斯琴绝不是一个简单的女人。

她不简单，我当然知道，可刘朗说的不简单里，显然包含别一种意思，“压缩饼干”曾经证明的意思。在她听说杀出血路哭得更厉害的时候，在她唱摇滚朝观众打着响指的时候，某个念头曾在脑海闪过，可刘朗不说，它就只是一颗流星，稍纵即逝。经刘朗提醒，它不再是流星，而是陨石雨，因为每当想到有一天她会像月月那样因堕落而消失，我的心就往深渊坠落，泪就噼里啪啦掉下来。

我承认我是个弱者，我的软弱来自于我对某种东西致命的渴望：温暖的怀抱，无条件对绘画的支持，还有那忧伤目光的深不可测……这一切使我没有勇气正视隐藏着的现实，我甚至在开学之后的时光里，以学习忙为由，尽量减少与斯琴单独在一起，即使一周一次去发廊拿画板送画板，也不在屋里久留，仿佛我们俩之间，隔着一个超薄的玻璃体，不，是肥皂泡，只要在一起，一声轻轻的喘息都可将那泡泡吹散。这是一个奇怪的迷局，本是迷恋斯琴，却因为害怕失去，反而要疏远她。而斯琴，似乎并不介意我的疏远，我是学生，忙于学业，正是她的希望。她说无论什么时候，她都在那儿，只要我需要；她说无论发生什么，都不能荒废学业，高考在一天天临近；她甚至答应我她省里有美术界的朋友，将来艺术考试她会帮我。

当然了，那段时间，天意也在帮我，斯琴发廊招了两名实习生，一年前他们都在她这干过，各种原因到外面转了一圈又都回来了；而这时，妈妈把舅舅家的妹妹转到大连上学，住到我一个屋子。妈妈为妹妹转学，毫无疑问是为挽救我做最后努力，可她不知道她反而在为保护我和斯琴的关系添砖加瓦。

妈妈添的砖是灰色的，妹妹的初中是三十六中，离我家虽不远，但下车还要走一段路程，每天早上，我都要提前半小时去学校送她，那车正好路过斯琴发廊门口，不像我的学校是朝着相反方向。所以每天早上，斯琴发廊那灰色的门窗板都要映现眼前，它有时开着，有时关着，但不管开还是关，只要看一眼，心里都有一种门窗板一样灰色的熨帖。妈妈加的瓦是红色的，周末两天，我到外边写生，到发廊里取送画板，看到两个实习生和斯琴有说有笑，心里都有一种浅浅的妒意，回到家里都忧心忡忡，可妹妹总是把我拽到她的房间，让我看她刚买到的熊猫、企鹅、大狗之类玩具，离家的孤独，使她迷恋上那些没有灵魂的小动物。它们一律是红色，可无数个红色小动物堆到一起，顿时就有了灵魂，顿时就像一个技巧高超的窃贼，不知不觉从我心里窃走了我对斯琴的部分依赖。因为当我拱到这群动物堆里，暖融融的绒毛触到脖子上脸上，颤颤巍巍的红色在眼前晃动，不但忧心忡忡没了，那晃动的红里，还有斯琴忧伤的笑容……

高二下半年到高三上半年，我和斯琴的关系进入一个莫名其妙的平稳期，我们也要在一起，但几乎是两三个月才有一次，那一次既不在发廊，也不在我家，周六或周日上午，我在外面写生，她出来帮我指点，有时，她指点完后回到发廊，有时，她不回，她说走，我们去另一个地方。那另一个地方，就是解放路上的安顺酒店，我们在那里开房。我们在房间里拥抱，抚弄着对方的头发、脸，之后她脱掉衣服，给我当模特，让我刻画出她心底的忧伤。但我绝不和她往深处交流，绝不让她把心底的忧伤说出来。高考前三个月，她还带我去省里参加艺术考试，她向我引见了她的老师，那个到草原写生、引导她爱上绘画、又让她考到滨城大学美术系的画家，一个五十多岁的秃顶男人。斯琴见他情绪很怪，忽而激情满怀，像个大孩子一样调皮，拿老师的秃顶开心，忽而倦怠消沉，像个老者似的任老师怎么逗弄她，都沉默不语。从沈阳回来的路上，她动不动就忧伤地看着我，似乎想说什么，可我故意不看她，一恍惚就各分东西了。

能在高中时就有机会画人体模特，对张展的绘画实在重要，米开朗琪罗在很小的时候就研究人体结构，就有机会在一个朋友帮助下关在试验室里解剖人体。

冰山是2009年6月2日才彻底浮出水面的。法航飞机失事的新闻头天晚上就在央视一套播出了，可我没有电视机，我又不知道爸爸出差——来大连读书，怕我不学习，妈妈没有给我房间配置电视机，爸爸也从没单独与我联系过。妈妈不知道，是爸爸和一个企业家去巴西里约热内卢开会之前，没有去巴黎的日程。2日早上六点四十五分，妈妈打电话来，我已经在去往学校的出租车上，并且刚刚在电台新闻节目中听到空难的消息。妈妈电话打过来，却说不出话，只是哭，当她断断续续吐出法航、爸爸几个字，我什么都明白了。爸爸没了，这是一个天塌地陷般的噩耗，我知道这是噩耗，但不清楚这对我意味着什么，我不清楚这意味着什么，却又知道此刻我不能去上学了。不能上学，去哪里？毫不犹豫，就让出租车司机掉头，把车开到石葵路斯琴发廊，可当我嘭嘭嘭敲门，发廊灰色的门板打开，那里走出来的不是斯琴，而是一个四十多岁的短下巴男人。我一时彻底蒙了，不知该怎么办。正在这时，斯琴穿着睡衣出来了，她看到我很惊讶，问我发生了什么，我呜噜噜说不出话来。

孙老师，请原谅我的不孝，那一刻，看见斯琴穿着低胸睡衣从男人身后走出来那一刻，我感到五雷轰顶，对我的打击，比听到爸爸没了的打击还要大。可她并不理睬我的打击，她把我揽进怀里，她说慢慢说慢慢说，到底发生了什么。

我不知道我说了些什么，我也不知道我是否说清楚了什么，我只知道，我没有沉浸在她的怀抱，我一使劲就挣脱出来，朝门外跑去，当我一溜烟儿穿过马路，跑进小区爬上三楼打开屋门，扑通一声坐到地上，我觉得我的整个世界都在坍塌。

她从未向我承诺过爱情，可是我无法接受她是那样一种人。

她很快就来到我家，嘭嘭嘭敲门，我没给开。我发誓永远不要见她。一个小时以后，小夏阿姨上班来，打开屋门，她才泪眼汪汪地跟进来，并且一进来，就迅速蹲到我的面前，拽住我的手，说张展，别怕，有姐呢！我用力往外抽我的手，我想用动作告诉她我的打击不光因为爸爸，可没有用，因为小夏阿姨拽住了她的手。小夏阿姨往外撵她，说你赶紧走吧，别再惹乱子啦，一会儿耿局长就来了。水一样的小夏阿姨这回再也不是水，而是铮铮铁骨，她一用力就把斯琴拽起来推出去，当门嘭的一声关上，我的这个屋子，就跟斯琴没有一点儿关系了。

因为很快，“压缩饼干”就来了，她带来了一帮我不认识的人，还不等他们走，我的班主任老师和校长也来了，他们一边呜呜嗷嗷打电话，询问电视直播的最新情况，一边向我通报，对我进行慰问。当他们你方唱罢我登场似的搅和一天，最后又退潮的水似的退出我家，“爸爸没了”这个噩耗，才一点点真切地浮出我的生活。妹妹放学回来，扑到我怀里号啕大哭，之后她打通和舅舅、姥姥的电话，和那边的人哭作一团，当我听她尖声地喊着奶奶，说奶奶你一定挺住，我知道一场海啸已经淹没了我身后太原的家。

我一天关机，正是恐惧从家人那里感受灭顶之灾的懦弱表现——感受爸爸去世的灭顶之灾，我需要借助家人，可见我和爸爸心灵的疏远。或许正因为疏远，即使感受到灭顶之灾，我也没有在灾难中倒下。我似乎从来没有像那时那样，觉得我该为姥姥做些什么，为爸爸妈妈做些什么。他们需要我做的，只有高考。于是在后来的几天，我打起精神，一边照顾妹妹的情绪，一边努力让思维进入复习状态。还打发了那个脑满肠肥的办公室主任——怕我和妹妹出事，不但小夏阿姨二十四小时留在我家，“压缩饼干”还在白天为我们配备了她的办公室主任，在我整理了情绪之后，我告诉他我没事，绝对没事。

张展是真诚的，他的文字告诉我他没有编造任何谎言。他坦陈感受爸爸去世的灭顶之灾需要借助家人，但他没因爸爸的逝去有任何报复的快感，还是让我长长吁了口气……

其实一连几天我都没事，偶尔的，也会去想爸爸最后时刻是什么样子，是否恐惧，也会去想妈妈这几天是什么样子，是否悲痛欲绝，但都因为某种隔膜使他们不能真切地唤醒我的感觉。其实最重要的还是封闭，我像一只被关在洞穴有吃有喝的蚂蚁，绝对的真空给了我绝对的安全感。可到临近高考的最后一天，事情急剧恶化，妹妹放学没有回家，问小夏阿姨为什么，她说她已经回了太原。问为什么她要回太原，小夏阿姨坚决不说，我于是疯了一样揪住小夏阿姨肩膀。这时，她说出了我已预感却坚决不想相信的话：姥姥心脏病猝死。

那个晚上，我那貌似平静的状态被彻底端掉，因为我感受到，一场海啸之后，我的世界在大面积塌方。我在屋子里碰头撒野，我嘶喊着为什么，上帝你这是为什么？

几年之后，在李安执导的电影《少年派的奇幻漂流》中，我看到这样一幕：一个有着信仰上帝的父母的十六岁少年，在随父母和动物一起迁往加拿大的途中，遭遇风暴，父母和大多动物都被大海吞噬，只剩下他和一只孟加拉虎，在他七个多月与老虎、与大自然搏斗求生的时候，他无数次对着苍天大声呼喊：上帝，你这是为什么？

这部电影，我们是一家三口一起看的，那时儿子的病刚刚治好，他也在思考是否真的有个上帝，他对电影最大的兴趣就是少年派对上帝的怀疑……

小夏阿姨害了怕，拿起电话。怕她把“压缩饼干”找来，我努力控制着自己，这时，我向小夏阿姨提出请求：阿姨行行好，让我把斯琴找来，我需要她，只有她来，我才有可能参加明天的高考。

我从未经历那样的体验，你在路上走着，走着走着陷入沼泽，你在沼泽里往外挣扎，努力让自己拔出来，重新上路，可你就要拔出来，已经看到前方的道路了，突然之间，路面全部塌陷……你在向黑洞洞的万丈深渊滑落那一刻，喊救命是最本能的表现。

那天晚上，当着小夏阿姨说出斯琴，我自己都有些意外。小夏阿姨泪流满面，她说孩子，你可要说话算话，你只有说话算话，阿姨才能答应你。

我打开手机，那上边已经有上百个斯琴的未接来电，拨通电话，她那边已经泣不成声。

跟斯琴拥抱在我的家里，小夏阿姨没想退出，为了忠于职守，她一整晚都坐在客厅里。

对天起誓，我让斯琴来，仅仅是想拥有一个怀抱，想和那个温暖的怀抱一起对付落入深渊的恐惧，至于那个男人是谁，她是否是个清白女人，我已经没有愿望了解。一个冻僵的流浪汉不会在意盖在身上的被子是否干净。可我不在意，斯琴在意，她在意，不是以为我在意，而正是为了和我一起战胜恐惧，焐暖我的心。那个晚上，她捧着我的脸对我说："张展，姐姐也经历过最黑暗的时候，姐姐最黑暗的时候不是父亲自杀，母亲逃走，不是，那时我小，还不知道这意味着什么，这一切都没留下太深痕迹。你知道我最黑暗的时候是什么吗？是我遇到那个画家之后，我深深爱上他，他也深深爱上我，他却因为有家室，不能带我走。和他分手，我觉得世界乌黑一片，我想自杀。"

斯琴的故事向更深的深渊走去，我似乎没有这个心理准备。

"后来还是他救了我，他鼓励我好好画画，他帮我报考艺术系，我这种不爱学数理化的孩子开始专心学习，都因为有他鼓励。我考上大学，一直有个理想，就是我学好了，去读老师的研究生。做不成他的妻子，可以做他的学生，天天和他在一起。可上大学一年之后，我却被学校开除，我进了拘留所。姐姐进过拘留所。那时我在南方一家理发店打工，晚上跟打工仔去夜总会，被一个老板看上，他拼命对我好，给我买各种东西。我一小没有父爱，自然不会拒绝他的好，结果有一天他动了邪念，强迫了我。这之后我再也摆脱不了他，我其实可以逃回北方，可是我无法摆脱他的物质，他每天都甩给我上千块钱，我总是拖一天又拖一天，结果，上苍惩罚了我的贪念，一个晚上，扫黄打非把我们一网打尽。那是我人生最最黑暗的时刻。可我没想自杀，为什么？我心里有我的老师。他确实没让我失望，两个月出来，电话里向他和盘托出我的遭遇，我的贪婪，他不但理解我，还安慰我说没什么，有我呢。后来，他把钱打到银行卡，出资让我租下了理发店。张展，天无绝人之路，我老师让我活了下来，给了我一条生路。可你知道吗，当有一天姐姐看到你在我门前写生，我发现我的路决不仅仅是活着，我还可以实现理想。姐姐愿意为你倾其所有，是通过你，通过你眼神里流露出的对美的热爱，我看到了我的理想。你现在遇到灾难，但必须挺过去。什么都会过去，你要为你父母，也为了姐姐。”

那个晚上，她说这些话，已经让我镇静下来了，因为当你知道不幸在每个人身边，当你知道斯琴真的被拘留过，又是那样一种情况，你便没办法不从自我的不幸中走出来，去体会她的不幸了。

不幸能医治不幸，能医治因不幸带来的恐惧，在后来的日子我有更深的体会。但孙老师，我想告诉您的是，那个晚上的后半夜，她陪我入睡，还告诉了让我更加震惊的事。当然那不是不幸，而是她的万幸。她把我的手拿过去，让我去抚摸她隆起的肚皮，她说张展，我已经怀孕三个月了，我感谢在我的生活中出现你。我屏住呼吸，我想我们并没真正在一起。她说如果没有你，我不能有勇气去面见我的老师，出事之后，我一直没去见他。如果不去面见老师，我不可能知道他还爱着我，我也爱着他。我怀了他的孩子。我要把孩子留下来。你看到的那个男人，他愿意做孩子的养父，他是个可靠的人，他一直爱着我。

我把手从她肚皮上拿下来，我说，我也可以做你孩子的养父。她说那不行，你是学生，你得好好考试，好好念书，你该有更好的未来……

如果我的头上装有监控录像，一定会记录下我此刻的表情，我嘴巴大张，腮肌僵硬，我的眼神在一瞬间发生了错乱，仿佛在熟悉的人群里突然看到怪异的面孔，斯琴和张展，斯琴和她的老师，张展和斯琴肚子里的孩子……

其实从那个晚上，我才确切地知道我真的爱斯琴，是那种男人爱女人的爱，是那种既嫉妒又心疼、既欣喜又绝望的爱。我嫉妒她与老师的相遇，我心疼她被退学的遭遇，我欣喜我对她希望的延伸，我又为我们的即将分手绝望——之所以断定这个早上之后我们会分手，是因为我心底里有一种从未有过的彻骨的疼痛，如同有锐器从后背直穿进来。这或许正是斯琴的意图，她不希望我沉沦于某种情感，她希望把我拽到最真切的现实，这现实是，我的父亲去世了，我必须面对！这现实是，马上就要高考，我肩负她和我们全家人的希望，我必须冲上去！

事实正是如此，那个早上，当我从浅浅的睡梦中醒来，看到窗外浅浅的明亮，就像一个从昏迷中醒来的人，心情极其平静。事实上，遭遇天灾人祸，向深渊坠落，没有任何人能抗拒，斯琴来陪我，不是帮我抗拒，而是舍身陪我一起坠向深渊，从而减轻我的恐惧。因为当晨曦照见屋子，她看见了平静的我，止不住忧伤地笑了，并且在马上就要到来的风暴中，她大义凛然，无所畏惧。

那就要到来的风暴，就是“压缩饼干”的破门而入。八点高考，她六点就来到我家，那时小夏阿姨正在厨房做饭。她突然进来，直接进了我的屋子，发现我和斯琴在一起，她像遭到重磅炸弹，“饼干”被炸飞的刹那，她语无伦次。但斯琴没让她把要说的话说出来，斯琴说：“您请自重，您不要再随便伤害张展，他是我弟弟！他会去考试，他知道他现在该做什么，你尽可以放心！”

能在那几天的考试中挺过来，就因为斯琴这句话的暗示。我不但要向斯琴证明，我还要向“压缩饼干”证明：我知道我现在该做什么！

“压缩饼干”确实没有伤害我，她什么都没说就回到楼下车里。那也许是她最无助最绝望的表现，可我获得尊重，我的感觉完全不同。

在我遭遇灭顶之灾的高考期间，真正给我力量的不是我的爸爸妈妈和姥姥，他们在我身后大面积塌方、沦陷，让我坚持下来的，仅仅是斯琴的一句话。她虽然已经随南飞的候鸟飞得那么远，让我再也找不见，但她没有消失，没有塌方、沦陷，她的声音替代了刀郎的歌曲，一直留在我的耳畔。

那是我生命中唯一一次没有失去的失去。

我的空难

孙老师，信写到这里，我以为我度过了最艰难的时刻，可当我再次面对电脑，发现不是这样，更艰难的时刻还在后边。

然而，我还是鼓足了写下去的勇气，这不光是说这是我唯一的机会，而是，当我重新回到灾难现场，看到拥堵在眼前的满目疮痍，不一件件清理它们，我已经很难继续我的生活。

在我重新开启我的写作之前，我想再跟您谈谈上帝。我一直都怀疑他的存在，他如果存在，也只是个骗子，一个出尔反尔不守承诺的骗子。他从未向我承诺过什么，只是我一厢情愿地认为这天地之间应该有一个为命运主持公道的神灵。父亲遭遇空难之后，我开始转变，我相信了上帝，相信确有这样一个神灵的存在，他无所不能，他身上有着超强的能量，但他绝不是来为公平负责，他专门制造不公，他极尽破坏之能事，他喜欢落井下石、趁火打劫，他把你打翻在地，却还要踏上一只脚，他是一个要多坏有多坏的坏蛋、恶魔。

然而，五年之后的现在，当我有了更多经历，当我被踏上一只脚又被踏上一只脚，我有了不一样的看法，我想到了凡·高。很早就读他，可在你没有更多经历之前，读也没用。这并不是说我有了痛苦的一手生活，我和自己的命运遭遇，会像申一申说的那样，我认识到我会走向成功——那天，和申一申在我家里一拍即合之后，他还做了进一步强调，他强调痛苦是成功的必然通道，他觉得只有我这样的人才能成功。我坚决反对他的说法。我反对，一是成功这个词一直挂在爸妈嘴上，我有一种本能的抵触，但主要还是我反对这样的价值取向：他的意思，为了成功，可以选择痛苦，或者像后来他在短信里说的那样，痛苦是上帝想塑造你，是上帝爱你，这完全是麻痹痛苦的一剂药物，就像麻药对病人身体的麻醉。我的问题是，我为什么要成为病人？我为什么要接受麻醉？我当时的态度特别明确，如果拿平常、正常、快乐的人生和成功交换，我永远选择前者。如果拿我的人生和你申一申交换，我一定选择你的而不是我的。记得我把这样的话说出来，申一申瞠目结舌，好久说不出话，但后来，他还是老成地摇了摇头。我知道他怎么想，他觉得我的命运已经注定。父亲和姥姥相继去世后，我确实看到了我的命运，可从那时到现在，我从未动摇过这个想法。我没回复申一申所谓上帝塑造的短信，就是我从没改变过我的立场。我是说，此时此刻，我想起凡·高，绝非认为自己会像凡·高那样成功，而是想起一句话，他在写给弟弟的书信里这样写道："年轻的时候，我比现在更强烈地认为，成功取决于机遇，取决于一些细小的事情或一些毫无理由的误会。但随着年龄的增长，我对这个问题的看法日益不同，我看到了种种更为深刻的动机……"

我感兴趣的，是后边这句"种种更为深刻的动机"，它让我懂得，斯琴那看上去简简单单的一句话，是上帝安排在我生命中更为深刻的动机，它指引着我，不是让我走向成功，而是去认识真正的自我……

实际上，能一刀切断与斯琴的联系，得感谢我身后那个塌方的家。高考结束第二天，"压缩饼干"就派专人，把我护送到太原的家。我的家不是H县，而是太原，父亲调到太原后，又有了更大的房子。那是一个可怕的世界，它被淹没在想象的悲恸里。在它朝我打开之前，我想象它是安静的、安然的，因为海啸已经过去，那里只留下一片废墟，妈妈和舅舅舅妈们，是那废墟上的残骸。可一旦打开，咆哮的哭声扑压过来，我才知道，一切才刚刚开始。我是爸爸唯一的儿子，爸爸却撇下了我，我是姥姥最喜欢的外孙，却没能和姥姥最后见上一面，我的出现，无异于揭开了悲剧中最悲的那一幕。

然而抱住我哭的，不是妈妈和舅舅，而是另一些人，我的奶奶爷爷和姑姑们。在我想象的那个塌方的世界里，从来都不包括他们。他们的突然出现，让我有些惊诧。曾经，他们只是一些个遥远的关系，一些个只有到春节时才能牵连上的关系。由于爸爸被妈妈的价值观操纵——高中三年，我知道了什么是价值观，“大槐树”的他们是与文明对立的落后，是有可能拖爸爸后腿的包袱，却想不到，爸爸出事，遥远的关系会成了最亲近的关系，他们会来到我家，会悲恸欲绝死去活来。

奶奶抱着我，哭着哭着就背过气去，姑姑们遵照乡村土办法去啃奶奶脚后跟时，我的脑袋有些发木，有种莫名的荒诞感，仿佛在看一场与我无关的闹剧。因为他们动作粗鲁，声音粗放，表情夸张而粗粝，他们身上释放着一种土腥味。在妈妈拒绝爸爸的乡村亲戚，不允许我与他们走近的时候，我从来不知道一旦走近，我会嫌弃他们。这种感觉，让我特别歉疚，对爷爷奶奶歉疚，更对爸爸歉疚。因为一直以来，从大连上飞机到走进太原的家，我悲痛，都找不到悲痛的感觉，为此我努力去想姥姥，姥姥曾经电话里的哭泣——同是死亡，似乎姥姥比爸爸更能牵动我。可是，就像被装进气球的一个物体，悲痛只是我借助升空的空气，我与悲痛始终隔着一层膜，它薄薄的，分明一捅就破，可不幸的是，爷爷奶奶不但没有将它捅破，反而使它加厚，让我感到荒诞。

在那个我与废墟上亲人相见的日子，荒诞感一直伴随，虽然第二天，妈妈和舅舅们从法国回来，他们让我触景生情想起姥姥，可因为妈妈和我身边总是围着一群人，在众目睽睽之下，我们的相见就像在舞台上的表演，无法呼唤真情。

表演的自然不是我而是妈妈，一群人把我领到宾馆的大堂，她抬起苍白如纸的脸平静地看我一眼，什么都没说。无论怎样，她都该把我搂到怀里大哭一场，可是她不但不搂不哭，还立即转头，喊来她身边几个人，领导给下属开会似的商量起什么事情。

那些天，我的身边一直有人陪护。妈妈回来后，区里领导再也没让我住到家里，在宾馆为我们单独开了房间。陪护妈妈的是个什么样的人我不知道，陪护我的，是一个尖下巴小伙，他手里一直拿着对讲机，睡觉、上厕所、进餐厅，不管走到哪里都在后边跟着，那情形仿佛我是罪犯，一不小心就会逃跑，仿佛我一旦逃跑，就是不得了的什么大事。把我和妈妈隔离，是他们担心母子在一起加重悲痛，可他们不知道我需要悲痛，需要妈妈呼唤我的眼泪。因为那几天，不管走到哪里，都能看到人们看我那意义含混的目光，那目光好像在说，瞧这孩子，多冷漠多不孝，爸爸死这么大的事他都无动于衷！我不在乎别人说我不孝，我在乎别人说我冷漠，那不是我！从小到大，我最讨厌的就是冷漠！可是，就是这么荒诞，我这个打一小就爱哭的“哭刘备”，居然爸爸死了，哭不出眼泪。

更荒诞的还在后边。妈妈回来的第五天，我被带到爸爸遗体告别大厅。爸爸没有遗体，这我是知道的，宾馆房间的电视新闻天天都有报道，尖下巴天天都陪我观看对飞机残骸的寻找无果。在去往殡仪馆的路上，我猜想一定是挂着遗像的一场遗体空缺的告别，可去到后才知道，爸爸不但有遗体，还是个完整的、哪哪都鼓鼓胀胀的遗体，那是一个用塑料胶之类材料做的仿制品。遗体能够仿制，还要大家瞻仰告别，如果不说这是一场戏剧，还能说是什么?!

我永远都不能原谅妈妈，她或许不是导演者，但她有权利拒绝！她不拒绝，一定是觉得爸爸有地位，不能尸魂不归，一定是觉得爸爸这样地位的人，政府一定要有所表示，因为被簇拥在人群里，我听到人们声音低沉的议论：白花了二十万，造得一点儿都不像！

置身于荒诞的戏剧当中，我不但哭不出来，反而愤怒得想笑，想大喊大叫。这情景使我不由得想起梦梅的车祸，那时爸妈还是小官僚，他们为了往上爬，公然忽视一条生命。现在，他们爬上来了，爸爸却用自己虚假的生命，公然遗弃了尊严和荣誉。爸爸变成一个塑胶人，这不一定是他的本意，但妈妈允许这么做，一定有妈妈对他思想的理解和猜测，就像他一直允许妈妈以爱的方式对我的遗弃……

看到瞻仰遗容的人们交头接耳，窃窃私语，看到他们不无讥讽的表情、怪怪的眼神，我差一点儿失控，我想喊：爸爸你到底是谁——

张展没喊出来，可这声音已经灌满我的房间——

在希望和张展有一次面谈，而无论怎样都找不到机会，最终不得不关起门来，决心用小说家的想象虚构张展故事的时候，我怎么都不会触及这样一种情境，他长期叛逆爸爸，而一朝得知爸爸身亡，他会追问爸爸是谁。发出追问，缘于妈妈同意做了个塑胶遗体，可正因为如此，我有种快感，那种从他身上找到金钥匙的快感。

事实上，都因为我不知道爸爸是谁，才使我找不到悲痛。但与假爸爸告别之后，我真的开始了对爸爸的寻找。

那是给爸爸安葬之后的那个晚上，我和妈妈终于回到了自己的家。脱离外人簇拥，和我待在一个屋檐下，妈妈像一个突然卸妆的演员，不，更像是从战场归来卸掉盔甲的士兵。她先是瘫软地躺在沙发上，死了一般，舅舅和舅妈们把我拉到妈妈身边，不出声地围在左右——那时爷爷奶奶一班人都退出去了，回了大槐树。可突然的，妈妈死人复活似的坐了起来，先是抓住我胳膊，往她怀里拉，拉到半道，她扯着嘶哑的嗓子喊道："你说妈妈可怎么办哪——"

虽然她想的是自己，可因为从小到大，她很少这么抱我，很少这么脆弱、无助、痛哭，隔在我和悲痛之间那层薄膜开始掀动，我身体里某个地方开始发热——我小时惹祸，她也痛哭，但那哭太坚定了，有恐吓恫吓的表演成分。或许感受到我身体里有东西在涌动，妈妈更加受不了，接着说："你爸说没有就连个影都没了，扔下咱娘俩可怎么办哪——"

咱娘俩，这是普通得不能再普通的三个字，可爸爸活时，他和妈妈从来都是一体的，是"他们"，现在，"他们"分开，我和妈妈成了"咱娘俩"，我们是一个整体，某种责任，男子汉顶天立地的责任，瞬间就在意识里壮大了，如同一棵树苗经过雨水浇灌。可它壮大，不但不能让我走在半路的悲痛喷射而出，反而抑制了它，这使事情向另一个方向去了。妈妈抱着我，突然的，又把我从怀抱里推出来，直盯盯看着我的脸说：“张展你为什么不哭？你爸爸死了你为什么眼泪都不掉一个？你爸爸他多优秀哇，可你眼泪都不掉一个，你还是不是他的儿子?!”

妈妈的逻辑，是可笑的逻辑，优秀和掉泪没有任何关系，可我并不在意，她都能同意做个假的遗体让大家瞻仰，还有什么好说的！我在意的是她的疑问：我还是不是爸爸的儿子？这和在殡仪馆里我的疑问没什么两样：爸爸你到底是谁？

带着这样的疑问，整个一个假期我都魂不守舍，因为每隔七天，都要去公墓为爸爸烧七——妈妈抵制乡村的落后，却不抵制烧七的风俗。站在爸爸遗像前，看着他略略有些凸出的眼睛，下坠的眼袋，我并不觉得我认识他。而其他时候，我关起门来在屋里追忆过去，爸爸的形象虚无又缥缈，唯一真实的，是我“哭刘备”时他嫌弃的目光，我离家出走时他隔膜的眼神，害怕我迷恋穷人的滋味时他扳住我下颏的动作，还有他升官后在屋子里背着手转圈的习惯，当然，还有一次次聚会时他以自己为中心的得意……这些细节，都足以证明他是我爸爸，我爸是领导，如同后来极富时代特征的流行语“我爸是李刚”，但因为这个爸爸一直嫌弃我，厌恶我，我感受不到那种带着体温的爱。这很重要，感受不到那种爱，我就掉不下眼泪，掉不下眼泪，就怀疑我是谁，他是谁，我到底是不是他的儿子，他到底是不是我的爸爸。

为了找回爸爸，从那个高中毕业的假期，我就开始画爸爸。我打开影集，找到他所有照片，那些照片，是从大学之后才有的，似乎他的人生开始于他的大学。于是，我就把自己关在屋子里，从爸爸的大学开始，一天天画起来。

我的举动，妈妈并没反对。她不反对，并不是误以为我开始想念爸爸，而是她已经深度抑郁。爸爸凭空消失，我又自作主张考上了她最反对的美术专业——那时大连滨城大学美术系的录取通知书已经寄到，她让交换妈妈帮我换学校，我坚决不同意。精心设计的人生全盘落空，她要么疯了似的扑到床上大哭一场，要么痴呆呆望着窗外，自言自语：

“张兴昌，你没死，你怎么能死了？你肯定还能回来！儿子你说爸爸是不是还能回来，是不是？”

那时我知道，看上去强势的妈妈内心最脆弱。一方面，她太顺了，从来就想不到灾难会找到她；一方面，所谓强势，是总试图用行动去解决冲突，而从来不会停下来，像一个弱者那样打量内心的冲突。突然的灾难让妈妈停下来，她不得不像个弱者那样面对内心，抑郁便在所难免。然而这反而对我有益，因为当我把画好的大学时代的爸爸拿给她看，她的目光会由涣散突然变得专注，从而说一些和爸爸当年恋爱的细节。比如上大学时，爸爸最热爱体育，可是因为家里穷，怕磨坏了鞋，他自搓麻绳编麻绳鞋，开运动会时，一下子在全校出了名。比如和爸爸恋爱三年，爸爸一直都没让她去大槐树的家，总说时机不成熟，最后那个暑假，爸爸说行了，这回行了，结果是什么，是他用三年假期，亲手为妈妈制作了四大件结婚家具，立柜、高低柜、梳妆台、五斗橱。妈妈揭开奶奶家耳房房门那一瞬，彻底傻了……妈妈说爸爸一小就喜欢刨子、斧子、锛子、锯之类工具，一生最大的理想是做个木匠，可考上大学，认识妈妈，她改变了他。他们结婚，妈妈坚决没让把那些家具搬进他们城里的新房，为这事，爸爸好长时间都耿耿于怀……

妈妈抑郁时说这些，是悼念爸爸被她引上另一条轨道之后的成功，还是后悔她不该以改变的名义强迫爸爸，不得而知。当时，我能知道的是，因为这些细节，我在走近爸爸！他喜欢动手，他的理想是做个木匠，这实在太神奇了，这和我认识的爸爸相差太远了，在他的理想被仕途撂荒时，内心难道就没剩下一个角落？

那个角落，终于显现了，它不在爸爸留下的照片里——那之后妈妈为我提供了更多照片，都是在一些会议上拍下的工作照，而在网上的一段文字里——那之后我上网敲击爸爸的名字，希望从那里找到跟爸爸有关的蛛丝马迹。那个角落一经显现，就不是一个角落，而是一片辽阔的原野。因为，在那里，在一个人写给爸爸的微博里，我遇到了无尽关系。

我不由得浑身一热，像通了电，我和张展的黑色关系居然缔结在这个时候……

我的无尽关系

孙老师，您大概已经明白，那个夏天，和您一样，我也在网上读到一个人的博客，他说爸爸在电话里说，读罢《致无尽关系》这部小说心里久久不能平静。久久不能平静，这正是我读到这篇博客的心情。我不平静，仅仅因为爸爸读小说。在我的记忆里，他从来就没提过小说二字，他怎么能读小说?

就像听妈妈说他的理想是当木匠，当得知爸爸还读小说，惊讶、兴奋、怀疑、好奇，不一而足，立即就在网上搜到您的《致无尽关系》，并一口气读完。一对在城里工作多年的知识分子夫妇，大年三十，他们带着孩子，带着大包小裹十几份礼物回家过年，在他们的乡下，有女主人公的老母，三个哥哥三个嫂子，一大帮侄男侄女，有男主人公的父亲、母亲，弟弟、弟媳，当一层层关系被挨家拜年的古老风俗牵扯出来，一条条根脉也就被现实和记忆挖掘出来。打开一层层关系，没有哪层不是错综复杂，挖出一条条根脉，没有哪一条不是剪不断理还乱，因为那关系里是一个个活生生的人，是人的情感，是和一对主人公血脉相连的关系激发出的情绪，当一个个活生生的生命在关系里复活，一棵被世俗情感浇灌的家族之树顿时根深叶茂……

乡村的家族是一棵根深叶茂的大树，我从不曾体会过。每年春节，爸爸也带我和妈妈回去，可因为只象征性地待那么一小会儿，我看到的，是一些暗淡的面容，飘忽的眼神。他们是爷爷、奶奶、三个姑姑和姑夫们，他们就在那儿，可因为爸爸妈妈有意疏远、逃避，在我眼里，他们就仿佛一些断了血脉的瓜秧，毫无生气。爸爸要升官，要进步，爸爸受妈妈影响，要加盟富人圈子权力结构，可这么多年过去，爸爸已随官场的候鸟飞得越来越远，飞得亲人根本找不见，他为什么又回过头来想起亲情，为什么会读这样的小说，读后又久久不能平静？难道，随着年龄的增长，他在反思过去？或者他只是愿意在文字里温习故乡和亲人？

这也是我的问题：为什么？

孙老师，那天在开发区酒店，您说我爸爸读过您的小说，我的心有种钝痛，给您写信的念头，就萌生在那钝痛中。因为正是这篇小说，打开了我和爸爸心灵的壁垒——当我对他对故乡亲人的情感有了疑问，生出好奇，我回了一趟爸爸的大槐树老家，从此，我对爸爸的感情，就像一场春雨后的田野，无处不是嫩绿的须芽。

回大槐树爷爷奶奶家，是临大学开学的前一周。那不是春天，而是初秋。我的回乡，无异于将悲剧的一幕重演，可爷爷奶奶和姑姑们见了我，和在我家时判若两人。他们身上仍然还散发着土腥味，但他们动作不再粗鲁，表情不再夸张，说话小声小气。第一个发现我回来的，是大姑，小时候，就是她领我上河套洗澡被水呛着，从此妈妈再也不让我住奶奶家。她推开屋门，觑眼看了我很久，仿佛不相信我会来，当确定是我，风一样飘到我跟前，把我轻轻搂住。她的动作很轻、很慢，显得有气无力，像一棵被暴雨折断的草叶。当被她缓缓地引进屋子，我看到了废墟上的爷爷和奶奶。爷爷躺在炕头一角，瘦得像个骷髅，一只麻秆一样细的胳膊伸过来，仿佛垂危之人向世界发出最后的求救。奶奶倚着炕梢墙壁，看我的眼神空洞而死寂，像熄灭的炭火，当我上前握住她枯瘦的手，她的整个身子都哆嗦起来，而这时，大姑在一边不出声地哭泣起来。

没有语言，没有宣泄悲痛的气力，有的，只是爷爷奶奶身体迅速干枯衰败的迹象。姑姑努力挤压在胸腔下面不甘又无奈的悲痛，然而这真实而无声的衰败和悲痛，像一把尖刀，慢慢地扎进我的胸口。因为听姑姑在那里哭泣，奶奶松开我的手，向炕沿挪了挪，将脸贴向我的脸之后，她静止下来。虽然奶奶动作静止了，寂灭的眼神却动了一下，随之，她继续慢慢往炕沿挪，哆嗦着双手穿上布鞋，下了地。在她下地的时候，我不知该扶她肩膀还是腰，一个趔趄，她差一点儿跌到地上。当她扶着墙壁，战战兢兢往里屋走，推开里屋屋门，我的眼睛像击了电光，我看到伫立在屋子四周亮锃锃能照出人影的家具！而这时，奶奶把我的手放到一个立柜的柜面上，摁住我的手在上边慢慢抚摸，我的眼泪，我那总也掉不下来的眼泪，顿时汹涌而出。我听到了奶奶此时无声的语言：孙子，想爸爸了是吗，就把它当成爸爸，它是你爸爸亲手做的家具，这上边有他的指纹，你摸它就能摸到你爸爸……

心在撕裂，慢慢地撕裂……

家具的纹理上有爸爸的温度，这一点儿都不荒诞，它真实得不能再真实，这并不是说随着眼泪的涌出，我感受到一种尖锐的钝痛，而是钝痛之后，我不顾一切冲出放有家具的房间，冲出奶奶屋子、奶奶家的院子，直奔大槐树下向村庄外面伸出去的岔道。当我一口气跑到一条大河，扑通一声扎到河里，浸在冰凉的水中，我看到了爸爸，那个年轻时想当一个木匠的爸爸，他就站在河的中央，脸上挂满汗珠，那汗珠晶莹剔透，和无边的野地融为一体，和野地里绿油油的庄稼融为一体……

当天晚上，我确实看到爸爸十八岁之前的照片，它们镶在奶奶外屋北墙的镜框里，总共三张。一张是全家福，爸爸也就十来岁的样子，他坐在爷爷奶奶膝盖间，三个姑姑站在爷爷奶奶身后，足见他这独子在家里的地位。一张是他的高中毕业照，三排愣生生看不清面目的小脸儿，爸爸在最前一排，靠近老师身边，足见老师对他的看重。另一张是单人照，十八岁考上大学之后的照片，他清瘦、高挑、满脸英气，细长的小眼睛看着远方，仿佛美好的未来正在向他招手……

实际上，照片把光阴推远，远没有家具更能带给你真切的质感，后来的几天，我几乎天天都坐在装满家具的屋子里，细细地、一分一寸也不漏掉地抚摸它们、观察它们。它们虽然表面涂了明色的亮油，可因为里面依然裸露着木质本身，那木质强大的然而却是淡淡的清香还是弥漫了出来。嗅觉沉浸在淡淡的清香里，手在上了油的纹理上抚摸，肌肤相亲的感觉那么强烈。有时候，你忍不住要把脸贴上去，把鼻子贴上去，忍不住要抚摩它，抚摩每一块木头与木头的接缝，每一个镶嵌把手的钻眼儿，每一朵雕花上立体的剖面……它的工艺细致、考究，它的雕花图案虽然没法不带着那个时代的痕迹，立柜的柜门雕刻着荷花金鱼，梳妆台的镜子四周雕刻着凤凰牡丹，可由于它们的线条是写意的勾勒，反而有一种现代气息，反而让你惊叹、错愕、痛苦不已……

我惊叹爸爸的手艺，从而看到我绘画基因的出处；我错愕爸爸对妈妈意识的百依百顺，从而惋惜他对自我的背叛；悲痛爸爸活着的时候，为什么就没有人告诉我，我为什么就不知道这一切?!如果我知道，我们是不是会成为好朋友?!

过去没人告诉我，现在却有人喋喋不休，她们是我的三个姑姑，是我的奶奶，是邻居一个胖老太——第二天另两个姑姑回来，也引来了街上邻居。当一屋子人围在一起，围着我——张家唯一的后代，关于爸爸的追悼和回忆也就无边无际地开始了。他小时候如何心灵手巧，如何在十六岁那年，利用假期，带人翻新了老房子；考上大学那年，他如何向父母承诺将来一定要把他们接到城里，又如何假期回来埋头为城里媳妇儿做家具；做好的家具不让拿走，他如何把自己关在屋子里，一关就是三天；为了前途，为了家庭和睦，他没有把家具拿走，也没有把爷爷奶奶接到城里，可他这么些年，如何往家送钱，二姑夫干工程出事，他一次性就给了五万……可老天愣是不长眼，和这么好的人过不去……

她们跟我谈爸爸，不过是在回忆中追悼，在追悼中数落老天的无情，而一说到老天的无情，她们往往又落到妈妈没让爸爸把家具拿走这件事上。仿佛老天从那时开始就对不起他。引起话头的往往是邻居的胖老太，姑姑们擦眼抹泪时，她就在旁边咕咕哝哝：“别提当年啦，你奶奶大病了一场，半个多月只喝水不吃饭，要不是你爸爸官当大了也没忘了家，她这心可是凉透了。”奶奶说不动话，可胖老太反复重复，奶奶就有气无力地说：“你爸是个孝顺儿子，他在城里给爷奶买了房，爷奶不去，他都火了。爷奶为什么不去？这家里有他做的家具，俺舍不得，俺得为他守着……当年你妈死活不让把家具拉到城里，结婚前你爸回来，把自个儿关到屋里，整整一夜没有动静，第二天，他哗啦哗啦在屋里弄起来，一弄就是好几天，过后俺过来看，那柜上什么都没有，也不知道他都鼓捣了些什么。从那会儿开始，他回家就再没进过这个屋。”

奶奶说这些，为了强调老天对爸爸的不公，更有一丝谴责妈妈的意思，因为在她提到“你妈”两个字时，姑姑们纷纷去捏她的胳膊，仿佛当着我的面儿讲妈妈是不应该的。然而奶奶这席话，对我可是太重要了。第一，我从中看到爸爸并不是一个不孝之子，他一直在背后、以妈妈不知道的方式在和他的血脉保持着关系，这或许正是他喜欢《致无尽关系》的原因。第二，奶奶描述了爸爸一连好几天把自己关进屋里的细节，这让我有了某种警觉，觉得他一定是在柜子上留下了什么东西。于是我听完后，从地上站起来，重新观察家具上的每一个雕花。当所有花纹看完，也没有什么新的发现，我从中间的高低柜开始，从左往右，一个个打开柜门。就是这时，奇迹出现：在立柜柜门镜子左侧抽屉上方，我看到两个字，是用凿刀凿出的两个字：展翅。而那个字的下方，蹲着一只麻雀。那麻雀低着头，身上有着纹理细致的羽毛。那一刻，我不禁呆住了，明明是要展翅，却要刻一只低着头的麻雀，为什么？

看到“展翅”二字，三个识字的姑姑再一次哭泣起来，她们一定联想到飞机，它折断了爸爸的翅膀。可我的想法不仅仅是这个，我在想，爸爸最终还是选择听了妈妈，不把家具拿走，不把爷爷奶奶接走，是不是就为了展翅飞翔？刻下这两个字，是不是为自己甩下包袱做个纪念？可如果是那样，他应该雕刻一只苍鹰，一只展翅翱翔的苍鹰，为什么会是一只麻雀？还低着头？难道，在甩下包袱那一刻，他就开始鄙视自己，瞧不起自己，他觉得放弃自我，尾随妈妈，即使展翅飞翔，也仅仅是一只没有雄心壮志的麻雀？或者，为了家族荣誉，为了改变命运，为了一份情感，他不得不选择展翅，但他最心底里，还是渴望做一只守着屋檐的麻雀？

展翅和麻雀，这是一对冲突，可就因为这冲突，我感觉到了爸爸，感觉到了爸爸年轻时冲突的内心——在从妈妈那里得知他的理想是当个木匠之前，我从不觉得他有什么内心。

感受到爸爸冲突的内心，我像个神经病患者，一遍又一遍疯狂地抚摩“展翅”，抚摩麻雀沮丧的脑袋，这时，姑姑再次泣不成声，奶奶在地上抱住我的腿，把脸贴上去，当奶奶脸上的温热通过我小腿传遍全身，我扑通一声跪下来，抱住奶奶，用额头去擦她脸上冰凉的泪。

我再也读不下去，木呆呆地仰起了头……

曾千遍万遍想象过父亲去世后张展和父亲的关系，却怎么都想不到，竟然是这样一种关系……

不知过去多长时间，我从写字台前站了起来，走到客厅。我已经坐在电脑前五个多小时了，从晚上七点多到深夜一点多，除了上厕所，我就没有动过。晚上丈夫回来，问有没有饭，我也没有理他。我的肩膀、颈椎已经特别僵硬，我的生有滑膜炎的膝盖因为屈膝时间太长，已经钻心地疼。可是，捶着僵硬的肩膀，慢慢挪动双腿走动在客厅里，泪水一点点漫上了我的眼，我的脸。我想起那天在开发区饭店，我疯狗一样抛出那颗石子之后，张展回过头来定定看我的眼神……当时，我读不出眼神里的任何内容，可此时此刻，那眼神闪烁在空寂的客厅，我看到了无边的空茫与痛楚……

觉得空茫，或许是我真的希望这是一场虚构，那种编造谎言的虚构。他有父亲的基因，他有创造、想象一个世界的能力。可是你又分明知道，某些情节和细节，某些刻骨铭心的痛楚，是你再有想象力也编造不出来的。实际上，当那空茫与痛楚的眼神闪现在我眼前，它已经不是眼神，而是一把尖细、尖锐的锥子，因为我看到了他的爷爷奶奶和姑姑们，看到了刻在家具上的展翅和麻雀，看到了大槐树下被灾难徐徐拔起的无尽关系……

当看到被一场灾难徐徐拔起的无尽关系，我再也不能在屋子里待下去，披着丈夫脱在沙发上的夹克，轻轻推门下了楼。

夜已经十分寒冷，走出小区，来到小区后面一个种植着各种杂树的公园，我仿佛一个习惯于夜游的梦游者，跌跌撞撞。黑暗为我点亮了夜的眼睛，夜于是就有了暧昧的、恍如白昼一样的热闹和纷繁。热闹而纷繁，这是梦的质地，它斑驳、杂芜、诉说不清，它让你身在其中，却不知道你究竟是谁，你不知道你到底来自太原的大槐树，还是辽南的青堆子。多年前，当我毅然斩断家族人对我“一人得道，鸡犬升天”的指望，每次回家，我都有着莫名的伤痛，因为当亲人向你讲述谁谁借职权之便往家里拉了多少东西，谁谁大年三十回来单位专车接送，两袖清风的我们只能厚着脸皮死猪不怕开水烫。亲人们也许只是随便流露，没有用意，可是你终归不是傻子，你知道你的两袖清风在故乡意味着什么。故乡是荣誉感的温床，在物质相对贫困的那里，荣耀的基本归宿是物质而不是精神……

《致无尽关系》那篇小说，几乎可算我的自传，当你每年一度站在故乡街头，长期支持你的所谓知识分子的两袖清风遭遇破产，你便无法不迷失自我，无法知道你究竟是谁，你从哪里来，要到哪里去……

梦游把我拽入一种关系，公园四周的小树林再次让我迷失。路分明就在脚下，用碎石铺就，可因为远处影影绰绰的路灯恍乱了视线，我居然不知道哪里才是家的方向。我不得不奔着路灯，向着光亮走去。然而，当在光亮中驻足，我却在路灯下的报栏中，看到了让我意想不到的信息。

中央巡视组进驻大连，正央区环保局局长耿丽华被查。

在光亮中驻足，从不看报的我把目光投向报栏，不过是为了从梦游中走出来，可当两行偌大的黑体字从微弱的光线中撞入眼帘，我禁不住打了个寒战。

回家的路就在左侧，可我真正找到它，已经是半小时之后。因为耿丽华被查的消息再次将我拽进梦魇，拽进我们第一次见面的场景……她就坐在我的对面，她告诉我，她的办公室之所以这么小，是落实中央政策刚刚间壁，这是一场触及灵魂的革命……她说话时，努力压低阔音大嗓，努力做出优雅的手势，可她抑扬顿挫的语言缝隙里，还是泄露了她卑微的乡村出身……

回到家里，重新坐到电脑前，好长时间都进不到字里行间，因为有个离奇的想法总是驱之不去：如果张展父亲活着，他会不会被查?

我的后灾难时代

孙老师，从给您写下第一个字开始，我就知道这是一次什么样的旅程，将目光钻进记忆的创面，密封的痛苦无疑就是一程程打开的潘多拉魔盒，可不管我有多少心理准备，我都无法想到，当从魔盒逃出来的痛苦怪兽一样在丛林里冲撞，某个时刻，我会突然间望而却步。我并不惧怕再一次跌落深渊，那里有一种东西也许让你迷恋，就像病毒对虚弱身体的迷恋。痛苦有时像病毒，身体虚弱的人总是难逃法网。没准儿，正因为我是一个精神上虚弱的病人，才要通宵达旦地给您写信。可写着写着，当灾难中的痛苦再次被唤醒，我怀疑自己是否能够把握好我的思绪，是否能够理清当时复杂多变的思想脉络，从而呈现一个真实的、没有任何夸张的自己。这一点对我特别重要，因为我不希望我的书写变成一次混乱的、泼污水一样不负责任的发泄，可我又不知道我是否真的有这样的理性，这样的写作能力。

您能看到，我现在有些后悔，后悔当初动念给您写信。可是包围在我台灯外面漫无边际的深夜没有给我走回头路的机会，因为在黑暗里，搭上任何一缕夜的游丝，都会触摸到在我生命中从未有过的告别……

那是一次痛彻肺腑的告别，我不光告别了奶奶、爷爷和姑姑们，还告别了爸爸——家具和家具所呈现的语焉不详的故事，让我感觉到了一个真实可爱的爸爸。我不光在告别爸爸，还告别了一个根深叶茂的家族，因为一旦你同爸爸情感打通，同爷爷奶奶姑姑们情感打通，体会了你与他们血脉相连的关系，你是这棵家族之树上一棵崭新枝杈的感觉那么强烈。为此我趴到爷爷身边告诉他，我一定会做您的好孙子！我抱着奶奶告诉她，您一定好好活着，等我回来吃您做的土豆饼！

2009年12月，奶奶和爷爷相继去世，我请假从学校回到大槐树，分别为他们守灵三天三夜，我还让姑夫们帮着，把那个刻着展翅和麻雀的立柜抬出来为他们守灵。冰凉的泪，冰碴儿一样凝结在冬天的夜晚，我体会到种种难以诉说的人生滋味。因为就是在那些个夜晚，大姑断断续续告诉我，奶奶曾是大户人家女子，她的父亲和爷爷都是乡村有名的木匠，可就因为他们是木匠，创造了比一般人家更殷实的家境，土改划成分时被划成富农。奶奶嫁不出去，快三十岁了，才嫁给了家里穷得连被子都盖不上的贫农爷爷。从此，奶奶开始了漫长的挣扎，她不希望爸爸当木匠，也不甘心爸爸种地，她发誓砸锅卖铁也要供爸爸上学，可爷爷坚决反对，爷爷穷怕了，坚决主张爸爸学木匠挣钱。爸爸得以念到高中，最后考上大学，都是奶奶以上吊自杀要挟爷爷的结果……爸爸的前途里包含着奶奶如此深重的寄托，爸爸的手艺里又蕴含着如此深重的血脉纠缠，一只麻雀的展翅在一开始就有了悲剧意味。

其实，自从那个疯狂的日子用额头擦干奶奶脸上的泪，大槐树乡下的根，就在我生命中深深扎下了。在我与埋在墓地里的姥姥告别的时候，在我与躺在床上自言自语的妈妈分手的时候，在开学回到大连，下意识来到斯琴发廊门口，又不得不止步的时候……

姥姥的墓地在H县城郊区的西山上，和大姨在一起。曾经，我只能通过姥姥来触摸爸爸空难的悲剧，可那一天，站在寂静的西山山谷，看到墓碑上姥姥的名字，我想的不是姥姥，而是爸爸。姥姥回到大姨身边，九泉之下还有陪伴，可爸爸呢，他在哪里？他是不是应该回到他的大槐树，和爷爷奶奶在一起？

妈妈把自己关在屋子里不见任何人，只有我除外，听说我要开学，她张着糊满黏液的嘴唇不断重复说，你爸托梦给我啦，他说水下挺好的，他在那里还是书记，领导飞机上全世界好几个国家的人，他还学会说英语，一点儿都不孤单。可面对妈妈，我却想，爸爸远离爷爷奶奶，远离他的姊妹，又不会游泳，不会像鱼虾那样在水下呼吸，他怎么会挺好，怎么会不孤单？

怀着这所有疑问离开太原，回到大连，下意识来到斯琴发廊门口，我那么想进去，想问问她，爸爸在水下到底孤不孤单，他到底是和人在一起，还是和鱼虾水草在一起，会不会有一天，他终于回到了大槐树乡下，见到爷爷和奶奶……

爸爸活着，我从没感到他的存在，没感到爷爷奶奶在我生命中的存在；爸爸走了，爸爸却复活，他不光一个人复活，还复活了一个家族。

刚刚开学的时候，姑姑和姑姑的孩子们经常给我发来信息，姑姑告诉我爷爷的病情、奶奶对爸爸的想念；姑姑的孩子们则安慰我，告诉我总有一天，我的爸爸会回来，会回到大槐树乡下。其实在来自大槐树亲戚的所有信息里，最多的内容是他们认为爸爸根本没死，爸爸还活着。在这一点上，他们和妈妈高度一致。妈妈在短信里说，爸爸不可能死，他一定是漂到了一个孤岛，像鲁滨孙那样一个人在岛上生活，有一天一定会等来救援的船只……然而，正因为我有了和身后庞大家族的关系，正由于身后所有的关系都在强调和爸爸的关系，后来，我和爸爸，有了可怕的亲密关系。

之所以说可怕，是说我不管是上课、吃饭，还是走路、画画，都觉得爸爸就在身边。他在我身边，是一团影像，一团混合了他所有照片的影像。可只要到了晚上，天光工作室的天窗上映现出黑暗的夜空，爸爸模糊的面庞就渐渐清晰起来，一双眼睛也一点点有了光亮，那是十八岁目光的光亮，清澈、深远，一眨之间，所向披靡……

大学第一年，因为常常把自己锁在幻觉世界，我如同一个游魂，形单影只。看上去我在上课，我的思想早飞到了大槐树乡下，那里有如爸爸肌肤一样的家具；看上去我在画画，我的思想早飞到了大西洋深处，那里突然漂出一块物体——碎裂的飞机翅膀的一部分，爸爸就坐在上面；我看上去在走路、在洗衣服、在吃饭，我的思想早飞到太原家里，那里妈妈正在忙着订酒店包间，等待为爸爸突然回家庆贺……

这也许是任何遭遇空难失事家庭共同的处境，因为没有目睹肉身的消亡，便永远生活在幻觉中。

因为沉迷于幻觉，我和我身边的人隔在了两个世界。刚进大学校门，我不但换了手机号码，删掉了手机里所有高中同学、老师的电话，我和身边同学也从不交往。他们打球，他们在电脑上玩各种好玩的游戏，他们搞一个又一个社团，组织街舞比赛，网球、曲棍球比赛，英语演讲比赛，我从不参加。久而久之，我和身边人不是两个世界，而是两个星球，因为你根本不知道他们为什么那么快乐，你也不想告诉他们你为什么不快乐。他们都有爸爸，他们的家庭完好无损，即使他们父母离异，他们爸妈也都活着，即使他们也有父亲或母亲早亡的，可他们有骨灰，有墓地，有死亡的确凿证明，你想他，产生幻觉，终归容易回到现实。

那时，我似乎有点儿理解妈妈，她同意做个假爸爸，除了含义复杂的虚荣，或许还包含了这样的想法，她希望通过目睹肉身的消亡，去感受生命的真实逝去。可事实是，这对她没用，对我同样没用。

确凿的证明，有一天还是来了，那是大学开学两个月之后的一个日子，那是一条短信，妈妈发来的。那段时间，我这个多年来最讨厌妈妈信息的逆子居然最盼望收到妈妈的信息，不是我孤独，需要抚慰，我从小到大一直都需要抚慰，而是，当我和妈妈成了在同一废墟上挣扎的人，她给了我不一样的感觉。她常说“咱娘俩”，常叫我儿子，还动辄就跟我说，儿子你大了，妈妈管不了你了，什么事情自己做主吧。有一天，她居然谈到我的毛线帽，说你实在想戴毛线帽也没关系，保护好头很重要，但一定要买个新的。妈妈说这种话，不过是失去安全感之后的胡思乱想，可因为触及她曾经对我的操纵，我心底里不由得就生出疼痛的喜悦，并且只要有短信声提醒，喜悦往往预先就到达了。

然而，打开新的短信，却是这样一行内容："儿子，爸爸的伤亡补偿金已到，40万需要给爷爷奶奶，那80万，我已存到你的名下。从今往后，你念大学，你将来成家买房，就用这笔钱。"

记得当时我正在餐馆吃饭，一口西红柿炒蛋还没吞下，径直吐了出来，紧接着，一种翻江倒海的恶心从食管往上涌，我不得不跑出餐厅……

那是一种我不想在这里更多描述的感觉，仿佛我吃下的不是饭，是……那之后，好长一段时间我不能进餐馆，不敢摸兜里的钱，好像爸爸是餐馆里的食物，是衣兜里的钱。

在此之前，我上学、买书、穿衣、吃饭，从没考虑过钱，没考虑过钱的出处，在大连读高中的日子，妈妈让交换妈妈给我办了一张工商银行卡，定期往里存钱，取钱花时，从没去想这钱跟爸爸有什么关系。大学开学，爸爸已经不在，妈妈一次性交给我一万块钱时，曾觉得哪里不对头，可因为钱从来都不是我生活中的大事，也就一滑而过了……

爸爸的丧葬补偿，向我证明他不在了的同时，第一次让我感受到爸爸和一份物质的联系，那物质，是我从小到大得以衣食无忧的强大支撑，是爸爸身为一个父亲的责任……

爸爸以死亡的名义让我感受到他身为父亲永不消失的责任，打工赚钱，便成了我后来时光必须面对的事情。

我不缺钱，但我必须告诉自己，我花的钱跟爸爸无关，必须在意念里让爸爸跟钱断裂，您大概理解我的想法，我只有花自己挣的钱，才觉得不是在消费爸爸的生命。

我这样背景的孩子，迈出这一步实在不易，但我迈出去了。它来自我一直以来因叛逆而生成的倔强，叛逆是一种拉力，如同拔河的双方，当因爸爸去世而消逝的拉力再一次生成，我感觉到一种潜在的力量。我曾考虑过学校食堂，那是个乡村气味浓郁的商业中心，它一度给了我不错的感觉，喧嚣和嘈杂会在吃饭时将孤独淹没，可你如果打工，站到同学对面，孤独感势必耸立出来，像从墙缝儿里耸立出的畸形枝蔓，重要的是我不愿意让更多的人注意到我。最后，还是选了个隐蔽的去处。

那是一个很小、很暗的空间，它是一个院子，却像一个很深的洞穴，它在我们校园和一所寄宿初中校园中间的夹缝儿里，是一家洗衣房。初中生不会洗衣服和刷鞋，这在我们这些独生子女看来并不稀奇，我初中时的衣服和鞋子都是保姆洗的。

儿子读高中前的衣服鞋子也都是我洗的，在我的老家乡村，每个初高中学校旁边都有这样的洗衣房，只不过那里的打工者多是陪读母亲。

你是学生，你就站在了洞穴的上方、外部，你是打工者，你就站在了洞穴的下方、底部。你在上方往下看，也许会看到幽暗的倒影，倒影里闪烁不定的风景，你甚至会看到某种奥妙和神秘，如同当年在拥政小吃部里看到的和艺术通着的东西；可你在底部，你看到的就是狭小和黑暗，肮脏和混浊，就是与一孔天空的遥不可及。重要的是，当你有了赚钱的目的，你就是一架机器，你就永远重复一种动作，要是你好不容易把一双鞋刷完，老板娘又从院子里拾起来摔到你面前，说没刷干净让你重刷，要是你想直腰都直不起来，每一次直腰都疼痛不已，逃离洞穴，便如黑脸男孩逃离小吃部一样天经地义。

为了钱，假期之前我没有逃离。曾有一个周六，走到洗衣房门口想转身，但想一想四小时之后就能到手的二百块钱，还是硬着头皮进去了。然而，正因为没有逃离，在洞穴的底部，你懂得了何为劳务、苦力，何为底层世界，懂得了钱对人认知的左右——所谓手工里有艺术，不过是我不知钱为何物时飘逸的想象，它一旦跟身体的劳累发生联系，跟尊严的损伤发生联系，就完全变了味儿……忘了是哪个周六下午，在充斥着劣质洗衣粉味和肥皂味的洞穴里，当冰凉的泪和汗汇到一起，我萌生了和爸爸说话的愿望。

事情也许非常简单，我不过是想跟爸爸谈谈身在洞穴底部的感受，这涉及我如何重新看待他的大槐树乡下，在他的人生中，那里或许正如同一个洞穴的底部，只有展翅才能逃离；我想跟爸爸谈谈我一直以来的叛逆，这涉及他飞到那个物欲横流的外面，如何制造了又一个洞穴，如何将我置于了洞穴底部，让我在心灵的缝隙里爬行……我想跟他交流的或许还有更多，比如我在心灵的缝隙里爬行时，看到了什么样他看不到的风景，比如他飞翔在世界外部时，看到了什么样我看不到的风景，那是否又是另一个世界的底部。比如依他的经验，我即使不再打工，将来有了工作，我的心灵里，是不是还有一个渴望逃离的外部，他喜欢读《致无尽关系》，是否觉得乡村世界才是他后来的外部？……

渴望和爸爸说话，这是一个不错的念想，它会使跌进底部的孤独得以释放，就像一次精神越狱，可是你长时间在精神里越狱，不免要深化身体里的感受，一些个夜深人静的夜晚，从洗衣房出来，回到画室，仰望窗外的夜空，你不免要在那里一次次打捞爸爸的肉体，因为夜太深沉浩瀚了，太像吞噬爸爸的大海了。

它不是大海，是宇宙，是宇宙里比时光还遥远的星河，它没有回声，你纵是喊破嗓子，也仅仅是一声呻吟，一声叹息……那一刻，生命是那么渺小，孤单是那么巨大，周围世界陷入无边的虚无。当由孤单而生成的虚无海水一样灌注体内，我也和爸爸一样，在一程程下沉……这时，更深的渴望往往顺鼻孔耳朵一点点涌出，我会情不自禁伸出手，想抓住什么，抓住与爸爸有关的什么……

为了抓住什么，我拿起画笔，我一个夜晚又一个夜晚在没有天光的天光工作室里画爸爸。后来，已经不是晚上，还连缀到白天，连缀到所有空闲时光。我学的是美术学专业，理论课之外，有许多时光是艺术实践，就是室内临摹和户外写生。大学第一年，实践课是临摹，可在画室里临摹石膏像和苹果橘子之类静物，动不动脑袋里就出现了爸爸。有一天，画走了神，我居然在一张画爸爸的画纸上画起了水草和鱼虾，当它们一个个跃然纸上，蓄着毛刷胡子的王凯恩老师来到身边。大学宽松，老师很少严厉批评学生，可一个人的肖像和鱼虾之类画到一起，那个人的肖像又线条混乱，鱼虾和水草又僵硬得如同线偶，老师便不能不走上前来，在画布上指指戳戳，用无声的语言问我这是怎么回事。

我不知道这是怎么一回事。我当然知道这是怎么回事。可我不能告诉他是怎么回事，我只有把画布拿掉，痴呆呆地坐在画室，等待下课，等待老师和同学散去，等待天黑下来之后的漫漫长夜……

那是大学第一学期的最后几天，那时刚从爷爷奶奶去世的现场回来，因为再一次从家族关系中感受到与爸爸的关系，因为想跟爸爸交流的内容里又加入了爷爷奶奶更多内容，一夜一夜不能入睡之后，我已经不能正常上课，即使人在课堂，也神情恍惚。到了实践课，我常常偷偷躲在屋里睡大觉。其实是做睡觉状，根本睡不着，只是蒙被在黑暗里发呆。是这时，我室友于永博告诉我要放假了，他爸爸来大连出差，明天要来学校接他。我和于永博虽同居一室，平常却极少交流，他告诉我，不过是另两个室友都恋爱了很少回房间，我又天天闷在屋里，他提前离校，需要说一声。爸爸如果活着，也有可能来大连出差，可因为爸爸从未在什么时候接过我，于永博跟我说，我并没在意。然而当真他爸来了，却不一样了，他过来摸了摸我的头。那时，我为了表示礼节，从被窝儿爬起来坐在床边。他摸我，不过是长者的一种习惯，或者他从儿子那里知道我的遭遇。我没跟任何人说过我的遭遇，但也许会有人知道。可即使他从于永博那里知道，过来摸摸我的头也就算了，偏偏临走前使劲握了握我的手。我的手掌被一双宽大的带有热度的手抓住，那种积于心底的渴望瞬间就电流般被疏导出来……

瘫软是暂时的，就像不明真相的触电，当于永博父亲抽出手去，两人肩并肩消失在走廊一角，我软软的身子又一点点硬朗，某种不可战胜的东西又充斥出来。我两眼蹿出金星，我腿脚发轻，我不等关上屋门，就冲出走廊冲出大楼，直奔那肩并肩的背影。可是，靠近他们只剩五六米距离时，他们已经上了车，他们发现我，只礼貌地拉开车门玻璃，与我招了招手。

我不知道跟车跑出多远，不知道在追不上时，是否像一条被主人丢弃的狗，反正当我不得不返回，我没有回宿舍，而是去了王凯恩老师办公室。去他那里干什么？我不知道。我推开他的屋门，他正好在，他在对着墙上一个方镜修剪他嘴唇上的毛楂，从镜子里看到气喘吁吁的我，他把剪刀从毛楂上移开，转身说：找我有事？

我……有事……

可我有什么事？

从他办公室出来，我比一条狗还要狼狈，因为我听见他在身后说，张展你假期得去医院看看，你气色很不好，你，有些不正常。

我当然不正常，我爸爸不在了，他变成了一百二十万。

我不需要钱，我需要和他说话，我还从没和他好好说话，我想跟他谈谈世界的底部和外部，我们还从没有过平等的交流……

不不，我什么都不需要，我只需要握着他的手，感受他的体温……

电话一瞬间就拨出去了，那是我的交换妈妈，在我能够通话的成人里边找到了解我遭遇的人，她是其中之一。换手机后还保留她的电话，不过是为了知道她的号码可以选择拒接，妈妈把我的新号码告诉过她，可电话接通，我的心冰凉如柱，她说好啦张展，你终于想起我啦，什么事？说！我扣掉电话，又把电话拨给斯琴，在我的生命中，我保留的不仅仅是她的号码，而是她永远的温存。可十一位号码拨完，铃声响起，却长时间无人接听。

我再一次向校外跑去，这一次我不是一条狗，而是一个目的明确说话清脆的大学生了，因为当我打一辆出租上了车，司机问我大学生上哪去，我干脆利落告诉他，去家具城。

我不知道我为什么要去家具城，就像我不知道为什么去找王凯恩老师，就像我不知道为什么要给交换妈妈和斯琴打电话。然而，司机左打右打方向盘朝开发区繁华的街区开去，来到家具城，看到那些闪着肌肤光亮的木制品，我便知道我要干什么了。

我贴紧它们，一个个贴紧。我旁若无人，我脸贴着它们的脸，慢慢地蹭，我的手抚住它们表面，上下细细抚摩，它们虽然没有大槐树家具木头的清香，它们的表面上也没有雕花，可它们拥有同一种属性——体贴，在一个两开门的立柜柜门上，我手掌分明感觉到炽热，一种只有生命体才有的炽热，可当那炽热电流一样传导出来，那个早已淡忘的旋律再一次在耳边响起："还记得你答应过我，不会让我把你找不见，可你跟随南归的候鸟飞得那么远，爱像风筝断了线，拉不住你许下的诺言……"

爸爸什么都没有答应过我，也没向我许下任何诺言，可那一刻，我觉得我被他深深欺骗……

觉得被欺骗，或许证明我对爸爸感情在加深，就像恨是爱的开始，怀疑是信的开始，就像山穷水尽是柳暗花明的开始……谁知道呢？反正那次之后好长一段时间，被欺骗的感觉都挥之不去。在斯琴后来把电话回过来，叮嘱我别忘了她的理想，之后告诉我她生了儿子，她的丈夫多么爱他，有一点儿哭声都吃不好睡不好的时候；在交换妈妈因为我扣掉电话，带着一家三口到学校来看我，她的丈夫和儿子同情地看着我的时候；在放寒假再也没有鞋刷，妈妈又跟朋友去四川见一位易经大师，我回不了太原，满世界找活也找不到，最终只得留在学校做临时警卫的时候；在终于又回太原念书的妹妹周末和舅妈舅舅到五台山旅游，拍一些全家福发给我的时候……我都会想，如果爸爸活着，那该多好！

如果爸爸活着，我绝不会有愿望了解爸爸，我还是那个叛逆的我！如果爸爸活着，他也绝没有可能带我到外面旅游，他也还是那个注重官场关系忽略亲情关系的他！包括妈妈！可万一他活着，有一天我懂事了呢？万一他活着，有一天他开悟了呢？

说到开悟，我不得不说一说我的妈妈。你第一次见我，就问到她是一个怎样的人。爸爸去世后，她似乎有了变化，不再强迫我做任何事，称我们是娘俩，常常给我发一些语气温存的短信，在那些短信里，有大部分内容是嘱咐我如何像她那样，从灾难的痛苦中往外超拔，可当她把为了超拔痛苦所做的事情说出来，你像最初看到她允许做个假遗体那样恨不能冲她大喊大叫。她告诉我，在爸爸去世七七四十九天的时候，她组织爸爸生前政界好友，为爸爸开了一个追思会，因为朋友们极尽歌功颂德之能事，因为她私人组织的会，会后所有花费政府全部报销，她说爸爸值了，爸爸的灵魂在九泉之下可以安息了，她的心情也好了许多。她告诉我，在爸爸去世一百天的时候，她用一个自做的联合国的国旗，包了美元冥钞，到埋有爸爸衣物的公墓烧掉。因为一个易经大师说，爸爸现在走上了新的平台，他当的已经不是中国的官，打开人脉需要美元。我最最不能忍受的是，爷爷奶奶的葬礼她人不去参加，却还分别写了同样内容的信让阴阳先生在葬礼上念："尊敬的公公、婆婆，为了让你儿子不想念乡村的家，建议您在阴间不要呼唤儿子的名字，他是公家的人，是世界的人，他会让家族永远为他骄傲！"

我不能接受她的做法，在奶奶葬礼后去了一趟太原，找到她，我想真的和她喊叫一次，怒斥她已经病入膏肓，可在家里见面，我什么都没说出，因为她确实病入膏肓。她面色发青，目光发直，她看见我不但不说话，还怪怪地冲我笑。后来，她把我拽到爸爸的遗像前，神经质地看着我，腮肌颤抖着说："你爸爸去联合国开会去了，他说用不上二十天就能回来。"

妈妈的样子让我痛心，让我知道，不是所有的石头都可以点化成金。残缺，也许是上帝揭示给这世界最残酷的真相，就像我永远残缺的命运真相，就像我不断见证的残缺的人生。只是，我已经不再问上帝为什么如此残酷，因为我已经知道，上帝之所以制造谋杀、苦难，是因为上帝知道这是人生的常态，接受了常态，才能正常地生活。

或许上帝是最伟大的艺术家，他制造残缺，就为了让你从残缺中发现悲剧的美。

那是2011年4月10日，错过开学时间的于永博终于从家里回来了。我们虽很少交流，但我知道他热爱动漫，是cosplay群体里最疯狂的一员，他们上大学不久就像沙石中的铁屑遇到吸铁一样，在学校里组成很小的社团，模仿虚拟世界的角色，整夜整夜在一起活动。通过他，我知道我们这代人，像我这样让父母失望的并不占少数。因为他长时间晚上熬夜白天睡觉，辅导员点名他总不在，学校曾几次要求他把家长找来，他不理睬，也就一推六二五地拖下来了。那天，因为一段时间老魂不守舍，读书读不进去，想创作一幅爸爸做家具的水彩画，又怎么都找不到灵感，吃了午饭就钻到被窝儿发呆，就是这时，于永博开门进来了。见他回来，我涣散的目光动了一下，懒懒地说："怎么才回来？"他扑通一声坐到椅子上，晃着脑袋说："父亲走了。"走了什么意思？怎么会？我迅速爬起来，盯住于永博。于永博头低下去，随后又慢慢抬起来，看着我——他还从未这个样子地看着我。"父亲肺癌晚期，从查出那天算，只活了三个半月。"我不吱声，回想那双握过我的大手，突然明白他摸我的头，握我的手的深层用意，他在跟儿子的大学永别，他把我当成了大学的一部分……

那一天，很少说话的于永博跟我说了很多话，说他从小到大多么浑，多么不听父亲的话——他不叫爸爸，叫父亲。说他考进这所大学，父亲很不满意。父亲从小商小贩做起，现在已经是朝阳市著名企业家了，他希望他的儿子能考上清华北大将来进高层机关，他觉得儿子没有为他争气。在说到没为父亲争气时，于永博哭了，嘴唇一瘪一瘪。他说父母做水产品生意，小时候他常常被锁在只有二十平方米的家里。长时间与人群隔绝，小学五年级才能正常与人说话。长时间与人隔绝，他习惯于沉浸在虚拟世界，他的虚拟世界，就是电脑网络。他说他的成长史，伴随着父母的发家史，他从小到大最常见的事情就是父母回家算账点钱。可他念初中时在网络上自编程序赚钱被发现，父亲拽下电脑键盘朝他后背猛砸，至今还留下深深的伤疤。他一直不明白父亲自己赚钱发家，为什么不让儿子赚钱，直到临终，摸着他后背上的伤疤，他才说出心思。父亲的心思，不过是经商太累了，天天都得想着打点关系，一个小处长你都得点头哈腰，没有尊严，他希望儿子活得有尊严。可他告诉父亲，他做的事，不需要打点关系，凭的是真本事，是热爱。父亲却摇头，说这怎么可能？你念那种大学，不靠关系怎么可能？他说他最难过的是，父亲直到临终，都认为儿子没有他铺路就活不下去……当他希望父亲放心，告诉他，现在他爱上动漫，他有可能退学自己创业，父亲愣是没闭上眼睛……

于永博这番话，包含了这样的逻辑。首先，他的成长经历对他的爱好有着深刻影响，是童年被关进小屋才让他后来迷恋虚拟世界，这和我差不多，因为无法找回失去才要用画面呈现；其次，即使沉迷于虚拟世界，也没忘用虚拟的事物赚钱，正是父亲经商基因的传承，这也和我雷同，是因有祖上对手工创造的热爱，才会有我以绘画方式对内心的释放；再次——这是逻辑里最重要的部分，父亲亲手缔造了这样的孩子，他却拒不接受这个现实，却非要让他成为另一个人，如同爸妈希望我扔掉绘画，好好学习考清华北大。不同的是，于永博父亲不希望他继承父业，干经商的本行，我的爸爸随了妈妈，坚持让我走他们的路。当然这不同里，又有着根本的相同，属殊途同归，那就是他们都希望他们的孩子将来走仕途。梳理了这一逻辑，我和于永博的谈话由浅入深了，我们谈到我们这个时代的病症，我们出生时已经改革开放十年，权力和利益如何绑架了我们的父母，在他们欲望的羽翼下我们如何畸形成长。我们谈到权力和自由、金钱的关系，认为人们崇尚权力，是因为有多大权力就有多大自由、有多少金钱。比如爸妈可以随便为我转学，随便签单吃饭，比如政府某处的一个小处长给于永博父亲签一个字，他父亲就得送他十几万。这是望子成龙的父母希望我们成为权力体系里那条龙的根源所在。我们还谈论药家鑫、“我爸是李刚”的那个李启铭，我们和他们的相同之处是，我们的父亲都算事业有成，我们都在小时候被一心奔事业的父母关进过小黑屋，我们都在享受父母给予的物质和权力的同时，精神上承受着父母关爱的缺失，但不同的是，他们最后顺应了父母，我们最后顺应了自己。或许还有另一种可能，我们和他们原本就没有什么不同，不同的是，上天没给我们犯错的机会而已……

我们到达的最深处，是我们的父亲，从没试着了解我们，我们也从没试着让父亲了解。现在，他们不在了，我们不再有这个机会……

这其实也正是于永博打开话匣子的真正原因，他想通过诉说，释放对父亲的愧疚和因愧疚而生成的更深的悲痛，可不一样的是，他打开话匣子，收到了预想不到的效果，当他得知我的爸爸也不在了，死于一场空难，我这个一直叛逆的孩子连跟爸爸厮守的机会都没有，他的情绪立即得到调整。而我，在和他说话的时候，确实找到一种同病相怜的感觉，可是那天夜里，当他调整了情绪，去参加他的社团活动，把我一个人扔在宿舍，却不一样了，我嫉妒他！嫉妒他的父亲临终住在医院，嫉妒他守了父亲两个多月！如果我的爸爸住过院，如果我在医院里守过他，如果……

两年之后大学毕业，我选择了特教学校这个特殊的群体，跟经历了这个夜晚不无关系。虽然斯琴用她的不幸搭救我的夜晚，我已经感受到那种同病相怜的特殊的力量，可那时我被搭救，从此告别了过去，上了一个平台；不像现在，我搭救了于永博，于永博又让我陷入妒忌，陷入无休止的追问，从而走入一个特殊的世界。

如果爸爸住院，这是一个铁杵一样冷冰冰的设问，可是没人知道，当它凿穿一个又一个孤独的夜晚，它把我带向哪里……

那是笼罩在一片白色里的一个安静的病房，爸爸安静地躺在那，他还是十八岁的样子，清瘦、黝黑，目光所向披靡，可他的两腿却是肿的，从膝盖到脚，发起的馒头似的鼓鼓胀胀，似乎他在飞机失事时撞坏了腿。他看见我，有意把盖住腿的被单掀开让我看，然而来到床边，我刚刚把手抚上他的腿，他的腿突然从膝盖处断下来，下肢变成两具木桩，当我手下现出两具木桩，我嗷叫一声，爸爸突然用手搂住我，失声痛哭起来……

这是一个梦，可它太真切了，真切到你能感觉到爸爸呼吸的温度，那是夏日微风才有的温度；真切到你都能闻到爸爸哭时从嘴里哈出的气味，那是吃了土豆饼之后才有的气味；真切到你能分辨出爸爸失声痛哭不是因为身体的疼，而是看到了我，因为他刚刚还所向披靡的目光瞬间化掉，留下一丝深切的懊悔……对着他懊悔的眼神，我内心涌出更深的懊悔……

那天早上，从睡梦中惊醒，被真切的懊悔包围，我真就打车去了医院。

懊悔，是我和爸爸内心生活连接的必经客栈吗？

去中心医院，是梦的暗示，梦里影影绰绰觉得爸爸是住在中心医院。去关怀病房，是在走进医院时，在指示牌上看到“关怀”两个字。对于我，这两个字就像光之于飞蛾。那时候，我根本不知道“关怀病房”这“关怀”的真正含义，不知道那是死亡之谷，通向人走向死亡的最后时光。

向客栈靠近，我推开了病房挨着走廊最外边那扇门，我看到了一个五十多岁的中年男人。他脸色苍白，瘦骨嶙峋，他和梦里的爸爸大相径庭，乍一看到，你觉得那不是人，而是一具干尸或者风干的蜡像。一阵头皮起栗之后，我停了脚步。这时，男人转动了干涸的眼神，干咳了一声，沙哑着嗓子说：“谁？儿子？”

实际上那个患者很快就认出我不是他儿子，他说哎哟弄错了，我太想儿子了。你爸是不是在隔壁？我没说是也没说不是，只下意识摘下毛线帽，下意识地看着他。这时他眼仁一闪，既怀疑又兴奋地看着我说，你是大学生志愿者吧，你不害怕我们这些要死的人？可有很多大学生来半天再也不来了。

是这时，我才知道关怀病房意味着什么。

那你就来吧，给我按按，这后背，这腰，这腿，就没有不疼的地方……

我确实是大学生，也确实是自愿来的，可我来的目的并不是这个，我是……

我迟疑了，虽然我无数次地想象过爸爸如果住院，想象过和爸爸身体的接触，可当你看到枯瘦得有如干尸一样的身体，当你觉得你在挨近死亡，闻到腐朽的死亡的气味，你会从生理上排斥、恐惧，会恨不能赶紧逃走。当时，我记得正好有个机会，一个胖护士进来，向他了解身体情况，问他今天有没有喝水，有没有呕吐。可是我没走，我欲转身时，某种奇怪的念头还是拖住了我的脚步：我想看看我的恐惧到底有多大……

恐惧原来没多大，不如一张纸。这或许还是爸爸的作用，我在把手伸向一根树根一样隆起的脊椎时，我告诉自己，他就是爸爸，爸爸癌症晚期。当然还是患者的配合，他说按吧儿子，随便怎么按都行，你只要随便按按抓抓我就好受。他说我儿子在英国念书回不来，你在帮我儿子……

后来知道，每一个癌症晚期患者，最盼望的就是每天都有人按摩，在不能吃不能喝又不能动的情况下，那是他们跟这世界最有质感的接触。关键是，癌细胞血吸虫一样吸干了他们的血，他们的身体犹如龟裂的土地，疼痛难忍。可是将你的手伸进龟裂的土地，你看到他因为你的按抚摩挲而变得松软、舒适，听到他由疼痛地呻吟到舒缓地喘息，你的感觉完全不同，你觉得你是阳光、是雨露、是和暖的春风，到最后他安静地入睡，你悄悄离开，你的心也无比的安静。

其实那天，不期然获得一种安静，我并没打算以后还来。首先，我不确定这安静能持续多久，是不是从此一劳永逸；其次，从学校到医院，打车需走三十多分钟，我不能每次来都打车，而坐轻轨再换公交，时间会更长也更麻烦，我没有这个心理准备。可是在我就要离开病房的刹那，患者醒了。我的脚步非常非常轻，可他居然就听见了，突然醒了，并朝我喊道："你，你什么时候再来——"

他的声音微弱、嘶哑，如同一只蝉在垂危之时的嘶鸣，可你能感到他用尽了全身的力气。我猛地抖了一下，转过头，站定在那里。当我的目光和一双遥远的如同从另一个世界飘来的目光相撞，心底的安静顿时破碎，碎成五光十色的碎片……因为当我控制不住，扑回他的身边，他用干柴一样的胳膊搂住我，嘶哑着说："对不起儿子，我对不起你，我不该送你去英国，你不愿意出国，爸爸为什么非逼你呀——"

答应下个周六再来，是他那期盼的目光让我无法安静，更是看到了一个父亲的懊悔。可是，我怎么都没想到，当一周之后再次来医院，希望这个父亲当着我，把他对儿子所有的懊悔都道出来，我也把对爸爸的所有懊悔都说出去，他已经去世，就在我走之后的第二天……

看着病床新住进的陌生患者，护士把这一消息告诉我，我几近坍塌——要知道，清醒地感知有一个人需要我、依赖我，清醒地感知我因被需要、被依赖而生出从未有过的牵挂，如同一只断线的风筝终于被牵住了线的尾巴……

无法忍受线的再次被扯断，我毫不犹豫就向眼前陌生患者伸出手去。

那是一个六十多岁的病人，他不像前一位患者那么不堪入目，似乎身体里还贮存着足够的能量与癌细胞搏斗，腿上、背上、胳膊上的肌肉抓起来，还有着少许的弹性，可正因为如此，他对身边事物还保持着警惕和怀疑，当然也是我不由分说的举动有些怪异。他问我从哪里来，为什么这么年轻要干这一行，是不是祖传。当我摇头，他又问是不是山沟孩子，念不起大学，要自己出来赚钱。我依然摇头，最后他板住身子，再也不让我按了，直愣愣看着我说："那你到底是干什么的？"见他眼睛里布满疑虑，我不得不说："我是大学生志愿者。"我这么说，并不清楚这是不是一个正确的回答，可这时，病人的警惕和怀疑迅速从目光中消失，还迭声感叹道："天下还有你这样的好孩子?!"

我不是好孩子，我常常惹爸妈生气，我很小就叛逆，从没主动与爸妈交流，更没主动伸手去摸摸爸妈肌肤……可没人知道，当这样的夸奖撞击耳膜，我这个从未做过好孩子的孩子多想做个好孩子！我这个从未做过好孩子的孩子多想让这些如同爸爸一样的患者体会到我就是一个好孩子！

孙老师，不能否认，继续做下去，有这句话的激励，但更多的，还是来自病人的反应。当你的手指在他的骨缝儿间推动，当你手上的力量让他们感到浑身舒适——为了做好，我买来按摩书，在自己身上寻找穴位，而时间久了，两个大拇指会越来越敏感，轻重缓急运用自如，患者往往会幸福地闭上眼睛，或者，喋喋不休向你讲述他的过去……

这或许就是上帝向我开启的获救之门，想爸爸，想爸爸如果活着，想和爸爸说话，本是一条逼仄的尖锐的思绪，它封闭在我内心，酿造出幻境，是不被任何人知道的幽暗空间，可当我追随幻境里的爸爸一路而去，爸爸却将我引向一个宽广的世界。

在那个世界里，有这样一位病人，他七十二岁，是淋巴癌。他喜欢拉手风琴喜欢吹笛子，他小时候最大的梦想是当个艺术家，可他一辈子只干了一样活，钳工，并娶了钳工老婆。20世纪80年代末下岗，正赶上满大街兴起舞厅，他不甘心一生梦想落空，就到舞厅拉手风琴，结果和一个小他十几岁的歌女相爱，导致家庭破裂。爱情的代价是他不再有儿女绕膝，歌女没有为他再生孩子。爱情的更大代价，是他最小的女儿先天智障，他离婚时她才七岁，当时市内有一所智障学校，他曾答应天天接送她上学，可因为离婚，他只给抚养费，什么都没做。生病之后，他想念孩子，四个孩子没有一个来看他。每当我给他按摩，他都跟我讲他那四个孩子，讲他的小女儿，他一次又一次跟我说，如果下辈子还托生人，他不结婚也不生孩子，只到智障学校去当老师……

在那个世界里，有这样一位病人，是胃癌，六十五岁，他曾经是大连某区工商局局长。他出身偏僻乡村，小时候最大梦想就是远走高飞，初中毕业确实如愿以偿，当兵去了遥远的新疆，为了上进，为了一级级升官，他一连十几年没有回家。父亲生病、去世，都没回来，后来当到营长，第一次回乡探亲，妹妹哭诉着说，父亲临终时，要求家人在门口为他挖一眼井，死后葬在井里，他说儿子在新疆专门往地下钻井，辽南的井和新疆的井是通着的。听妹妹这么说，虽然心里很难受，可当时上进心强，根本没在意。生病之后，想起父亲当年的要求，他常常夜半惊醒，心如刀绞。每当我给他按摩，他都问我，你是大学生，你信不信灵魂不灭？你说我要是埋回故乡，爹妈能不能看到我？儿女都反对我埋到乡村，可他们不懂，我现在最想的，就是回乡……

在那个世界里，有这样一个病人，是食道癌。他五十四岁，是乡村中学校长。他人长得帅气又有一副好口才，他的物理课深受学生欢迎，送出好多个理工科大学生，可熬了三十多年，才熬到学校教导处主任位置，一些嫉贤妒能的领导总是压着他，五十三岁那年，校长脑溢血突然死亡，正赶上高考，找不到合适人选，他被从教导主任位置上一跃提起，结果，鲤鱼翻身，太高兴了，一年多来每周都喝大酒，每喝必醉，直至喝出病来。那时他的孙子刚刚出生，最后的日子，他连续两个月吞不下一滴水，说话艰难，可每次看到我都跟我说："孩子记着，千万别学叔叔，我对不起家人！"

这世界之所以宽广，是我从中看到一样东西，这东西不是他们都有懊悔，而是那个让他们懊悔的事情之所以发生，就因为它们挑战了他们的欲望，挑战了他们的人性，一个爱艺术的人一辈子待在铁板一块的车间，终于有一天灵魂解放在舞厅，怎么能保证不冲撞出既定轨道？一个一心要往外走，一辈子都要求上进的人，面对眼前一个又一个大的舞台，遥远的故土怎么能拉他回头？一个才华横溢、三十多年被窝在一个平庸岗位的人，终于熬到出头之日，积淤心中的忧愤怎么能不有一个恣肆而长久的释放？虽然一定有一些人会不这样，但我还是从更多人身上看到了爸爸，看到了人在欲望面前的不能超拔，看到了理想和欲望的难以分清。这或许涉及了更复杂的内容，就是我在洗衣房刷鞋时感受到的世界的底部和外部……

当然，在那个世界里，对我影响最深的是这样一个患者。他叫朝青山，朝鲜族人，只有二十岁年纪，刚刚考上北京航空航天大学就得了白血病。他天资聪慧，天文地理历史无所不知，因为姥爷是老一辈空军飞行员，他一小就酷爱军事，战斗机在天上飞，他靠耳朵就能识别出飞机型号。最初走进他的病房，差一点儿退缩，并不是从护士们那里得知他对飞机的热爱，害怕听他讲与飞机有关的事情，而是我不确定自己有没有能力承受与同龄人的生离死别。可是朝青山聪颖过人，一下子就明白我的想法，见我想抽身，立即喊住我："哥哥别走，我都不怕，你也不要怕。”

通过他，我真正感受到了生命的死亡与再生。

那是四周的时光。四周，二十八天，这二十八天对他意味着什么我不知道，对我来说，四周加到一起也就四个小时，可我从这四个小时里，获得了无限。

第一个小时，他跟我大谈他的学术梦想，他说他将来一定要在他设计的宇宙飞船上装置这样的系统，一个按钮按下去，宇航员想闻什么气味都能闻到，青草、树林、山泉、炊烟，妻子的衬衣，儿子的尿布，母亲做好的饭菜，这是人之为人须臾不可离开的精神食物，宇航员依赖这些精神食物，可以在脱离人间烟火的高空对世界有新的发现。他虽没说那新的发现会是什么，但当他说到发现，眼睛里闪烁着幸福的光亮。

第二个小时，他一直闭着眼睛，张着嘴，我的手碰到他的皮肤，他微微动了一下，活动了下嘴唇，表示他知道我来了，就再也没睁眼，陪伴我的，是他妈妈默默地哭泣。

第三个小时，他刚从一场呕吐中停顿下来，不让我触碰他的身体，只让我坐在他床边，当十分钟之后他妈妈示意我可以动手，他还是阻止，说不用按，咱俩讨论个问题，什么是自我。这个问题我喜欢，眼睛顿时放亮。他说你看哈，我一直认为，自我就是个性，是一个人面对外部世界不可改变的个性，这个性来自于身体，是身体的一部分，是依赖于身体感受而生成的思想，可现在，我发现它不是思想，仅仅是感受，身体疼痛时，你会感受到这是上帝的旨意，会觉得这是上帝分派给你的好事，你会因此而产生喜悦……你说你在疼痛时还能产生喜悦，这自我到底是肉体的，还是思想的？

很显然，他跟我探讨的，不是一般的自我，是生命在经受了疾病挑战之后的那个自我。这让我想起红格尔斯琴，在我一路向深渊滑行时，她给我讲她的深渊。于是我跟他讲我的深渊。我说，即使你的自我分开，也是身体的全部，因为思想也是身体的一部分，我小时候一抵触爸妈就离家出走，我叛逆的力量遵从了自我的感受。可是现在，我爸爸空难去世，身体里叛逆的力量没了，我觉得我拥有了另一种东西，那东西确实来自于感受，而不是思想，但它比思想更大……我也说不好，反正我觉得，人有两个自我，它们同出自身体，但当感受的那个大时，思想的那个就小，思想的那个大时，感受的那个就小了。

他盯住我："那个思想是什么？"

我想了想，没说出来。

他却拽住我的手，遇到知音似的捏了捏手指说："是精神，是信念，是来自于身体，又彻底脱离了身体的信念，是即使你在宇宙飞船上，也能闻到大地气味的信念，云彩是炊烟的味道，炊烟是青草的味道，青草是玫瑰的味道……"

第四个小时，他已经安然入睡，可我轻轻按到四十分钟的时候，他突然醒来，睁开眼，微笑着看着我，看着他的爸妈，之后轻轻碰了一下我的手，轻轻说："我闻到了，云彩是炊烟的味道，炊烟是青草的味道，青草是玫瑰的味道……"

朝青山走了，这是我按摩一年多的当时唯一亲历的肉身的死亡，可是，他留下了一个永不磨灭的自我，即使在宇宙飞船上也能闻到大地气味的自我。他对我的意义在于，面对画板，我有了灵感，我的自我在向大地气味开放，我的大地气味，不来自炊烟也不来自青草，而来自病房里所有的患者……那是我大三下学期的最后时光，那时我一直滞钝的笔豁然荡开，激活我的画笔的，是那些不甘沉溺于世界底部的生命，是他们满怀豪情的挣扎与奋斗，是他们挣扎与奋斗之后的疲惫与劳累，是他们经历了疲惫与劳累之后的顿悟与觉醒……

这似乎涉及光线，当我只沉浸在身体的痛苦里，纠缠爸爸为什么不活着，为什么要欺骗我，为什么不给机会我们说说话，我的笔跟着我的思绪，走进一个没有光线的黑洞。而现在，黑洞里开了一道天窗，如同天光工作室的天窗，我对色彩的辨识力在恢复，我看到了更多人的表情、目光、心灵，我看到更多人的正影、侧影和背景。实际上，正是这表情、目光和心灵，正是这些人的正影、侧影和背影，为我开了天窗，让我从狭窄的思绪中走出，让我看到了另一个自我，就是朝青山所说的那个脱离了肉体的自我——当我画爸爸的脸时想的不仅仅是爸爸，是我按摩过的所有患者，当我通过所有患者身上的气味闻到爸爸的气味，我的画，走向了一个全新的阶段。

当然，朝青山对我更重要的意义还在于，大学毕业，面临就业选择，我知道哪一片天空属于我。这不光是说，只有不幸才能医治不幸，而是朝青山让我懂得理想和责任，我的理想和宇航员无关，可我有责任为那些不幸的人的心灵安装上软件——这首先得感谢那个热爱音乐的智障孩子的爸爸，他让我有了社会上还有智障学校这个概念，使我得以由智障开始，一点点寻找到特教学校。可来到特教学校，我的人生受到极大挑战，当你整天置身于呆滞的目光当中，当你整天被怪异的表情包围，尤其当你受到病态举止的威胁，不但设计软件的想象力受到阻碍，你的忍受力、你的耐心会在可怕的磨砺中渐渐消损。因为长时间地被驱赶在孩子们的天空之外，你的天空一片黑暗。最初那段时间，有好多时候，我都有些动摇，想是不是辞职不干，可我根本不知道，正是这个念头帮了我，当我准备用土豆宴为我的告别请一次客，一个灵感不期而至……

在我设计给孩子们的软件里，用土豆的各种做法在房间营造出家的味道，爱的味道，是打开这些孩子们心灵天空的重要系统……

这也许是上帝的真切用意，他让我认识朝青山，是为了让我告诉孩子，即使他们耳朵听不见，不会说话，即使他们反应迟钝，思维不灵，但只要有人为他们用心，为他们安装软件，他们也同样是有灵性的生命，他们同样能够感受到生活中美的存在，日子里家常的味道……

上帝制造了残缺，目的或许就是让某些人来成全完美……就像特教学校之于我残缺的人生……

然而，这并不意味我的日子从此一帆风顺，面对那些特殊生命向我打开的特殊天空，我的思绪不能有片刻停顿，但还有比这更要紧的，那就是，在我心里，还有许多属于我个人的问题并没有彻底解决。比如，当妈妈不再反对我画画，一反常态支持我，在短信里一而再再而三地嘱咐我务必要成功，说成功才是对她和爸爸最大安慰的时候，我特别纠结。我在想，如果上帝让妈妈残缺，让她怎么都不能不从虚荣的成功中寻找到获救的希望，那么我去追求成功，是不是上帝安排给我的使命？曾经，为了让爸爸不再孤独，为了让爸爸的灵魂有所归宿，我在爸爸的眼睛里画了水草小鱼和小虾，可当把这些画展出去，获得良好反响，我在想，让爸爸通过我画他的画，看到我的成长，我的变化，是否才是他灵魂的真正的归宿？

关键在于，现在，我在画爸爸的画中画了水草小鱼和小虾，已经不仅仅是让爸爸的灵魂有所归宿，我还希望爸爸看到自由、自然、平等。可到底什么才是真正的自由、自然和平等？如果没有斯琴帮忙，找到她省里的老师，我是否能考上滨城大学美术系？如果没有王主任同情，以职权之便为我打开仓库，我是否能想到搞一个画展？这里边有没有不公平、不平等？

孙老师，直到写信给您的此刻，我都没有理清自己。我发现，随着对这个世界理解的加深，难解的问题不是更少了而是更多了；随着对各种感情的深入体会，我的那个自我不是更清晰，而是更模糊了。比如我的学生把我的画展公布出去，我分明看到我惶恐后边跟随的喜悦，可我当真俯首打量我的喜悦，又觉得那不是我，不是我最初想要的我。这就是我不能接受记者采访的真正原因，因为我不知道我究竟是谁！我的自我，是不是那个脱离了身体的信念？而信念，又通向哪里？是不是仅仅通向成功？

那天您告诉我，说申一申找我，我的第一反应，就知道他是觉得我不是我，不是那个原来的我……

可我究竟是谁？我不知道……

你说我是个谜，其实我们都是谜，
在痛苦中开始，在折磨中结束。

被卑微的事物抛向死亡，

把崇高的理想，背负到诸天之上。

对着电脑，看着屏幕上出现一片空白，我心里冒出诺贝尔的诗句。在英国传记作家为艾伦·图灵写的传记里读到它，曾被深深打动，却想不到，此时此刻，我会再次想起它。

想起它，或许因为我在张展的世界沉得太久，信又结束得太陡峭，某种惯性使我无法从他人生的沟谷中一下子走出……

他的人生，埋在一汪黑色的字体中间，如同埋在黑色的岩石之下，那里光线暗淡，空气稀薄，他在那里却从没有放弃过希望。当他的命运被时代这只老虎以冠冕堂皇的名义粗暴侵犯，他就是那个在船上与之搏斗的少年派。他恐惧它，可他又知道它是他的唯一陪伴；他向它示好，希望与它和平相处，可它时不时向他露出尖锐的牙齿；它是一只怪兽，它常常憨态可掬慈眉善目，可它从不放弃和涌来的巨浪一起将他置于危难之中……

在张展的人生中，朝他涌来的滔天巨浪，无疑是他爸爸的空难，虽然由此，我找到一把打开他和爸爸关系的金钥匙，可和他一起落入孤独无助的汪洋大海，跟他一起走进和这世界深刻的关系，走进关怀病房、朝青山、系统和软件，你不能不感慨人生的无限混沌与神秘……

由于这混沌与神秘，我已经被从黑暗里爆破出的碎石深深覆盖……此时此刻，坐在电脑前移动鼠标，拖出前边的文字，你觉得它们根本不是文字，而是一块巨石爆破后喷射出来的碎石，它们击打着你，包围着你，压迫着你，让你呼吸急促、茫然无措，可你稍一愣神，就会看到闪烁在碎石缝隙里那一双双疲惫的眼睛……

张展的信陡峭结束，却不是终止，它像一次强有力的爆破，碎石噼里啪啦把我包围掩埋的同时，我看到了一个个鲜活的形象，他们是他的爸爸、妈妈、姥姥、舅舅；他们是梦梅、月月、黑脸男孩、吕梁；他们是“交换妈妈”、我儿子申一申、小夏阿姨、斯琴、怪相男人；他们是他大槐树乡下的爷爷、奶奶和姑姑们，是家具，是家具上的展翅和麻雀，是病房里的一个又一个患者……在这个驱之不去的他们里，还有一个人，一个由局外走到局内的人，那便是我……

我是这次爆破的始作俑者，为了看清张展，我十几天来没日没夜地寻找；为了看清张展，我将寻找的碎片堆砌起来，不顾一切抛向他，却怎么都想不到，张展用了几个夜晚，抖搂了我抛给他的所有一切，呈现了一个意想不到的世界。这世界的动人之处，也许并不是他用形象的表达，将之前的猜疑各个击破，不是你在寻找他时，他也在寻找自己，而是当你跟着他的人生之船漂到海上，你发现，你既是那个与时代怪兽搏斗的张展，又是那只怪兽本身。原来，我们都在同一条船上，我们的命运都遭受不同程度的侵袭，可我们当中的大多数人，不是被海浪吞噬，就是随波逐流，极少有人像张展那样，一直保持清醒的头脑，一直对身边的现实不停地追问……

具有米开朗琪罗早期作品对现实的追问，是必然，还是巧合？

这个晚上，我从电脑前站起来，望着黑暗的走廊，觉得我拿到了一把寻找张展的金钥匙，因为当有一天，一直叛逆的儿子感受不到丧父的悲痛，因此无数次地追问爸爸是谁，我是谁，他向你打开了隐在他身后的无尽关系……

如果不是我的小说，我不会觉得和张展有任何关系，如果不觉得我和张展有关系，也就无法走进他和大槐树的关系，他和父亲在懊悔中彼此依偎的关系，他和关怀病房患者的关系……它们通向他的特教学校，通向他的绘画，通向他在绘画中寻找到的自我和他我，它，通向我们每个人的底部和外部……

在那里，我们每个人都能找到自己和世界的关系……

…………

想到关系，我不由得返回书房，坐回电脑前。现在，正是儿子的下午，我得赶紧把信发给他。虽然张展不许任何人看到，可我不违约已不可能，因为是儿子让我寻找张展，我必须让他知道张展的一切……想到一个意想不到的张展马上就要来到儿子面前，我禁不住有些激动，触摸鼠标的手指有些发抖。可是，我颤抖着手指拖动鼠标，屏幕上显现的却不是信的界面，而是我的邮箱界面，而那邮箱里，根本就没有张展的邮件。

心顿时就缩紧了，恐慌像一挂从天而降的蛛网，一瞬间箍紧头皮。所有的邮件都在，只有张展的邮件不在了。大呼小叫喊来丈夫，让他帮我找，他睡眼惺忪问我邮件的名称，我告诉他，他拖动鼠标找了一通，毅然决然地说："没有，根本没有！"

我说不可能，我刚刚看完。

丈夫于是坐下来，一边自言自语是不是点错键删掉了，一边耐心启动复杂的程序。

我说根本没点任何键，我读完都没关机。

丈夫不吱声，在启动的程序里来回查找，可一通忙乱之后，他长长叹了口气："没有，绝对没有！如果是删掉，是可以找回来的，电脑系统里就没有跟张展有关的任何东西。"

我说这不可能，绝对不可能。

丈夫于是说："你不说你在写张展吗？是不是你自己写的，熬夜产生了幻觉？我昨晚十一点回家时看你还在电脑上敲，肯定是你把你写的当成张展写的，写完后，点错键覆盖了，只有点了覆盖键，才可能彻底消失。"

我说我是写了，我是在读信时插了些感受，我原来想读完信把我的感受和信一起返回给张展……

说到这里，我突然想起来，我没把信另存，我是在打开的邮件里直接写的文字，是不是……可是我根本就没关机，张展的信怎么也不可能没有哇?!

丈夫没再理我，离开书房，又回到床上去。

痛苦中的我不得不在五点刚过就把电话打给特教学校王主任，还好她没有关机，可是跟她要来张展电话，把电话打过去，根本无人接听，响了无数次都无人接听。

张展的信没了，不能让丈夫和儿子一同了解张展，就像得来不易的宝物突然丢失，我感到无边的怅惘和空虚，因为在我试着向儿子讲述那封信的内容时，只剩下几个干巴巴的词语，什么破产、失去，什么自我、系统、软件。儿子在那边听了直吵吵，妈妈你怎么了，是不是你的记忆系统出了问题？你是不是根本就没看到张展的信？

我不得不愣在那里。但愣了一会儿，还是坚定地跟儿子说："看了，绝对看了！"

儿子那边长长叹了口气，没再吱声。

吸顶灯滋啦啦响着，光线在四周墙壁的书架上闪烁，使那些印在书脊上的字体仿佛一只只诡秘的眼睛——莫名其妙丢失了张展的信，我觉得我的书房充满诡秘，于是我不得不走出书房，来到客厅。

来到客厅，我没有开灯，我似乎愿意在黑暗中静静地站立，因为只有在黑暗里，才能看清张展。他从那些关系里走出，从那些闪烁的目光中走出，他跟定我，不，他已经走到我的对面，伫立在黑暗里。他就在那儿，像一尊雕塑……雕塑他的，不是别人，是他自己，他用写信的方式，爆破了包围在他身体外面多余的部分，向我展现了一个善于感知、敏于洞察的悲剧形象。他的悲剧，也许正源于他的善于感知、敏于洞察，可你与他面对，他的小眼睛直直盯着你，他却在冲你微笑，他似乎在告诉你，上帝不是个骗子，它的本意，也许是想让你从狭小的自我走向宽广；可他笑着笑着，又开始摇头，又眉宇紧锁，似乎又在告诉你，不要相信上帝，千万不要相信，他从来不给你确切的答案……

不知不觉，黑暗里有微微的光亮透过窗帘，张展的形象变得模糊，就像光逼退了影子。张展不是影子，是一个要多鲜活有多鲜活的形象，可是不知为什么，随着黎明前的黑暗过去。张展的形象不再清晰，以至于开始消失。当张展随窗外的光亮渐渐消失，我朝窗口移动脚步，我打开窗帘，打开大厅与阳台之间的门，来到阳台。

天已经亮了，可太空中的星星依然还在，它们也就三五颗，它们相距遥远，孤独地闪烁着。它们的光刺破浩瀚，使那里愈加深邃、邈远，然而你静静地看着，没一会儿，它们就在东方逐渐红起来的曙光中模糊了，就像光亮模糊了张展的身影。星星在光亮中模糊，小区里错落的高楼却清晰起来，楼与楼之间那些树影却清晰起来。那些树，有银杏、梧桐，有碧桃、白蜡，还有少量的云杉，居住小区有丰富的树种，是因为开发商在借助开发少年宫时开发了三栋住宅楼，借助开发公共设施，小区内部的景观于是就有了外边公园的模样。这些树，当年移栽，差不多一般大，可十几年过去，同样都是银杏，有的枝杈密集，有的形销骨立，同样都是梧桐，有的粗壮高大，有的细弱瘦小。尤其那几棵白蜡，有的，都有一层半楼那么高了，有的，才离地面三米都不到……看着它们，突然就想起儿子曾经说过的话，同样接受阳光、雨水、空气，是哪些信息对它们起到了重要作用？而同等的信息，它们为什么会有不同的选择？是什么东西影响了它们的决策，最终使它们成为现在的它们？这里边有没有规律性的存在？

晨光一点点照亮了大地，寂静无声。因为是冬天，树上没有叶子，光线穿过枝蔓，有一种扑朔迷离的摇曳感。而在光影的摇曳中，我看到了小区里第一个走出家门的人，他是一个裹着一件黑色羽绒服，挎着米色书包的学生，他正穿过林间小道，大步流星朝小区外面走去。随后，一个老人走出来，手里牵着一只白色的小狗……

2015年7月30日一稿

2015年9月30日二稿

2015年10月16日三稿

2015年10月21日四稿

2015年12月3日五稿

2016年5月28日六稿